KB237206

문지스펙트럼

외국 문학선
──────────
2-001

젊은 예술가의 초상 1

제임스 조이스 / 홍덕선 옮김

문학과지성사

외국 문학선 기획위원

김주연 / 권오룡 / 성민엽

문지스펙트럼 2-001

젊은 예술가의 초상 1

지은이 / 제임스 조이스
옮긴이 / 홍덕선
펴낸이 / 채호기
펴낸곳 / 문학과지성사

등록 / 1993년 12월 16일 등록 제 10-918호
주소 / 서울 마포구 서교동 363-12호 무원빌딩 4층 (121-838)
전화 / 편집부 338)7224~5 팩스 / 323)4180
영업부 338)7222~3 팩스 / 338)7221
홈페이지 / www.moonji.com

제1판 제1쇄 / 1997년 5월 26일
제1판 제2쇄 / 2002년 3월 26일

값 5,000원
ISBN 89-320-0905-8
ISBN 89-320-0851-5

젊은 예술가의 초상 1

젊은 예술가의 초상 1

기획의 말

　제임스 조이스James Joyce는 20세기 전반기에 걸쳐 서구를 풍미하였던 모더니즘 문학을 주도한 대표적 소설가이다. '현현(顯現)' '의식의 흐름' 등의 용어를 문학 사전에 처음 편입시키며 현대 문학에 커다란 변혁을 초래한 세계적인 작가인 조이스는 20세기의 호메로스이며 셰익스피어라고도 불린다. 그는 전환기의 다양한 사고와 폭넓은 사회적·지적 풍토를 종합하여 예술적으로 승화시킨 현대의 서사시를 창조하였으며, 독자는 그의 작품에서 현실과 환상, 추억과 욕망이 서로 뒤엉킨 현대인의 정신적 갈등과 방황을 목격하게 된다.

　조이스 문학의 특성은 무엇보다 그의 독창적인 실험성에 있다. 첫 작품에서부터 마지막 작품에 이르기까지 구사된 신화적 상징, 몽타주와 패러디, 시간의 현대적 개념 구사, 환상과 무의식의 세계, 다양한 문체, 다원적 세계관, 서술 기법의 끊임없는 변화, 독창적인 어휘 창조 등은 그의 지칠 줄 모르는 실험 정신을 잘 반영한다. 그것은 단순히 일시적인 전위적 유행을 반영하기보다는 삶과 그 삶에서 추출되는 문학 세계의 존재를 밑바닥까지 헤쳐보려는 작가의 투철한 장인 정신을 의미한다.

조이스의 집요한 실험 정신은 텍스트가 지닌 모든 잠재력과 가능성을 파헤치려는 진지한 탐색이었다. 작가가 주는 대로 받아먹는 독자를 그는 원하지 않았다. 텍스트가 작가의 손을 떠나는 순간 텍스트는 스스로 의미를 생성해가야 하며 독자도 자신의 상상력을 얽어매는 족쇄를 풀고 텍스트 앞에 서기를 조이스는 요구하고 있다. 조이스 이후의 현대 작가들 중에 그에게서 영향을 입지 않은 작가들이 거의 없었지만, 조이스식의 철저한 언어적 실험은 그 누구도 엄두를 내지 못했다.

현대 문학에 끼친 조이스의 영향은 너무도 버거워서 포스트모더니즘의 작가들은 조이스를 의도적으로 기억에서 지우려고 노력한다. 그러나 조이스가 일생 동안 행했던 작업은 포스트모던 작가들의 입장과 궁극적으로 일치한다. 조이스의 글들이 시도한 무한한 의미 생산은 불확실성·불확정성·미결정성이란 다원적 세계관에 기초를 두고 있기 때문이다. 조이스 문학에 대한 독자들의 사랑과 학구적인 연구가 갈수록 활발히 이루어지고 있는 점은 그의 문학 세계가 지닌 강렬한 생명력을 입증해준다.

모더니즘 문학의 총결산이라고 부를 조이스의 대표작 『율리시스 *Ulysses*』와 함께 『젊은 예술가의 초상 *A Portrait of th Artist as a Young Man*』은 독자들로부터 가장 사랑받는 작품이다. 문학사적 중요성에도 불구하고 『율리시스』가 난해성으로 인해 일반 독자에게 비교적 친숙하지 않은 반면, 『젊은 예술가의 초상』은 처음 발표된 당시부터 전문 학자들이나 일반 독자들 모두에게서 열렬한 찬사를 받고 있는 작품이다. 이 소설은 여러 면에서 매혹적인 특성을 갖고 있다. 읽기에 어렵지도 않으면서도 『율리시스』를 잉태시킬 태아가 이미 『젊은 예술가의 초상』에 자리잡고 있어 모더니즘 문학의 성격이 무엇인지를 드러내준다. 조이스가 추구해나간 실험성이 이곳저곳에서 시도되고 있기 때문이다. 또한 조이스의 특이한 개성에 관심 있는 독자는 그 반영체인 이 소설의 주인공을 통해 예술가로 성장해가며 겪는 다양한 경험과 심리적 갈등을 엿보게 된다. 그리고 그 소설의 주인공은 작가 조이스의 모습일 뿐만 아니라 바로 우리 자신의 모습임을 발견하게 되면서 독자의 공감대를 울리게 된다.

1997년 5월
기획위원

차례

그는 미지의 예술에 전념하였다
—— 오비드, 『변신보』 Ⅷ, 188.

I

옛날 옛적에 아주 멋진 시절이 있었는데 길을 따라 내려오는 한 음매소가 있었지. 그 음매소는 길을 따라 내려오다 타쿠 아기라는 예쁜 꼬마 소년을 만났지……
아빠가 그에게 이야기를 들려주었다. 아빠는 외눈 안경을 쓰고 그를 들여다보았다. 부숭부숭 털이 난 아빠였다.
그는 타쿠 아기였다. 음매소는 베티 번이 사는 거리를 따라 내려왔지. 번은 레몬 사탕을 팔았거든.

오, 작은 푸른 들판에
들장미가 피어 있네.

그는 이런 노래를 불렀다. 이게 그의 노래였다.

오, 푸른 장미가 피어 있네.

침대보에 오줌을 싸면 처음에는 뜨뜻하다 점차 차가워진
다. 엄마는 종이 기저귀를 채워주었다. 그건 이상한 냄새를
풍겼다.

엄마에게서는 아빠보다 좋은 냄새가 났다. 엄마가 피아노
로 수부의 춤곡을 치면 그는 무용을 했다. 그는 춤을 추었다.

트랄랄라 랄라
트랄랄라 트랄랄라디
트랄랄라 랄라
트랄랄라 랄라.

찰스 할아버지와 댄티 아줌마는 박수를 쳤다. 두 분 다 아
빠와 엄마보다 나이가 많지만 찰스 할아버지는 댄티 아줌마
보다 더 나이가 많았다.

댄티 아줌마의 서랍장에는 옷솔이 두 개 있었다. 등이 밤
색 우단인 옷솔은 마이클 대빗[1]을 기념하는 것이고, 등이 녹
색 우단인 옷솔은 파넬[2]을 기념하는 거였다. 아줌마는 그가

---

1) 마이클 대빗(1846~1906)은 저널리스트로서, 1879년 지주들의 횡포
를 막기 위해 토지연맹을 창설하여(1881년 금지됨) 아일랜드를 사회
주의 국가로 만들려 했고, 아일랜드 독립을 위해 싸우다 10년 동안 투
옥되기도 했다. 파넬의 지지를 얻고 그와 함께 일했으나, 파넬이 오시
아 부인과의 관계로 실각되자 반파넬파의 지도자가 되었다.
2) 찰스 스티워트 파넬(1846~1891)은 아일랜드 독립 운동의 중심 인물

심부름으로 종이를 갖다 줄 때마다 향미정을 주었다.

밴스 가족은 7번가에 살았다. 이들 아빠와 엄마는 그의 아빠, 엄마와 달랐다. 이분들은 아일린의 아빠와 엄마였다. 어른이 되면 아일린과 결혼할 거야. 그는 식탁 밑에 숨었다. 엄마가 말했다.

— 오, 스티븐이 용서를 빌 거예요.

댄티 아줌마도 거들었다.

— 오, 빌지 않으면 독수리가 날아와 두 눈을 뽑을 거야.

두 눈을 뽑을 거야,
용서를 빌어라,
용서를 빌어라,
두 눈을 뽑을 거야.

용서를 빌어라,
두 뉴을 뽑을 거야,
두 눈을 뽑을 거야,
용서를 빌어라.

이었다. 아일랜드 의회를 통해 아일랜드 자치를 얻으려다 오시아와의 불륜 관계로 고소당하면서 카톨릭의 신임을 잃고 정치적 기반을 상실했다. 나중에 그 고소는 확실하지 않은 것으로 판명되었지만 그 심리적 충격으로 얼마 지나지 않아 죽고 말았다.

＊　　　＊　　　＊

　넓은 운동장에는 소년들이 떼를 지어 움직였다. 모두들 소리를 질러대고 선생들은 큰 소리로 그들을 부추겼다. 저녁 공기는 어슴푸레한 냉기를 띠었고 축구 선수들이 돌진하고 부딪칠 때마다 미끈미끈한 가죽공이 한 마리 둔중한 새처럼 어스름한 햇살을 가르며 날았다. 그는 자기 편의 가장자리를 지키며 선생님의 눈길에서 벗어나, 그리고 거친 발길질에서 벗어나, 이따금씩 달리는 시늉만 했다. 소년들의 무리 속에서 그는 자기 몸이 왜소하고 허약한 듯 느껴졌고 시력이 나쁜 그의 두 눈에는 물기가 어렸다.

　로디 키컴은 점잖은 애지만 내스티 로취는 싫은 녀석이었다. 로디 키컴은 자기 사물함에 각반을 갖고 있고 식당에는 개인 식품 바구니를 갖고 있었다. 내스티 로취의 손은 굉장히 컸다. 그는 금요일 푸딩을 개죽이라고 불렀다. 그리고 어느 날 그가 물었다.

　—네 이름이 뭐니?

　스티븐은 대답했다.

　—스티븐 디덜러스.

　그러자 내스티 로취가 말했다.

　—무슨 이름이 그래?

그때 스티븐이 대답을 못 하자 내스티 로취는 다시 물었다.

— 아버지는 무얼 하시니?

스티븐이 대답했다.

— 신사야.

그러자 내스티 로취가 물었다.

— 치안 판사야?

그는 자기 편의 가장자리를 따라 이쪽에서 저쪽으로 느릿느릿 움직이며 이따금씩 달리는 시늉을 했다. 그러나 그의 양손은 추위로 푸르스름하였다. 그는 양손을 벨트가 채워진 쥐색 바지 주머니에 넣었다. 주머니를 감싸고 있는 것이 벨트야. 그리고 벨트는 또한 남을 때릴 때도 쓰이지. 어느 날 한 애가 캔트웰에게 이렇게 말한 적이 있었지.

— 당장 네 녀석을 때려줄 거야.

캔트웰이 대꾸했다.

— 가서 네 상대가 될 애하고나 싸워보시지. 세실 신더에게나 먹여봐. 네 꼴 좀 보고 싶은데. 그가 네 엉덩이를 한 대 탁 차줄 거야.

그건 좋은 말씨가 아니었다. 학교에서 나쁜 아이들과 사귀지 말라고 어머니는 그에게 주의를 주었었다. 좋은 엄마야! 첫날 본관 홀에서 엄마와 작별 인사를 할 때 그에게 키스를 해주려고 엄마는 베일이 두 겹이 되도록 코까지 내렸었다. 그때 엄마의 코와 두 눈이 불그스름했었다. 그러나 엄마가 울음을 터뜨리려는 모습을 그는 못 본 척했었다. 멋진 엄마지만 울 때는 그렇지 못해. 그리고 아빠도 용돈으로 오실링 동전을 두 개 주셨어. 그리고 필요한 것이 있으면 집으로 아빠에게 편지를 하거라, 그리고 친구가 무슨 짓을 하든 고자질은 하지 말라고 말씀하셨어. 본관 정문에서 교장 선생님이 아빠와 엄마에게 악수를 하실 때 교장 선생님의 사제복이 미풍에 팔랑거렸고 아빠와 엄마를 태운 차는 사라져갔었지. 그들이 차에서 손을 흔들며 외쳤어.

— 잘 있거라, 스티븐, 잘 있어!

— 잘 있거라, 스티븐, 잘 있어!

그는 스크럼의 소용돌이에 빠져들었다. 번들거리는 눈빛들과 진흙덩이로 뒤덮인 장화가 두려워 다리 사이를 엿보며 허리를 굽혔다. 친구들이 몸싸움을 하며 씩씩거리고 다리들을 서로 비벼대며 발길질하고 짓밟았다. 그때 잭 로턴의 노란 장화가 공을 살짝 빼내자 모든 장화를 신은 다리들이 그의 뒤를 쫓아 달렸다. 그는 그들의 뒤를 쫓아 조금 달리다가 멈추었다. 달려봐야 소용없지. 주말이면 그들은 곧 집으로 갈 거야. 저녁 식사 후 자습실에서 책상 안에 붙여놓은 숫자를 77에서 76으로 바꾸어야지.[3]

추운 바깥에 있기보다는 자습실에 있는 편이 훨씬 낫지.

---

3) 크리스마스 휴가까지의 날짜 수를 77일에서 76일로 바꾸다.

하늘은 희끄무레하고 차갑지만 성[4] 안에는 불이 켜져 있었다. 어느 창문에서 해밀턴 로원[5]이 담장으로 모자를 던져놓았을까 하고 그는 생각해보았다. 그때도 창문 아래에 화단이 있었을까. 어느 날 성으로 불려갔을 때 집사가 나무 문짝에 남아 있는 군인들의 총알 자국을 보여주며 사제들이 먹는 과자를 한 개 주었지. 성 안의 불빛을 보면 기분이 좋아지고 따뜻해진다. 책 속에 나오는 그 무엇과 같아. 아마도 레스터 사원이 그런 모습일 거야. 그리고 콘웰 박사의 철자책에는 멋진 문장들이 있지. 그것들은 마치 시처럼 생각되지만 단지 철자를 가르치는 문장일 뿐이야.

    울지 추기경은 레스터 사원에서 죽었고
    수도원장들이 그를 묻었다.
    암종병은 식물의 병이고
    암은 동물의 병이다.

난로 앞에서 양탄자에 누워, 두 손에 머리를 누이고 이런 문장들을 생각하고 있으면 얼마나 멋질까. 그는 피부 속까지

---

4) 클롱고우즈 초등학교는 더블린 남서쪽으로 28킬로미터 떨어진 곳에 위치한 중세의 성(1667년 개축)을 교정으로 쓰고 있다.
5) 로원(1751~1834)은 아일랜드의 애국자이며 1794년 폭동죄로 영국군에 의해 이곳 클롱고우즈로 쫓겨왔다가 겨우 도망쳤다.

차갑고 끈끈한 물이 스머드는 듯 몸을 떨었다. 마흔 번이나 이긴 웰스의 잘 마르고 다듬은 마로니에 열매와 그의 작은 코담뱃갑을 서로 맞바꾸지 않는다고 해서 웰스가 그를 오물 웅덩이에 밀어넣은 일은 못된 짓이야. 정말 그 물은 차갑고 끈끈했지! 커다란 쥐가 그 오물 찌꺼기 속으로 풍덩 뛰어드는 것을 한 친구가 본 적도 있댔어. 엄마는 댄티 아줌마와 함께 난롯가에 앉아 브리지드 하녀가 차를 가져오기를 기다리고 있었지. 엄마의 발은 난로 철망에 놓여 있어 구슬 달린 슬리퍼는 뜨거웠고 그처럼 따스하며 향긋한 냄새를 풍겼지! 댄티 아줌마는 많은 것을 알고 있었어. 모잠비크 해협이 어디에 있으며 미국에서 가장 긴 강의 이름, 달에서 가장 높은 산의 이름을 그에게 가르쳐주었지. 아널 신부는 사제라서 댄티 아줌마보다 더 많이 알아. 댄티 아줌마는 영리하고 독서를 많이 한 사람이라고 아빠와 찰스 할아버지가 말씀해주셨어. 댄티 아줌마가 식사 후 트림 소리를 내면 손으로 입을 막았지. 그게 가슴앓이였어.

운동장 멀리에서 큰 소리가 울렸다.

— 모두 들어와!

그러자 중급반과 하급반에서도 외치는 소리가 들렸다.

— 모두 들어와! 모두 들어와!

학생들이 땀으로 번들거리며 진흙투성인 채 주위에 몰려왔다. 그도 실내로 들어갈 수 있어 기뻐하며 그들 사이에 끼여 따라갔다. 로디 키컴은 공의 미끈거리는 끈을 잡고 있었다. 한 애가 마지막 공을 차보자고 그에게 졸랐지만 그는 대꾸도 하지 않고 걸어갔다. 선생이 지켜보고 있으니 공을 주지 말라고 그에게 사이먼 무넌이 말했다. 그애는 사이먼 무넌에게 돌아서며 말했다.

— 네가 왜 그렇게 말하는지 우린 모두 다 알아. 넌 맥글레이드 선생의 아첨꾼 *suck*이야.

아첨꾼이란 이상한 단어야. 사이먼 무넌이 선생의 넓게 늘어뜨린 사제복 뒤에 끈을 묶는 장난을 치지만 선생은 겉으로 화난 척만 해서 아이들은 사이먼을 아첨꾼이라고 불렀지. 그렇지만 불쾌한 단어음을 갖고 있어. 언젠가 위클로 호텔 화장실에서 손을 씻고 아빠가 세면대 마개를 빼자 더러운 물이 세면대 구멍으로 흘러나갔지. 그리고 그 물이 세면대 구멍으로 천천히 다 빠져나가자 그런 소리가 났었지— 썩썩. 단지 큰 소리로

그것과 화장실의 흰 외관을 기억하자 그는 냉기를, 그리고는 열기를 느꼈다. 거기에는 수도꼭지가 두 개 있어, 돌리면 물이 나왔다— 찬물과 뜨거운 물. 그는 냉기를 느꼈다가 다시 몸이 약간 뜨거워졌다. 그는 수도꼭지에 새겨진 이름을 볼 수 있었다. 그건 매우 이상한 것이야.

그리고 복도의 공기가 또한 그를 오싹하게 만들었다. 그건 이상하고 축축해. 그러나 곧 가스 난로가 켜질 거야. 불이 타

오르면 작은 노래처럼 가벼운 소리를 내지. 늘 같아. 아이들이 놀이방에서 떠들기를 멈추면 그 소리를 들을 수 있어.

수학 시간이 되었다. 아널 신부가 칠판 위에 어려운 셈을 쓰고 말했다.

─자, 누가 이길까? 먼저 해봐, 요크! 어서 해봐, 랭커스터![6]

스티븐은 최선을 다했지만 문제가 너무 어려워 혼란스러웠다. 그의 옷가슴에 매달린 흰장미 무늬의 작은 실크 배지가 떨리기 시작했다. 그는 수학에 능숙하지 못했지만 요크가 지지 않도록 최선을 다하였다. 아널 신부의 얼굴은 매우 어둡게 보였지만 화내고 있지는 않았다. 그는 웃고 있었다. 그때 잭 로턴이 손을 들었고 아널 신부는 그의 공책을 보며 말했다.

─맞았어. 랭커스터 승리! 홍장미가 이겼군. 이제 한번 해봐, 요크! 힘 내!

잭 로턴은 자기 옆을 건너 쳐다보았다. 그는 푸른 해병 외투를 입고 있어 홍장미가 달린 작은 실크 배지가 매우 뚜렷이 보였다. 스티븐은 초급반에서 잭 로턴과 자신 중에 누가 일등을 할 것인지 내기한 일을 생각하자 또다시 얼굴이 달아올랐다. 몇 주 동안 잭 로턴이 수석 카드를 받았고 몇 주 동

---

6) 영국의 장미 전쟁(1455~1488) 때에 서로 대적했던 백장미의 요크 가문과 홍장미의 랭커스터 가문의 이름을 학생들에게 붙인 것임.

안은 그가 수석 카드를 받았다. 그가 다음 문제를 풀려고 애쓰고 있을 때 그의 흰장미 배지는 계속 떨렸고 아널 신부의 목소리가 들려왔다. 그러자 그의 온 집중력이 사라지며 얼굴이 매우 창백해짐을 느꼈다. 자신의 얼굴이 매우 차가워서 틀림없이 창백할 거라고 생각했다. 그는 문제의 해답을 얻을 수가 없었다. 그러나 중요치 않아. 흰장미와 홍장미, 생각해보면 모두 예쁜 색깔이야. 그리고 수석 카드와 이등 카드, 그리고 삼등 카드도 또한 예쁜 색깔이지. 핑크색과 크림색, 그리고 라벤더 연한 자주색. 생각해보면 라벤더색, 크림색, 그리고 핑크색 장미들은 아름다워. 아마도 들장미가 그런 색깔일 거야. 그리고 조그마한 푸른 들판에 피어나는 들장미에 대한 노래를 그는 기억했다. 그러나 녹색 장미는 있을 수가 없지. 그러나 아마도 이 세상 어딘가에 있을 거야.

벨이 울렸다. 그러자 학생들은 열을 지어 강의실을 빠져나와 복도를 따라 식당으로 향했다. 그는 접시에 놓인 두 조가의 버터를 바라보며 앉있다. 그러나 눅눅한 빵을 삼킬 수 없었다. 식탁보는 눅눅하고 풀기가 없었다. 그러나 흰 앞치마를 두른 서투른 식당 하녀가 잔에 따라준 연한 뜨거운 차를 그는 쭉 마셨다. 그 하녀의 앞치마도 역시 눅눅한지 아니면 흰 것은 모두 차갑고 눅눅한지 그는 알 수 없었다. 내스티 로취와 소린은 가족들이 양철통에 보내준 코코아를 마셨다. 이곳의 차는 돼지밥 같아서 그들은 차를 마실 수 없다고들 했다. 그들의 아버지는 치안판사라고 아이들이 수군거렸었다.

아이들 모두 그에게는 매우 이상하게 보였다. 그들은 모두 아빠와 엄마가 있고 옷과 목소리가 각기 달랐다. 그는 집에 머물러 엄마 무릎에 머리를 베고 눕고 싶었다. 그러나 그럴 수는 없었다. 그래서 그는 운동과 학습, 그리고 기도 순서가 끝이 나 침대에 누울 수 있기를 애타게 기다렸다.

그가 뜨거운 차를 한잔 더 하자 플레밍이 물었다.

— 무슨 일이야? 어디 아프니? 아니면 왜 그래?

— 나도 모르겠어. 스티븐이 말했다.

— 네 얼굴이 창백한 걸 보면 배가 아픈 모양인데, 플레밍이 말했다. 곧 나을 거야.

— 응, 그래. 스티븐이 말했다.

그러나 그곳이 아픈 게 아니었다. 마음이 아플 수 있다면 그의 마음이 아픈 거라고 그는 생각했다. 그처럼 물어오는 플레밍은 매우 친절한 친구였다. 그는 울고 싶었다. 그는 식탁에 양 팔꿈치를 괴고 두 개의 귓날을 덮었다가 열었다. 귀를 열 때마다 식당의 소음이 들렸다. 한밤에 기차가 지나가듯 우르렁거렸다. 그리고 그가 귀를 덮으면 기차가 터널 속으로 들어가듯 우르렁 소리는 끊겼다. 덜키[7]를 지나던 그날 밤 기차는 그처럼 우르렁거렸고, 그때 터널로 들어가자 우르

____

7) 더블린 서남쪽 14킬로미터쯤의 바닷가에 있는 도시.

렁 소리는 멈췄다. 그는 두 눈을 감았고 기차는 계속 나아갔
다. 우르렁거리다 멈추고, 다시 우르렁거리다 멈추고. 우르
렁거리다 멈추고, 다시 터널을 빠져나와 우르렁거리다 멈추
고, 반복되는 소리를 듣는 것은 재미있었다.

그때 상급반 학생들이 줄을 지어 식당 가운데 깔려 있는
헝겊 깔개를 따라 나가기 시작했다. 패디 래스와 지미 매기,
그리고 담배를 피워도 좋다는 허락을 받은 스페인 학생과 양
털 모자를 쓴 몸집이 작은 포르투갈 학생. 그리고 난 후 중급
반과 하급반이 일어섰다. 모든 아이들이 각기 다른 걸음새를
갖고 있었다.

그는 도미노 게임을 지켜보는 체하며 놀이실 한구석에 앉
아 있었다. 이따금씩 그는 가스불의 나지막한 노랫소리를 잠
시 동안 들을 수 있었다. 선생님과 몇 아이들이 문간에 모여
있었고 사이먼 무넌은 사제복 자락을 묶고 있었다. 선생님은
그들에게 털라벡[8]에 대해 무언가 얘기를 해주고 있었다.

그때 문에서 떨어져 방 안쪽으로 가고 있을 때 웰스가 스
티븐에게 다가와 말했다.

— 말해봐, 디덜러스. 넌 자기 전에 엄마에게 뽀뽀하니?

스티븐이 대답했다.

— 그럼.

---

8) 제수이트 초심자가 사는 집이 아일랜드 중부의 털라벡에 있음.

웰스는 다른 아이들 쪽으로 돌아서며 말했다.

—야, 이것 봐. 여기 자러 가기 전에 엄마에게 매일 밤 뽀뽀한다고 말하는 애가 있네.

다른 아이들이 게임을 멈추고 돌아보며 웃었다. 이들의 시선에 스티븐은 얼굴을 붉히며 말했다.

—난 안 해.

웰스가 말했다.

—야, 이것 봐. 여기 자러 가기 전에 엄마에게 뽀뽀하지 않는다고 말하는 애가 있어.

그들은 모두 다시 웃었다. 그들과 같이 스티븐도 웃으려 했다. 그는 온몸이 뜨거워지는 것을 느끼며 잠시 어리둥절했다. 그 질문에 대한 올바른 답이 무엇이지? 두 가지 답을 주었지만 웰스는 여전히 놀려대거든. 그러나 웰스는 문법 하급반에 있으니 틀림없이 정답을 알고 있을 거야. 그는 웰스의 엄마 모습을 생각해보려고 했지만 감히 웰스의 얼굴을 쳐다보지 못했다. 그는 웰스의 얼굴을 좋아하지 않았다. 마흔 번이나 이긴 웰스의 잘 마르고 다듬은 마로니에 열매와 그의 작은 코담뱃갑을 맞바꾸지 않는다고 해서 전날 그를 오물 구덩이에 밀어넣은 것도 웰스였다. 그런 일은 못된 짓이야. 모든 애들이 그렇게 말했지. 그리고 그 물이 얼마나 차갑고 끈적끈적했던지! 또 커다란 쥐가 오물 찌꺼기 속으로 풍덩 뛰어드는 것을 한 친구가 본 적도 있댔어.

차갑고 끈끈한 구덩이 오물이 그의 몸 전체에 뿌려졌었다. 수업종이 울려 행렬이 놀이방을 줄지어 빠져나갈 때 그는 옷 자락 안으로 복도와 층계의 차가운 기운을 느꼈다. 그는 무 엇이 정답인지를 여전히 생각해보려고 애썼다. 엄마에게 뽀 뽀하는 것이 올바른 일일까, 아니면 나쁜 일일까? 뽀뽀하는 것은 무엇을 뜻할까? 안녕히 주무세요 하고 말하며 얼굴을 들어올리면 엄마는 얼굴을 아래로 수그렸지. 그게 뽀뽀야. 엄마는 내 뺨에 입술을 대었어. 엄마의 입술은 부드러웠고 내 뺨에 물기가 묻었어. 그리고 자그마한 소리를 내지. 쪽. 왜 사람들은 두 얼굴을 맞대고 그렇게 할까?

자습실에 앉아 그는 책상 뚜껑을 열고, 안쪽에 붙여놓은 숫자를 칠십칠에서 칠십육으로 고쳤다. 하지만 크리스마스 방학까진 아직 많이 남았어. 그래도 지구는 항상 회전하니까 언젠가 그날이 올 거야.

그의 지리책 첫 장에 지구 그림이 있었다. 구름 한가운데 에 둘러싸인 커다란 공. 플레밍은 크레용 상자를 갖고 있어 자율 학습하던 어느 날 밤 지구를 초록으로, 그리고 구름을 갈색으로 칠했었다. 그것은 댄티 아줌마의 서랍장에 있는 두 개의 옷솔 색깔과 같았어. 등이 녹색 우단인 옷솔은 파넬을 기념하는 것이고, 등이 밤색 우단인 옷솔은 마이클 대빗을 기념하는 것이었지. 그러나 그는 플레밍에게 그 두 색깔로 칠하라고 시키지는 않았어. 플레밍 자신이 직접 칠한 거야.

그는 공부를 하기 위해 지도책을 폈다. 그러나 그는 미국의 지역 이름을 익힐 수가 없었다. 여전히 이들은 모두 다른 지역들이어서 제각기 다른 이름들을 갖고 있었다. 이들 지역은 모두 각기 다른 나라 안에 들어 있으며, 그 나라들은 대륙 안에, 그리고 대륙은 세계 안에, 세계는 우주 안에 있지.

그는 지리책 겉장을 넘겨 그가 그곳에 적어놓았던 것을 읽었다. 그 자신, 그의 이름, 그리고 그가 있는 장소를.

스티븐 디덜러스
초급반
클롱고우즈 초등학교
샐린스
킬데어 카운티
아일랜드
유럽
세계
우주

그것은 그의 필적이었다. 그리고 플레밍이 어느 날 밤 장난으로 그 뒤표지에 적어놓았다.

스티븐 디덜러스는 나의 이름,

아일랜드는 나의 조국.
클롱고우즈는 나의 거주지
그리고 천국은 나의 희망.

그는 이 운문을 거꾸로 읽어보았지만 시는 아니었다. 그런
다음 그는 자기 이름이 나올 때까지 겉장을 밑에서 위쪽으로
읽어나갔다. 그것은 그 자신이었다. 그리고 그는 다시 아래
쪽으로 읽어나갔다. 우주 다음에는 무엇이 있을까? 무. 그러
나 무의 위치가 시작되기 전에 그것이 어디서 멈추는지를 보
여주는 우주 주위에 무엇이 있지 않을까? 그것은 벽일 수 없
고 거기에는 모든 것 주위를 온통 감싸는 가늘고 가는 선이
있을 것이다. 모든 것과 모든 장소를 생각해보기에는 너무
커다란 물음이었다. 오직 신만이 그것을 할 수 있을 것이다.
그것이 얼마나 커다란 물음인지를 생각해보려고 했지만 그
는 오직 신만을 생각할 수 있었다. 그의 이름이 스디븐인 깃
과 같이 바로 신은 신의 이름이었다. 불어로 신은 '디외'이
며 그것 역시 신의 이름이었다. 그러면 어느 누군가가 신에
게 기도하며 '디외'라고 말하면 그때 신은 금방 기도한 사람
이 프랑스인임을 알 거야. 그러나 세상에는 신에 대한 이름
이 각기 다른 언어로 되어 있어 신은 기도하는 사람이 제각
기 다른 언어로 말해도 무슨 말인지 이해하실 거야. 왜냐하
면 신은 그래도 항상 동일한 신으로 남아 있고 그리고 신의

진짜 이름은 신이기 때문이니까.

　그런 식으로 생각을 해보니 그는 피곤해졌다. 그는 머리가 매우 커지는 듯싶었다. 그는 겉장을 넘겨 밤갈색 구름 한가운데 있는 초록색의 둥근 지구를 지친 듯 살펴보았다. 초록색과 밤색 중에 어느 것이 옳을까 그는 의아스러웠다. 왜냐하면 댄티 아줌마는 어느 날 가위로 파넬을 기념하는 옷솔의 녹색 우단을 찢어버리며 파넬은 나쁜 사람이라고 그에게 말했었다. 그것 때문에 그들이 집 안에서 다투었던가 하고 그는 생각했다. 그것을 정치라고 불렀다. 거기엔 두 파가 있었으며, 댄티 아줌마가 한편이고 그의 아빠와 케이시 아저씨가 다른 한편이었으며 엄마와 찰스 아저씨는 어느 편도 아니었다. 매일 그것에 관해 신문에 무언가가 다루어졌다.

　정치란 무엇을 의미하는지 잘 알 수 없었고, 또한 우주가 어디서 끝나는지 알 수 없어 그는 마음이 쓰라렸다. 언제 그는 시와 수사학을 배우는 상급반 학생들처럼 될 수 있을까? 그들은 커다란 목소리와 커다란 장화를 신고 있으며 삼각법을 공부했다. 아직 너무 멀어. 먼저 방학이 지나고, 그러면 다음 학기, 그리고 다시 방학, 그러면 다시 새학기, 그리고 다시 방학. 그건 마치 기차가 터널에 들어갔다가 빠져나오는 것과 같으며, 두 귀를 열었다 닫았다 할 때마다 식당에서 식사하던 아이들의 소음과도 같았다. 학기·방학; 터널 안·터널 밖; 소음·정적. 얼마나 멀리 남아 있는가! 잠자러 침대에 가는 편이 나아. 예배실에서 기도만 하고 나면 그땐 침대. 그는 몸이 떨렸고 하품이 나왔다. 이불이 약간 따스해진 후 침대에 들면 정말 좋을 텐데. 처음 이불 속으로 들어갈 때에는 너무 추워. 처음에 얼마나 추운가를 생각하니 몸이 떨렸다. 그러나 이내 이불이 따스해지면 잠이 들 수 있을 거야. 피곤한 것도 멋진 거지. 그는 다시 하품했다. 밤 기도만 끝나면 침대로 갈 텐데. 그의 몸은 떨리며 하품이 자꾸 나왔다. 잠시 후면 다 끝날 거야. 그는 따스한 열기가 떨리는 차가운 이부자리 위로 스며올라 점차로 따뜻해지다 온몸 전체가 훈훈해지며, 점점 푸근하게, 더욱 푸근하게 따끈해지는 것을 느꼈다. 그러나 그는 몸이 심하게 떨렸고 하품을 하고 싶었다.

밤 기도를 알리는 종이 울렸다. 그는 다른 아이들을 따라 줄을 지어 공부방을 나와 층계를 내려갔고 복도를 지나 예배실로 갔다. 복도는 희미하게 불이 밝혀져 있었고 예배실도 흐릿하게 불이 켜져 있었다. 곧 모든 것이 어두워지고 잠이 들리라. 차가운 밤 공기가 예배실을 감돌고 있었으며 대리석은 밤 바다의 색깔이었다. 바다는 밤낮으로 차가웠지만 밤에는 더욱 추웠어. 아빠의 집 곁에 있는 방파제 아래는 추웠고 어두웠지. 그러나 펀치를 타기 위해 주전사가 벽난로 시렁 위에 놓여 있었어.

예배실의 사제가 그의 머리 위에서 기도를 올렸고 그는 답송을 외웠다.

오 하나님, 우리의 입술을 열게 하사
우리의 입술이 주님을 칭송케 하시옵소서.
주님의 도움에 기대케 하시옵소서, 오 신이시여!
오 주님, 서둘러 우리를 도와주소서!

예배실 안에는 차가운 밤 냄새가 스며들었다. 그러나 그것은 성스러운 냄새였다. 그것은 일요일 미사 때 예배실 뒷좌석에 꿇어앉은 농부들의 냄새와는 달랐다. 그것은 대기와 비, 석탄, 그리고 코르덴 옷의 냄새였다. 그러나 그들은 매우 신앙심 깊은 농부들이었다. 그의 목 뒤에서 그들은 숨을 내쉬고 기도를 드리며 한숨을 지었다. 그들은 클레인 마을에 살고 있다고 한 학생이 말했다. 그곳에는 자그마한 시골집들이 있었으며, 샐린스에서 온 차들이 지나갈 때, 문이 반쯤 열린 어느 집 문간에 아기를 팔에 안은 한 여인을 그는 본 적이 있었다. 그 시골집에서 석탄 연기를 피워내는 난로를 앞에 두고, 어둠 속에서 난롯불만 어둡게 밝힌 채, 따스한 어둠 속에서, 농부와 대기, 비, 석탄, 그리고 코르덴 옷의 냄새를 맡으며, 하룻밤을 지낸다면 정말로 멋질 거야. 그러나, 오, 그곳의 도로는 나무 사이로 어두웠어! 어둠 속에서 길을 잃을 거야. 길을 잃는다는 건 생각만 해도 두렵기만 해.

그는 예배실에서 마지막 기도를 드리는 사제의 목소리를

들었다. 바깥의 나무 아래 퍼져 있는 어둠을 등지고 그도 또
한 기도를 드렸다.

　오 주님이시여, 간구하오니 이 거주지를 방문하사 이곳
으로부터 적의 모든 유혹을 물리쳐주시옵소서. 주님이시
여, 당신의 성스러운 천사들이 이곳에 머물러 우리를 평화
롭게 보호하시고 당신의 축복이 예수 그리스도를 통해 항
상 우리 곁에 머물게 하옵소서, 아멘.

　침실에서 옷을 벗을 때 그의 손가락은 떨렸다. 그는 서두
르라고 손가락에게 말했다. 가스 난롯불이 수그러들기 전에
그는 옷을 벗고 무릎을 꿇은 후 기도를 하고 침대에 들어가
야만 했다. 그래야 죽어서도 지옥에 가지 않을 수 있다. 그는
양말을 벗고 잠옷을 서둘러 입은 후 침상 옆에 떨며 무릎을
꿇었다. 그리고 가스 난롯불이 사그러들까봐 걱정하며 서둘
러 서둘리 기도를 암송하였다. 중얼거리면서 그는 양 어깨가
떨리는 것을 느꼈다.

　저의 아빠와 엄마에게 신이여 **축복** 내리시고 저를 위해
그들을 보호해주소서!
　나의 귀여운 형제 자매들에게 신이여 축복 내리시고 저
를 위해 그들을 보호해주소서!

댄티 아줌마와 찰스 할아버지에게 신이여 축복 내리시고 저를 위해 그들을 보호해주소서!

그는 성호를 긋고 서둘러 침상에 기어올랐다. 그리고 발 아래로 잠옷 끝을 밀어내리며 차가운 흰 이불 밑으로 몸을 웅크리고 떨었다. 그러나 그가 죽을 때 지옥에는 가지 않으리라. 그리고 떨림도 멈추리라. 침실의 아이들에게 잘 자라는 인사 소리가 들렸다. 잠시 동안 이불깃 너머 살짝 살펴보자 사방을 둘러싼 침상 주위의 노란 커튼이 눈에 들어왔다. 불빛이 조용히 작아졌다.

선생님의 발소리가 사라졌다. 어디로? 층계를 내려가 복도를 지나가거나 아니면 맨 끝 그분의 방으로? 그는 어둠을 지켜보았다. 마차등만큼 커다란 눈을 가진 검은 개가 밤이면 그곳을 걸어다닌다는 소문이 정말일까? 아이들은 그것이 살인자의 유령이라고들 하지. 두려움으로 그의 몸이 오래 떨렸다. 성의 어두운 입구 현관이 보였다. 낡은 드레스를 입은 늙은 하인들이 층계 위 다리미방에 모여 있었다. 그건 오래 전 일이었다. 늙은 하인들은 조용했다. 그곳에는 난로가 하나 있었지만 현관은 여전히 어두웠다. 현관으로부터 한 사람이 층계를 올라왔다. 그는 원수(元帥)의 흰 외투를 입고 있었다. 그의 얼굴은 창백하고 이상했으며 두 손을 옆구리에 꾹 지르고 있었다. 그는 이상한 눈빛으로 늙은 하인들을 쳐다보았다. 그들도 그를 쳐다보았다. 상전의 얼굴과 외투를 보고 그들의 주인이 치명적인 상처를 입었다는 것을 알았다. 그러나 그들이 바라보는 곳엔 오직 어둠만이 감돌았다. 오직 침묵에 싸인 어두운 대기만이. 그들의 상전은 바다 건너 저 멀리 프라그의 전쟁터에서 치명적 상처를 입었었다. 그는 전쟁터에 서서 두 손을 양 옆구리에 지르고, 창백하고 이상한 얼굴을 한 채, 원수의 흰 외투를 입고 있었다.

오, 이를 생각해보니 너무도 춥고 이상하구나! 모든 어둠이 차갑고 이상하였다. 그곳엔 마차등만큼 커다란 눈을 가진 창백하고 낯선 얼굴들이 보였다. 그들은 살인자의 유령이며, 바다 건너 저 멀리 전쟁터에서 치명적 상처를 입은 원수들의 모습이었다. 그들의 얼굴이 그처럼 이상하다니 그들은 무엇을 말하고 싶어하는 것일까?

오 주님, 당신께 간청하오니 이 거주지를 방문하사 이곳으로부터 모두를 몰아내주시옵시고……

방학이면 집으로 돌아간다! 그건 멋진 일이야 하고 아이들은 그에게 말했었다. 이른 겨울 아침 성문 밖에서 마차를 탄다니. 마차는 자갈길을 굴러갔다. 교장 선생님 만세!
만세! 만세! 만세!
마차들이 달려 예배실을 지나가고 모두들 모자를 들고 환호했다. 그들은 즐거이 시골길을 따라 달렸다. 마부들은 채찍으로 보덴스타운 방향을 가리켰다. 아이들은 환호했다. 쾌활한 농부라는 별명을 지닌 농부의 농장을 그들은 지나갔다. 환호와 환호의 연속 속에. 환호하며 환호를 받으며 클레인으로 마차를 몰았다. 농부 아낙네들이 반쯤 열린 문간에 서 있었고 농부들이 이곳저곳에 서 있었다. 그곳의 멋진 냄새가 겨울 하늘에 떠돌았다. 클레인의 냄새. 비와 겨울 하늘, 타오르는 석탄과 코르덴 옷.

기차는 아이들로 꽉 찼다. 크림색으로 단장을 한 길고도 긴 초콜릿색 기차. 차장은 이리저리 오고 가며 문을 열고, 닫고, 잠그고, 풀면서. 그들은 짙은 청색과 은빛의 옷을 차려 입었다. 은빛 호루라기와 열쇠는 긴박한 음을 내었다. 딸깍, 딸깍, 딸깍, 딸깍.

그리고 기차는 평지를 건너 달리며 앨런 언덕을 지났다. 전선주들이 스치고 스치며 지나갔다. 기차는 달리고 달렸다. 그것은 알고 있었다. 아빠의 집 현관에는 색깔을 입힌 전등과 푸른 나뭇가지로 엮은 줄이 걸려 있었다. 큰 거울을 에워싼 감탕나무 가지와 담쟁이덩굴이, 그리고 샹들리에를 둘러 치장한 초록과 붉은색의 감탕나무 가지와 담쟁이덩굴이 있었다. 벽에 걸린 오래된 초상화 주위에도 붉은 감탕나무 가지와 초록 담쟁이덩굴이 있었다. 그와 크리스마스를 위해 감탕나무 가지와 담쟁이덩굴이.

멋진……

모든 사람들이 모였다. 잘 돌아왔구나, 스티븐! 환영하는 소리들. 엄마가 그에게 키스를 했다. 그게 올바른 것일까? 아빠도 이젠 원수가 되었어, 치안판사보다도 더 높은. 어서 와라, 스티븐!

온갖 소리들이……

커튼 고리를 따라 커튼이 열리는 소리, 세면대에서 튀기는 물소리. 기숙사에는 일어나 옷을 입고 세수하는 소리가 있었다. 왔다갔다하시며 빨리 서두르라고 재촉하는 선생님의 손뼉 치는 소리. 희미한 아침 햇살이 젖혀진 노란 커튼과 헝클어진 침상에 비쳤다. 그의 침대는 매우 뜨거웠고 그의 얼굴과 몸도 매우 뜨거웠다.

그는 몸을 일으켜 침상머리에 앉았다. 힘이 없었다. 양말을 신으려고 애썼다. 몹시 힘들게 느껴졌다. 햇살은 이상하고 차가웠다.

플레밍이 말했다.

— 어디 아프니?

그는 알 수 없었다. 그러자 플레밍이 말했다.

— 침대로 들어가렴. 몸이 아프다고 내가 맥글레이드 선생님께 말씀드릴게.

— 그는 몸이 아파.

— 누가?

— 맥글레이드 선생님께 말씀드려.

— 침대에 가서 누워.

— 그가 아프니?

그가 발 중간에 걸려 있는 양말을 벗고 뜨거운 침대로 올라갈 때 한 아이가 그의 팔을 붙들어주었다.

그는 이불의 훈훈한 온기를 맛보며 이불 속에서 몸을 웅크렸다. 친구들이 미사 시간에 대기 위해 옷을 입으며 그에 대해 서로 이야기 나누는 내용을 들었다. 오물 구덩이로 그를 밀어넣다니 나쁜 짓이야 하고 그들이 말하고 있었다.

그때 친구들의 목소리가 끊겼다. 그들은 가버렸다. 그의 침대 곁에서 어떤 목소리가 들렸다.

— 디덜러스, 우릴 고자질하지 않겠지, 틀림없지?

웰스의 목소리였다. 그는 웰스의 얼굴을 바라보자 그가 겁을 먹고 있다는 것을 알았다.

— 그럴 생각은 아니었어. 고자질하지 않겠지?

무슨 일을 저지르든 결코 친구를 고자질하지 말라고 예전에 아빠께서 그에게 말씀하셨다. 그는 고개를 흔들며 안 할 게라고 말하고 나니 즐거운 기분이었다. 웰스가 말했다.

— 맹세코 그럴 생각은 아니었어. 그저 장난이었던 거야. 미안해.

얼굴과 목소리가 사라졌다. 그가 겁을 내니 안됐군. 병은 아닌지 걱정이 되는데. 암종병은 식물의 병이고 암은 동물의 병이지. 아니, 그 반대였던가. 운동장 밖에서 저녁 햇살, 희끄무레한 햇살에 낮게 나는 둔중한 새, 그의 편 가장자리를 따라 이쪽 끝에서 저쪽 끝까지 달렸던 일이 오래 전 같았다. 레스터 사원에 불이 켜졌다. 그곳에서 울지 추기경이 죽었다. 수도원장들이 몸소 그를 묻었다.

그건 웰스의 얼굴이 아니었다. 선생님의 얼굴이었다. 그가 꾀병은 아닌데. 아냐, 아냐, 그는 정말 아프군. 꾀병은 아니야. 그리고 그는 이마에서 선생님의 손을 느꼈다. 선생님의 차갑고 습한 손 밑에서 그의 이마가 뜨겁고 눅눅해짐을 느꼈다. 그게 바로 쥐가 느낀 감각일 거야. 미끈하고, 축축하고, 차가운. 쥐들은 모두 눈이 있어 내다볼 수 있지. 매끈하고 미끈미끈한 털, 튀어오르려고 웅크린 작고 작은 두 발, 밖을 내다보는 까맣고 빛나는 두 눈. 어떻게 튀어오를지 그들은 알고 있어. 그렇지만 쥐의 마음은 삼각법을 이해할 수 없어. 그들이 죽으면 옆으로 누워 축 늘어지지. 그러면 털은 말라버리게 돼. 그저 죽은 물체가 되는 거야.

선생님이 다시 오셔서 그에게 일어나라고 말씀하셨다. 일어나 옷을 입고 의무실로 가라고 부교장 선생님께서 이르셨다고 말씀하셨다. 가능한 한 급히 그가 옷을 차려입는 동안 선생님께서 말씀하셨다.

── 배앓이가 돌고 있으니 짐을 싸 마이클 수사에게 가보렴. 배앓이를 앓다니 끔찍한 일인데! 배앓이에 걸리면 어찌

나 몸이 비틀거리는지!

그렇게 말씀하시는 그분은 매우 점잖으셨다. 웃게 만들려고 하시는 말씀이야. 그러나 뺨과 입술이 온통 떨려서 그는 웃을 수가 없었다. 그래서 선생님은 혼자 웃어야만 했다.

선생님께서 외쳤다.

─빨리 발 맞춰라! 건초발! 짚발!

그들은 함께 층계를 내려가 복도를 거치고 목욕실을 지났다. 그가 건물 문을 지날 때 이탄 냄새를 풍기는 미지근한 화장실 물의 기억이 떠올라 두려움이 느껴졌다. 미지근하고 축축한 공기, 풍덩 빠지는 소리, 약 냄새 같은 수건 냄새.

마이클 수사는 의무실 문간에 서 있었다. 그의 오른쪽 검은 물건함 문짝에서 의약품 같은 냄새가 났다. 그건 선반에 놓여 있는 약병들로부터 나왔다. 선생님이 마이클 수사에게 말을 건네자 마이클 수사는 선생님께 존칭을 쓰며 대답하였다. 그는 은발이 섞인 불그레한 머리털에 기이한 외관을 지녔다. 그분은 언제나 수사로 남아 있으니 이상해. 수사이시면서도 남과 다른 외관을 지니고 있어 그분에게 우리가 선생님이란 호칭을 붙일 수 없으니 그것도 이상해. 그분은 신앙심이 깊지 않으신가? 아니면 왜 그분은 다른 사람들을 따라붙지 못하시는 걸까?

방에는 두 개의 침대가 있었다. 침대 하나에는 사람이 이미 들어 있었고, 그들이 들어서자 그 사람이 불렀다.

─안녕! 디덜러스구먼! 어쩐 일이야?

─아무 일도 아니야, 마이클 수사가 말했다.

그는 문법 하급반 학생으로, 그가 마이클 수사에게 버터를 바른 토스트 한 조각을 가져다달라고 부탁하는 동안 스티븐은 옷을 벗었다.

─아, 갖다주세요! 그가 말했다.

─알랑거리긴! 마이클 수사가 말했다. 아침에 의사 선생님이 오시면 퇴원 통지서를 받게 될 거야.

─그래요? 나는 다 낫지 않았어요. 그 아이가 말했다.

마이클 수사가 다시 말했다.

─틀림없이 퇴원 통지서를 받게 될 거야.

그는 난로 석탄불을 긁어 모으려고 몸을 구부렸다. 그는 마차의 말처럼 등이 길었다. 그는 부지깽이로 조심스럽게 쑤시고는 문법 하급반 학생에게 고개를 끄떡였다.

그런 다음 마이클 수사는 가버렸다. 잠시 후 문법 하급반의 그 아이는 벽 쪽으로 돌아눕더니 잠이 들었다.

이곳이 의무실이었다. 그리고 그는 몸이 아팠다. 그들이 집에 계시는 엄마와 아빠에게 편지를 보냈을까? 그렇지만 선생님 중의 한 분이 직접 가서서 부모님께 알려드리면 더 빠를 텐데. 아니면 선생님이 가져가도록 편지를 쓸 수도 있는데.

사랑하는 엄마에게

전 몸이 아파요. 집에 돌아가고 싶어요. 오셔서 저를 데리고 가세요. 저는 의무실에 있어요.

엄마의 사랑스런 아들로부터,
스티븐 올림

그들은 너무도 멀리 떨어져 계셔! 창문 밖에는 차가운 햇볕이 비치고 있었다. 죽는 것이 아닐까 하는 생각이 들었다. 화창한 날에도 역시 마찬가지로 죽을 수 있을 거야. 엄마가 오시기 전에 죽을지도 몰라. 그러면 리틀이 죽었을 때 친구들이 들려주었던 식으로 예배실에서 장례 미사를 가지겠지. 모든 친구들이 검은 예복을 차려입고, 슬픈 표정을 지으며, 미사에 참석할 거야. 웰스도 역시 거기에 참석하겠지만 아무도 그를 쳐다보지 않을 거야. 교장 선생님께서도 검고 금빛의 법의를 입으시고 그곳에 참석하시겠지. 그리고 제단 위와 영구대 주위에 노란 긴 촛불이 켜질 거야. 그런 다음 그들은 관을 천천히 예배실 밖으로 운반해 보리수가 양편에 줄지은 중앙 가로수길을 지나 마을의 작은 묘지에 묻을 거야. 그러면 웰스는 자기가 한 일에 대해 미안해하겠지. 그리고 천천히 조종이 울리겠지.

그는 조종을 들을 수 있었다. 브리지드가 그에게 가르쳐 주었던 노래를 혼자 암송했다.

딩동! 성의 종소리!
안녕, 나의 엄마!
나를 그리운 교회 묘지
큰형 곁에 묻어주세요.
나의 관은 검게,
여섯 천사가 등뒤에 서 있어,
둘은 노래하고 둘은 기도하며
둘은 나의 영혼을 데려갈 수 있도록.

그 노래는 얼마나 아름답고 구슬픈가! 나를 교회 묘지에 묻어달라고 하는 이 가사는 얼마나 아름다운가! 전율이 몸을 스쳐지났다. 얼마나 구슬프고 얼마나 아름다운가! 그는 자신 때문이 아니라 음악처럼 너무 아름답고 구슬픈 가사 때문에 조용히 울고 싶었다. 딩동! 딩동! 안녕! 오 안녕!

차가운 햇빛이 약해졌고 마이클 수사가 그의 침대 옆에 소고기 죽그릇을 들고 서 있었다. 입이 뜨겁고 바싹 말라 있어 기뻤다. 그들이 운동장에서 운동하는 소리를 들을 수 있었다. 그리고 그가 마치 그곳에 있는 섯처럼 학교의 하루가 지나가고 있었다.

그때 마이클 수사는 자리를 떴지만 그가 틀림없이 다시 돌아와 신문에 난 모든 소식을 들려줄 거라고 문법 하급반 아이가 말했다. 그는 스티븐에게 말을 걸어 자기 이름은 어사이이며, 아빠는 멋지고 날쌘 경주용 말을 많이 갖고 있고, 마이클 수사에게 언제든지 팁을 두둑이 주실 거라고 말했다. 마이클 수사는 매우 친절한 분이셔서 학교에서 매일 받아보는 신문을 통해 온갖 소식을 언제나 그에게 들려준다는 것이다. 사건들, 난파 소식들, 스포츠, 그리고 정치 소식.

　—지금 신문에는 온통 정치에 관한 것투성이야, 그가 말했다. 너의 집안에서도 역시 그 얘기뿐이지?

　—응, 스티븐이 대답했다.

　—우리집도 마찬가지야, 그가 말했다.

그런 다음 그는 잠시 생각한 후 말했다.

　—디덜러스라, 너는 특이한 이름을 갖고 있구나. 내 이름역시 특이하지, 어사이라고. 내 이름은 어느 마을의 이름과같아. 네 이름은 라틴어 같구나.

그러면서 그는 물었다.

　—너는 수수께끼 잘 푸니?

스티븐이 대답했다.

　—별로.

그러자 그는 말했다.

　—이것 답할 수 있어? 킬데어 주는 왜 남자 바지의 가랑이처럼 생겼지?

스티븐은 답이 무얼까 생각하다 말했다.

— 모르겠는걸.

— 그건 그 안에 있기 때문이야, 그는 말했다. 내 말 뜻을 알겠어? 어사이 Athy는 킬데어 주의 마을이고 어사이 *a thigh* 는 넓적다리란 뜻이잖아.

— 아, 그렇군, 스티븐이 말했다.

— 그건 오래된 수수께끼야, 그가 말했다.

잠시 후 어사이가 말했다.

— 이봐!

— 응? 스티븐이 물었다.

— 그런데 말이야 아까 한 수수께끼를 다른 식으로 물어볼 수 있어? 그가 물었다.

— 그래? 스티븐이 되물었다.

— 똑같은 수수께끼야, 그가 말했다. 다른 식으로 묻는 방법을 알아?

— 아니, 스티븐이 말했다.

— 달리 생각해볼 수 없어? 그가 말했다.

그는 말하며 침대보 너머로 스티븐을 쳐다보았다. 그러더니 베개를 베고 누우며 말했다.

— 다른 방법이 있지만 말해주지 않겠어.

왜 말해주지 않는 걸까? 경주용 말을 갖고 있는 그의 아빠는 소린의 아빠나 내스티 로취의 아빠처럼 치안판사임에 틀림없어. 그는 자신의 아빠에 대해 생각했다, 엄마가 피아노를 치는 동안 아빠는 언제나 노래를 불렀고, 그가 6펜스를 달라고 하면 1실링이나 주셨었지. 아빠가 다른 아이들의 아빠처럼 치안판사가 아니어서 섭섭했다. 그러면 왜 그를 그들처럼 이곳으로 보냈을까?

그렇지만 그의 아빠는 증조부[9]께서 오십 년 전에 해방자에게 연설을 한 적이 있기 때문에 그가 이 학교에 가도 낯설지 않으리라고 말씀하셨다. 당시의 사람들은 그들의 구식 옷만 봐도 알 수 있었다고 한다. 그 시절은 근엄했던 것처럼 보였다. 그때는 클롱고우즈의 학생들이 놋쇠 단추를 단 푸른 외투와 노란 조끼, 그리고 토끼 가죽으로 만든 모자를 입고 어른처럼 맥주를 마시며 토끼 사냥을 위해 각자 사냥개를 길렀던 시절이 아니었던가 하고 그는 생각했다.

그는 창문을 쳐다보고 하루 해가 점차 저무는 것을 알았다. 구름이 낀 흐린 빛이 운동장을 덮고 있겠지. 운동장에서는 아무 소리도 들리지 않았다. 틀림없이 작문 수업중이거나 아닐 신부께서 성인전을 읽어주고 있겠지.

그에게 아무런 약도 주지 않다니 이상한 일이었다. 아마도 마이클 수사께서 돌아오면 갖다주시겠지. 의무실에 가면 끔찍스런 약을 먹어야 한다고들 하던데. 그러나 지금은 전보다 한결 기분이 나아졌다. 서서히 나아지고 있으니 좋은데. 그

---

9) 조이스의 큰아버지 존 오코널은 아일랜드와 영국과의 합병 철폐를 주창했던 이른바 ‘해방자’ 오코널 Daniel O'Connell의 친척이었다.

러면 책도 얻어볼 수 있겠지. 도서관에는 홀랜드에 관한 책이 있었지. 그 책 속엔 외국의 멋진 이름과 이상하게 보이는 도시와 배들의 사진이 많았지. 그런 생각을 하면 행복해져.

창문의 햇살이 너무 창백하구나! 그렇지만 근사하기는 해. 벽에 비친 난로 불빛이 솟았다 가라앉았다. 마치 파도 같아. 누군가 석탄을 넣으면 불꽃이 이는 소리가 들렸다. 불꽃은 속삭이고 있었다. 파도의 소리였다. 아니 파도가 오르내리며 서로 속삭이고 있었다.

그는 파도치는 바다를 보았다. 달빛도 없는 어두운 밤에 검은 파도가 길게 솟았다가 내려앉는. 자그마한 불빛이 배가 입항하는 부두에서 반짝였다. 그리고 그는 수많은 군중들이 항구로 들어오는 배를 보기 위해 물가에 모여 있는 것을 보았다. 키가 큰 한 사람이 갑판에 서서 컴컴한 육지를 바라보고 있었다. 부두의 불빛으로 그는 그의 얼굴을 보았다. 슬픔에 잠긴 마이클 수사의 얼굴을.

그는 그 사나이가 군중을 향해 손을 치켜드는 것을 보았고 파도 너머 슬픔에 잠긴 낮은 목소리로 말하는 것을 들었다.

—그분이 돌아가셨습니다. 영구대 위에 누우신 그분을 보았습니다.

슬픔에 찬 비탄의 울음이 군중으로부터 터져나왔다.

—파넬! 파넬! 그분이 돌아가셨다니!

사람들은 무릎을 꿇고 비통해하였다.

그때 그는 밤색 우단 드레스를 입은 댄티 아줌마가 녹색 우단 망토를 어깨에 걸치고 물가에서 무릎 꿇고 앉은 사람들 곁을 지나 도도하게 말없이 걸어가는 것을 보았다.

*   *   *

벌겋게 타오르는 불이 높이 쌓아올린 벽난로에서 활활 타오르고 있었고 담쟁이덩굴 가지로 휘감아 치장한 샹들리에 아래에는 크리스마스 식탁이 펼쳐져 있었다. 그들은 다소 늦게 귀가했지만 아직 만찬은 준비되지 않았다. 그렇지만 곧 준비될 거라고 어머니께서 말씀하셨다. 모두들 식당문이 열리며 묵중한 금속 뚜껑을 덮은 커다란 접시를 하인들이 들고 오기를 기다리고 있었다.

모두들 기다리고 있었다. 창문 그늘진 곳에 멀찌감치 앉아 있는 찰스 할아버지, 난롯가 양옆 안락의자에 서로 맞대고 앉은 댄티 아줌마와 케이시 씨, 그리고 스티븐은 그들 사이의 의자에 앉아 두 발을 양각돌기 장식에 올려놓고 있었다. 디덜러스 씨는 벽난로 위에 걸린 긴 거울에 자신의 모습을 살피며 콧수염 끝에 왁스를 발라 빳빳이 하고 있었다. 그리고 연미복 자락을 다듬으며 타오르는 불을 등지고 서 있었다. 그러면서 이따금 그는 연미복에서 손을 꺼내 여전히 콧수염 끝자락에 왁스칠을 하였다. 케이시 씨는 머리를 한편에 기댄 채 미소를 지으면서, 손가락으로 목의 임파선을 톡톡 두들겼다. 케이시 씨가 목구멍에 은화 지갑을 감추고 있는 것이 사실이 아님을 이젠 알고 있는 스티븐도 미소를 지었다. 케이시 씨가 내곤 하던 은화 소리에 그가 얼마나 속아넘어갔었는지를 생각하며 그는 미소를 지었다. 그리고 은화 지갑이 감추어져 있는지를 알아보려고 케이시 씨의 손을 펼치려고 할 때 그의 손이 곧게 펴지지 않는 것을 그는 알아차린 적이 있었다. 케이시 씨는 빅토리아 여왕에게 생일 선물을 만들어주려다 세 손가락이 굽어졌다고 말해주었었다.[10]

케이시 씨는 목의 임파선을 두드리며 졸린 눈으로 스티븐에게 미소를 지었다. 디덜러스 씨가 그에게 말했다.

—그래, 정말, 근사하군. 오, 정말 멋진 산보였어. 그렇지 존? 그럼…… 오늘 저녁만한 만찬이 없을 것 같군. 그래…… 아, 정말이지, 오늘 우리는 브레이 갑만(岬灣)을 돌며 맑은 공기를 실컷 들이마셨지. 아, 정말이야.

그는 댄티 아줌마에게 몸을 돌려 말했다

—리오던 부인께서는 꼼짝도 않으셨어요?

댄티는 얼굴을 찌푸리며 짤막이 말했다.

—아뇨.

---

10) 케이시 씨는 독립 운동을 하다 여러 번 투옥되었으며, 감옥에서 마대를 만들고 뱃밥을 뜯는 일을 많이 하면서 왼손 손가락이 마비되어버렸다. 빅토리아 여왕 생일 선물은 폭동을 빗대는 말이다.

디덜러스 씨는 연미복을 놓고 찬장으로 갔다. 그는 찬장에서 위스키가 담긴 커다란 돌항아리를 꺼내와 술병에 천천히 채우며 이따금씩 허리를 굽혀 얼마나 따랐는지를 살폈다. 그리고는 다시 항아리를 찬장에 갖다놓고, 두 개의 유리잔에 위스키를 조금 붓고 물을 탄 다음 벽난로 쪽으로 갖고 왔다.

— 존, 아주 조금이야, 그저 입맛을 돋우는 거지, 그는 말했다.

케이시 씨는 잔을 받아 마시고는 옆에 있는 벽난로 위에 놓았다. 그리고 이내 말했다.

— 글쎄, 우리 친구 크리스토퍼가 제조하곤 하던 일이 생각나는군……

그는 발작적인 웃음을 터뜨린 다음 기침을 하며 덧붙였다.

— 그 녀석들을 위해 샴페인을 제조하다니.

디덜러스 씨가 크게 웃어제꼈다.

— 그게 크리스티인가? 그가 말했다. 한 무리 숫여우보다 그의 대머리에 나 있는 사마귀 하나에 더 많은 꾀가 숨어 있었지.

그는 고개를 기울이며 두 눈을 감았다. 그리고 입술을 힘껏 빨며 호텔 주인의 목소리를 흉내내기 시작했다.

— 거기에다가 말만 시작하면 입심도 좋았던 걸 잘 알잖아. 턱 밑의 군살은 늘 축축하고 습했지, 맙소사.

케이시 씨는 아직도 발작적인 기침과 웃음으로 몸을 뒤틀었다. 호텔 주인의 목소리와 얼굴 모습을 흉내내는 아버지를 보며 스티븐은 웃음을 터뜨렸다.

디덜러스 씨는 외알 안경을 치켜들고 그를 빤히 내려다보며 조용하고 다정하게 말했다.

— 이 애송이 녀석, 넌 무엇 때문에 그렇게 웃냐?

하인 둘이 들어와 접시를 식탁 위에 차려놓았다. 디덜러스 부인이 뒤를 따라 들어와 자리를 정해주었다.

— 저쪽에 앉으세요, 그녀가 말했다.

디덜러스 씨는 식탁 한쪽 끝에 앉으며 말했다.

— 자, 리오던 부인, 앉으시죠. 존, 거기 앉게, 이 친구야.

그는 찰스 할아버지가 앉을 곳을 둘러보며 말했다.

— 자, 앉으시지요, 칠면조가 기다리고 있습니다.

모두 자리에 앉자 그는 뚜껑에 손을 얹었다. 그러나 손을 떼며 재빨리 말했다.

— 자, 스티븐.

스티븐은 식사 전에 감사 기도를 드리기 위해 제자리에서 일어났다.

주님이시여, 저희들을 축복하사 당신의 은총으로 내려주신 이 음식을 축복해주소서, 우리 주 예수 그리스도의 이름으로 비나이다. 아멘.

모두 성호를 그었다. 디덜러스 씨는 기쁨의 한숨을 내쉬며 가장자리에 반짝이는 물방울이 진주처럼 맺힌 묵직한 뚜껑을 접시에서 들어올렸다.

스티븐은 날개와 다리를 동여맨 채 꼬챙이에 꿴 통통한 칠면조가 식탁 위에 놓여 있는 것을 보았다. 아버지가 드올리어 가(街) 던 상점에서 1기니를 주고 사셨다는 것과 상점 주인이 얼마나 좋은 칠면조인지를 보이기 위해 그 가슴뼈를 몇 번이고 꾹꾹 찔렀었다는 것을 알고 있었다. 그는 다음과 같이 말하던 주인의 목소리를 기억했다.

──이걸 가지고 가세요. 정말 근사한 일등품이에요.

클롱고우즈 학교의 배릿 선생은 왜 회초리를 칠면조라고 불렀을까? 그러나 학교는 멀리 떨어져 있어. 그리고 칠면조와 햄, 샐러리가 어울린 따끈하고 진한 냄새가 그릇과 접시에서 풍겨나왔으며 높이 쌓아올린 벽난로에서 벌겋게 불이 활활 타오르고 있고, 녹색의 담쟁이덩굴과 붉은 감탕나무는 그를 정말 행복에 젖게 하였다. 만찬이 끝나면 껍질 벗긴 아몬드와 감탕나무 가지가 여기저기 꽂히고 빙 둘러 파랗게 불이 붙어 있으며[11] 꼭대기에는 초록의 자그마한 깃발이 나부끼는 큼직한 멋진 플럼 푸딩이 이내 들어오겠지.

이것은 그가 첫번째 맞는 크리스마스 만찬이었다. 자신도

---

11) 향미를 돋우기 위해 브랜디를 푸딩 둘레에 뿌려 불을 붙이면 파랗게 불이 붙는다.

여러 번 그랬던 것처럼 푸딩이 들어올 때까지 아이들 방에서 기다리고 있을 어린 남동생과 여동생을 생각해보았다. 깊이 팬 낮은 칼라와 이튼식 재킷은 그에게 이상하고 나이를 먹은 듯한 느낌을 주었다. 그날 아침 어머니가 그를 거실로 데리고 가서 미사복을 입혀주실 때, 아버지는 우셨다. 아버지께서는 할아버지가 생각나셨기 때문이었다. 그리고 찰스 할아버지도 역시 그렇게 말씀하셨다.

디덜러스 씨는 큰 접시에 뚜껑을 덮고 시장한 듯 먹기 시작했다. 그러더니 그가 말했다.

— 불쌍한 크리스티 영감, 이젠 몹쓸 짓으로 몸의 한쪽이 거의 마비되었으니.

— 사이먼, 디덜러스 부인이 말했다, 리오던 부인에게 소스를 드리지 않았군요.

디덜러스 씨는 배 모양의 소스 그릇을 집었다.

— 그랬던가요? 그는 큰 소리로 외쳤다. 리오던 부인, 이처럼 앞 못 보는 불쌍한 사람을 용서하십시오.

댄티 아줌마가 접시를 양손으로 가리며 말했다.

— 아닙니다, 됐어요.

디덜러스 씨는 찰스 할아버지를 돌아보았다.

— 조금 더 드시지요?

— 난 아주 적당해, 사이먼.

— 존, 자네는?

─난 됐어. 자네나 어서 들게.

─당신은? 이봐, 스티븐, 여기 깜짝 놀라게 만들 게 있어.

그는 스티븐의 접시에 마음껏 소스를 붓고 그릇을 다시 식탁에 놓았다. 그리고는 고기가 연한지 찰스 할아버지께 물었다. 찰스 할아버지는 입에 음식이 가득하여 대꾸할 수 없어 그렇다고 고개만 끄떡였다.

─우리 친구가 교단 사람에게 한 대답은 참 멋있었어. 뭐라더라? 디덜러스 씨가 말했다.

─그 친구가 뱃속에 그만한 배짱이 있었는지 난 몰랐어, 케이시 씨가 말했다.

─"신부님께서 하나님의 성당을 투표소로 만드는 일을 그만두시면, 저도 십일조를 내겠습니다."

─멋진 대답이군요, 댄티 아줌마가 말했다. 자기 자신을 카톨릭교도라고 칭하는 자가 신부님께 그렇게 말하다니.

─비난받을 자는 바로 그들이죠, 디덜러스 씨가 은근히 말했다. 신부들이 바보의 충고라도 들을 줄 안다면 종교에만 관심을 기울여야죠.

─그것이 바로 종교예요, 댄티 아줌마가 말했다. 대중을 경고함으로써 그분들은 의무를 다하고 있는 거예요.

─우리가 신의 성전으로 가는 것은 창조자께 겸허한 마음으로 기도드리기 위한 것이지 선거 연설을 듣기 위해서가

아닙니다, 케이시 씨가 말했다.

— 그게 종교예요, 댄티 아줌마가 다시 말했다. 그분들은 옳아요. 그분들은 양떼들을 인도해야만 합니다.

— 그리고 제단에서 정치에 대해 설교하는 것도? 디덜러스 씨가 물었다.

— 물론이죠, 댄티 아줌마가 말했다. 국민 도덕에 관한 문제예요. 신부님이 자신의 양떼에게 무엇이 옳은지 그른지를 말해주지 않는다면 신부님이 아니지요.

디덜러스 부인이 나이프와 포크를 내려놓으며 말했다.

— 제발, 제발 오늘만은 더 이상 정치 이야기를 그만두도록 하세요.

— 그래 옳아, 찰스 할아버지가 말했다. 자, 사이먼, 이젠 됐어. 이제 더 이상 꺼내지 말자구.

— 그래요, 그래, 디덜러스 씨가 재빨리 말했다.

그는 쟁반 뚜껑을 확 열면서 말했다.

— 자, 그러면, 누가 칠면조를 더 드실래요?

아무도 대답이 없었다. 댄티 아줌마가 말했다.

— 카톨릭교인이라고 하면서 그런 말을 사용하다니!

— 리오던 부인, 이제 그 문제는 그만두도록 부탁드릴게요, 디덜러스 부인이 말했다.

그녀 쪽을 향하며 댄티 아줌마가 말했다.

— 그러면 내가 여기 앉아 내 교회의 신부님들이 비난받

는 것을 듣고만 있으란 말이에요?

— 그들이 정치에 간섭하지 않는 한, 아무도 그들을 비난하는 말을 하지 않습니다, 디덜러스 씨가 말했다.

— 아일랜드의 주교님들과 신부님들께서 말씀하신 것을 모두들 복종해야 해요, 댄티 아줌마가 말했다.

— 그들 보고 정치는 상관 말라고 하십시오, 아니면 사람들이 교회를 떠날지도 모릅니다, 케이시 씨가 말했다.

— 들으셨어요? 댄티 아줌마가 디덜러스 부인을 돌아보며 말했다.

— 케이시 씨! 사이먼! 이제 그만두세요, 디덜러스 부인이 말했다.

— 정말 안 되겠군! 안 되겠어! 찰스 할아버지가 말했다.

— 무엇을 들었단 말이오? 디덜러스 씨가 소리쳤다. 영국 사람들이 시키는 대로 우리가 파넬을 저버려야 한단 말이오?

— 그는 더 이상 지도자로서의 자격이 없어요, 댄티 아줌마가 말했다. 그는 국민에게 죄인이에요.

— 우리는 모두 죄인이오. 그것도 흉악한 죄인이오, 케이시 씨가 냉정하게 말했다.

— "남을 죄짓게 하는 자는 불행할진저!" 리오던 부인이 말했다. "이 보잘것없는 사람들 가운데 누구 하나라도 죄짓게 하는 사람은 그 목에 연자맷돌을 달고 바다에 던져져 죽

는 편이 오히려 나을 것이니라."[12] 이것은 성령의 말씀입니다.

— 나에게 묻는다면 매우 고약한 말이군요, 디덜러스 씨가 차갑게 말했다.

— 사이먼! 사이먼! 찰스 할아버지가 말했다. 애가 있잖아.

— 아, 그래요, 디덜러스 씨가 말했다. 제 말 뜻은…… 정거장 짐꾼이 쓰는 나쁜 말들을 생각하던 중이었지요. 자, 이제 됐어요. 자, 스티븐, 접시 좀 보자, 이 녀석. 실컷 먹어라. 자 여기.

그는 음식을 스티븐의 접시에 가득 담아주고 찰스 할아버지와 케이시 씨에게 커다란 칠면조 조각을 덜어주며 소스를 듬뿍 얹었다. 디덜러스 부인은 거의 음식을 입에 대지 못했고 댄티 아줌마는 양손을 무릎에 얹고 앉아 있었다. 그녀는 얼굴이 빨개져 있었다. 디덜러스 씨는 그릇 가장자리를 나이프와 포크로 헤집으며 말했다.

— 여기 교황의 코[13]라고 부르는 맛있는 부분이 있는데. 어느 숙녀분이시나 신사분께서 원하시면……

그는 포크 끝에 고기 한 조각을 집어들었다. 아무도 입을

---

12) 「누가복음」 17장 1~2절 참조.
13) 칠면조 엉덩이 살로 로마인의 매부리코와 닮았다는 비유에서 나온 말.

열지 않았다. 그는 그 조각을 자기 접시에 담으며 말했다.

— 자, 권하지 않았다는 말은 하지 마십시오. 요즈음 제 건강이 좋지 않으니 제가 먹도록 하겠습니다.

그는 스티븐에게 눈을 찡긋하고 큰 그릇 뚜껑을 도로 덮으며 먹기 시작했다.

그가 먹는 동안 침묵이 흘렀다. 그때 그가 말했다.

— 그런데 오늘 하루는 정말 잘 지냈어. 시골에서 올라온 낯선 사람들이 많던데.

아무도 대꾸하지 않았다. 그는 다시 말했다.

— 지난 크리스마스 때보다 낯선 사람들이 더 많던데.

각자 자기 접시에 얼굴을 숙이고 있는 사람들을 그는 둘러보았지만, 아무 응답도 없자 잠시 동안 머뭇거리더니 씁쓸한 듯 말했다.

— 이런, 여하튼 이번 크리스마스 만찬은 망쳐버렸군.

— 성당의 신부님들에게 경의를 표하지 않는 집안에는 행운도 은총도 있을 수 없지요, 댄티 아줌마가 말했다.

디덜러스 씨는 나이프와 포크를 소리나게 접시에 내려놓았다.

— 경의라고! 그는 말했다. 입만 까발리는 대주교나 아마 시(市)[14] 배불뚝이 사제에게? 경의를 표하라고!

---

14) 마이클 로그는 1887년 아마 시(市)의 대주교로 임명되었고, 후에 추기경이 되었다.

— 교회의 왕자들이라고, 케이시 씨가 경멸을 표하며 천천히 말했다.

— 그래, 리트림 경의 마부[15]이지, 디덜러스 씨가 말했다.

— 그분들은 주님의 성유를 받았어요, 댄티 아줌마가 말했다. 그분들은 조국의 명예예요.

— 배불뚝이들이지, 디덜러스 씨가 거칠게 말했다. 글쎄, 얌전히만 있으면 점잖은 분들이지. 추운 겨울날 베이컨과 배추를 핥고 있는 꼴을 봐야 하는데. 아, 기가 막혀!

그는 얼굴을 온통 찡그려 거대한 야수의 모습을 취하며 입술로 핥아 먹는 소리를 냈다.

— 정말이지, 사이먼, 디덜러스 부인이 말했다. 스티븐 앞에서 그런 식으로 말씀하시면 안 돼요. 옳지 못하다구요.

— 오, 저애가 자라면 이 모든 것을 기억할 거예요, 댄티 아줌마가 흥분해서 말했다. 바로 자기 집 안에서 들은 대로 하느님과 종교와 사제들을 욕하던 그 말들을.

— 사제들과 그 사제들의 앞잡이들이 파넬의 심장을 찢고 무덤으로 몰아넣었던 그 말도 또한 기억하도록 해야만 해, 케이시 씨가 식탁 너머로 그녀에게 외쳤다. 그가 어른이 되면 모두 기억나게 해야 돼.

— 개자식들! 디덜러스 씨가 소리쳤다. 파넬이 실각하자

15) 악명 높은 지주인 리트림 경은 농부들에 의해 1887년 살해되었는데, 그때 지주의 두 마부가 주인을 방어하려다가 같이 죽었다.

그자들이 배반하고 시궁창의 쥐처럼 그분을 갈기갈기 찢다
니. 더러운 개들이야! 그처럼 생겨먹었어! 정말이지 그렇게
생겼고말고!

　─그분들은 올바르게 행동하셨어요, 댄티 아줌마가 부르
짖었다. 그분들은 주교님과 사제들의 말씀을 따랐어요. 그분
들은 명예로워요!

　─이런, 일 년 내내 하루도 빠지지 않고 이런 일이 일어
나니 정말 진저리가 나요, 디덜러스 부인이 말했다. 이 진저
리나는 논쟁에서 벗어날 수 없으니!

　찰스 할아버지가 달래듯이 양손을 들며 말했다.

　─이제 그만, 그만, 그만! 이처럼 화를 내거나 심한 말을
쓰지 말고 우리 각자의 견해를 말할 수 없을까? 정말 너무
심하군.

　디덜러스 부인이 낮은 목소리로 댄티 아줌마에게 말을 걸
었지만 댄티 아줌마는 큰 소리로 말했다.

　─저는 가만히 있을 수 없어요. 내 성당과 종교가 배교자
들로부터 모욕을 당하고 침을 뒤집어쓰면 이를 옹호할 거예
요.

　케이시 씨는 사납게 접시를 식탁 가운데로 밀고 양 팔꿈치
를 괴며 거친 소리로 집주인에게 말했다.

　─이봐, 침을 뱉었던 그 유명한 사건을 내가 얘기했었
나?

— 하지 않았지, 존, 디덜러스 씨가 말했다.

— 그렇다면 가장 교훈적인 이야기를 해주지, 케이시 씨가 말했다. 우리가 지금 살고 있는 위클로 지역에서 얼마 전에 일어났던 사건이지.

그는 말을 멈추고 댄티 아줌마 쪽으로 방향을 틀며 분노 섞인 목소리로 차분하게 말했다.

— 부인, 나를 가리켜 하신 말씀 같지만, 나는 카톨릭 배교자가 아닙니다. 나의 아버지와 아버지의 아버지, 그리고 그 할아버지의 아버지처럼 나도 카톨릭 신자입니다. 우리는 모두 신앙을 팔기보다는 생명을 내놓으셨던 분들이십니다.

— 그런 당신이 그런 식으로 말씀하셨으니 더욱 수치스럽군요, 댄티 아줌마가 말했다.

— 이야기나 해봐, 존, 디덜러스 씨가 미소를 지으며 말했다. 어쨌든 이야기나 들어보자구.

— 카톨릭 신자라고! 댄티 아줌마가 냉소적으로 거듭 말했다. 이 나라에서 제일 사악한 신교도라도 오늘 저녁에 내가 들은 것 같은 말은 하지 않을 겁니다.

디덜러스 씨가 머리를 앞뒤로 흔들며 시골 가수처럼 흥얼거리기 시작했다.

— 다시 말하건대 나는 신교도가 아닙니다, 케이시 씨가 얼굴을 붉히며 말했다.

디덜러스 씨는 여전히 흥얼거리며 고개를 흔들면서 퉁명

스런 콧소리로 노래를 시작했다.

　오, 미사에 한번도 가지 않은
　로마 카톨릭 신자는 모두 오시오.

　그는 흥겨운 기분으로 다시 나이프와 포크를 잡고 먹기 시작하며 케이시 씨에게 말했다.
　—존, 이야기나 들어보자니까. 소화에 도움을 줄 거야.
　식탁 너머로 맞잡은 손을 응시하고 있는 케이시 씨의 얼굴을 스티븐은 정답게 바라보았다. 그는 케이시 씨의 어두워 보이는 사나운 얼굴을 쳐다보면서 그 곁에 가까이 앉아 있고 싶었다. 그러나 그의 검은 두 눈은 결코 사납지는 않았고 그의 느린 목소리도 듣기에 좋았다. 그렇지만 왜 그는 사제들과 등을 지고 있을까? 댄티 아줌마 말이 틀림없이 옳기 때문일 거야. 하지만 댄티 아줌마는 파계한 수녀이며 자질구레한 장신구와 목걸이를 사기 위해 모아둔 저금을 댄티 아줌마의 오빠가 갖고 사라졌을 때 앨리게니에 있는 수녀원을 떠났었다고 아버지께서 말하시는 것을 그는 들은 적이 있었다. 아마도 그 때문에 댄티 아줌마가 파넬에 대해 심하게 구는가 보다. 게다가 아일린이 신교도라고 해서 그가 아일린과 같이 노는 것을 댄티 아줌마는 좋아하지 않았다. 댄티 아줌마가 어렸을 적에 신교도와 놀곤 하던 아이들을 알고 있었는데 신교도들은 성모 마리아에 대한 연도(連禱)를 조롱하곤 했다는 것이다. '상아의 탑' '황금의 집'[16]이라고 부르곤 했다. 어떻게 한 여인이 상아의 탑 또는 황금의 집이 될 수 있을까? 그리고 그는 클롱고우즈 학교의 의무실에서 지냈던 저녁과 컴컴한 바닷물, 등대불, 그리고 소식을 들은 군중들이 보여준 비탄의 통곡 소리를 기억했다.

아일린은 길고 흰 손을 갖고 있었다. 어느 날 저녁 술래잡기를 하다 그녀가 손으로 그의 두 눈을 가린 적이 있었다. 길고도 하얀, 가냘프면서도 차갑고 부드러운. 그것이 상아였다. 차갑고 하얀 물건. 그것이 '상아의 탑'이란 의미였다.

─이야기는 매우 짧으면서도 유쾌한 내용이지, 케이시 씨가 말했다. 우리의 수장이 임종한 지 얼마 지나지 않았고 날씨가 몹시 매서웠던 어느 날 아클로 마을 아래쪽에서 있었던 일이었어. 그분께 신의 가호가 있으시기를!

그는 지친 듯 눈을 감고 잠시 멈췄다. 디덜러스 씨가 접시에서 뼈 한 조각을 집어 이빨로 고기를 뜯으며 말했다.

─그분이 살해당하기 전이란 말씀이군.

케이시 씨는 눈을 뜨며 한숨을 쉬면서 말을 이었다.

─어느 날 아클로 마을 아래쪽에서 있었던 일이지. 회합

---

16) 카톨릭에서 기도드릴 때 성모 마리아는 '신비의 장미' '상아의 탑' '황금의 집' '계약의 궤' '천국의 문' '새벽별' 등의 이름으로 불린다.

이 있어 우리는 그곳으로 내려갔었는데 회합이 끝난 후 우리
는 철도역까지 군중을 헤치며 나아가야만 했었어. 그와 같은
야유 소리는 들어본 적이 없을 거야. 사람들이 우리에게 온
갖 욕설을 다 퍼부었지. 그런데 한 노파가, 틀림없이 술 취한
늙은 할망구임이 분명했는데, 나를 붙잡고 늘어지는 거야.
진흙탕 속에서 내 옆을 따라오며 내 얼굴에다 대고 고래고래
소리치고 있었지. "신부님을 물어대는 사냥개! 파리에서 공
작금을 받다니! 여우 같으니! 간통자 키티 오시에!"[17]

　　— 그래서 자넨 어떻게 했나, 존? 디덜러스 씨가 물었다.

　　— 그 노파가 떠들도록 내버려두었지, 케이시 씨가 말했
다. 매서운 날씨에다 원기를 유지하기 위해(숙녀 앞에서는 실
례지만) 입 안에 털라모어산 입담배를 씹고 있었지. 입이 담
배즙으로 꽉차 있어 어쩔 수 없이 말을 할 수도 없었거든.

　　— 그래서, 존?

　　— 그래서 그 노파가 실컷 떠들도록 내버려두었지. 키티
오시에 그 여인에게 별별 이름으로 욕을 퍼부었지만 그걸 되

---

17) '파리 공작금'이란 쫓겨난 소작 농민들을 돕기 위해 미국 이민자들
이 모금한 5만 파운드의 자금이었는데 파넬의 이름으로 파리의 은행
에 신탁되었었다. 파넬을 반대하던 파들은 '누가 파리 기금을 훔쳤
는가?'라는 구호를 내걸어 파넬이 돈을 횡령했다고 공격했다. '여
우'는 파넬이 키티 오시에와 내통하면서 사용한 가명 중의 하나로,
그의 적들은 그가 간통을 감추기 위해 썼다고 비난했지만, 그의 친구
들은 그의 사생활을 보호하기 위해 사용했다고 주장했다.

풀이하여 오늘 크리스마스 식탁이나 여러분의 귀를 그리고 나 자신의 입을 더럽히고 싶지는 않습니다.

그는 잠시 멈추었다. 디덜러스 씨는 뼛조각에서 머리를 들어올리며 물었다,

— 그래서 자넨 어떻게 했냐구, 존?

— 어떻게 하다니! 케이시 씨가 말했다. 그 노파가 못생긴 늙은 얼굴을 내게 바싹 들이밀고 상스런 말을 했을 때 나는 입이 담배즙으로 꽉차 있었지. 난 그녀에게 허리를 굽혀 이처럼 "푸!" 하고 말했지.

그는 옆으로 몸을 돌리며 침 뱉는 시늉을 했다.

— "푸!" 그녀의 눈 한복판에 이처럼 말해주었지.

그는 한 손으로 눈을 세게 치면서 고통에 찬 쉰 목소리로 비명을 질렀다.

— "오 예수님, 마리아와 요셉!" 그녀가 말했지. "내 눈이 멀었어요! 내가 눈이 멀어 물에 빠졌어요!"

그는 기침과 웃음의 발작으로 말을 멈추었다가 다시 반복했다.

— "내 눈이 완전히 멀었어요."

디덜러스 씨도 크게 웃으며 등을 의자에 기댔지만, 한편 찰스 할아버지는 고개를 설레설레 저었다.

그들이 웃는 동안 댄티 아줌마는 몹시 화가 난 표정으로 말을 되풀이했다.

　—흥! 잘했군! 정말 잘했어!

여자의 눈에 침을 뱉은 건 잘한 일이 아니었다. 그러나 키티 오시에한테 그 노파가 뭐라고 하였기에 케이시 씨가 반복하지 않겠다고 했을까? 그는 케이시 씨가 군중 사이를 걸어나가 마차 위에서 연설하는 모습을 생각해보았다. 그것이 그가 감옥에 갇혔던 이유였다. 그는 어느 날 밤 오닐 경사가 집에 들이닥쳐 현관에 서서 아버지와 나지막한 소리로 이야기하며 신경질적으로 모자의 턱끈을 입으로 씹고 있었던 일을 기억해보았다. 그리고 그날 밤 케이시 씨는 열차로 더블린에 가지 않은 대신 차 한 대가 문간에 다가왔고 아버지가 캐빈틸리 거리에 관해 무언가를 말하던 모습을 본 적이 있었다.

그는 아일랜드와 파넬 편이었고 아버지도 마찬가지였다. 그리고 댄티 아줌마도 역시 마찬가지여서 광장에서 음악 연주가 있던 어느 날 밤, 악대가 연주 끝부분에서 영국 국가를 연주할 때 한 신사가 모자를 벗자 댄티 아줌마가 우산으로 그 신사의 머리를 내리쳤었다.

디덜러스 씨는 경멸의 코방귀를 뀌었다.

　—아, 존, 그는 말했다. 그들이 옳아요. 우리는 신부들에게 짓밟힌 불운한 민족이야. 과거에도 항상 그랬고 역사의 장이 끝날 때까지 미래에도 항상 그럴 거야.

찰스 할아버지가 고개를 내저으며 말했다.

　—이러면 곤란해! 곤란하다구!

디덜러스 씨가 다시 말했다.

— 신부들에 짓밟히고 하느님에게서 버림받은 민족이야!

그는 오른쪽 벽에 걸린 할아버지의 초상화를 가리켰다.

— 저기 걸려 있는 저분을 자네 알지, 존? 그가 말했다. 그는 금전상으로 아무런 이해 관계가 없는데도 일에 헌신한 훌륭한 아일랜드 사람이었지. 그는 백의대원(白衣隊員)[18]으로 사형 선고를 받았지. 그렇지만 성직자들에 대해 그가 늘 하던 말은 성직자들 어느 누구도 자기 집 안에 발을 들여놓지 못하게 하겠다는 것이었네.

댄티 아줌마가 성을 내며 끼여들었다,

— 우리가 신부들에 짓밟힌 민족이라면 우리는 그걸 자랑스러워해야 해요! 그분들은 하나님의 눈동자[19]예요. "그들을 범하지 말라, 그들은 내 눈동자이니라"라고 예수님께서 말씀하셨어요.

— 그러면 우리는 우리 조국을 사랑할 수 없단 말인가요? 케이시 씨가 물었다. 우리를 영도하기 위해 태어난 분을 따르지 말란 말입니까?

— 조국의 배반자예요! 댄티 아줌마가 대답했다. 반역

---

18) 백의대(白衣隊)는 1769년 영국인 시주에 대항하여 결성된 비밀 결사로 19세기까지 계속되었다. 그들은 흰 셔츠를 입어 어둠 속에서도 서로 알아보게 했기 때문에 백의대라 불렸다.
19) 「신명기」제32장 10절 및 「시편」제17장 8절 참조.

자·간통자! 신부님들이 그를 버린 것은 옳은 일이에요. 신부님들은 언제나 아일랜드의 진정한 친구였어요.

— 정말로 그래요? 케이시 씨가 말했다.

그는 주먹으로 식탁을 쾅 치며 사납게 얼굴을 찌푸리고 손가락을 하나씩 하나씩 폈다.

— 래니건 주교가 콘월리스 후작에게 충성을 표하는 연설을 하였던 영국과 합병의 시기에 아일랜드의 주교들이 우리를 배반하지 않았던가요?[20] 주교들과 사제들은 1929년 카톨릭교도 해방[21]의 대가로 자기들 조국의 열망을 팔아치우지 않았던가요? 그들은 피니언 독립 운동[22]을 제단에서 그리고 고해실에서 비방하지 않았던가요? 그리고 그들은 테런스 벨루 맥매너스[23]의 유해를 욕되게 하지 않았던가요?

---

20) 찰스 콘월리스(1738~1805)는 18세기말부터 19세기초까지 아일랜드 총독으로 있으며, 1798년의 독립 항쟁을 진압하고 아일랜드 의회에서 아일랜드와 영국과의 합병안을 제의했고 아일랜드 의회는 이 합병안을 통과시켰다. 이에 따라 1801년 1월 1일부로 아일랜드와 영국은 합병되어 the United Kingdom of Great Britain and Ireland란 명칭을 갖게 되었다.

21) 대니얼 오코넬을 중심으로 아일랜드 독립 운동이 심하게 벌어지자 이를 달래기 위해, 신교도의 영국에서 공민권을 제한받으며 학대받았던 카톨릭교도들에게 신교도와 똑같은 정치적 권리를 부여하는 법안을 1829년 통과시킴.

22) 피니언 운동은 아일랜드 독립을 목적으로 1858년 미국 뉴욕에서 결성된 비밀 결사의 독립 운동을 말한다.

23) 맥매너스(1823?~1860)는 반역죄로 추방당한 아일랜드 애국자. 그는

그의 얼굴은 분노로 불타오르고 있었고 스티븐 역시 그의 말에 흥분되어 그 불꽃이 자신의 뺨에도 솟아나는 것을 느꼈다. 디덜러스 씨는 거친 조소의 너털웃음을 내뱉었다.

— 오, 맙소사, 그가 외쳤다. 난 조그마한 늙은 폴 컬런 추기경을 잊었구먼! 하나님의 또 다른 눈동자를!

댄티 아줌마는 식탁 너머로 몸을 굽히며 케이시 씨에게 소리쳤다.

— 그래요! 맞아요! 그분들은 언제나 옳았어요! 하느님과 도덕, 그리고 신앙이 우선이에요.

흥분한 그녀를 보고 디덜러스 부인이 그녀에게 말했다.

— 리오던 부인, 흥분해서 이들에게 대꾸하지 마세요.

— 하느님과 신앙이 모든 것보다 우선이에요! 댄티 아줌마가 외쳤다. 세상에서 하느님과 신앙이 첫째예요!

케이시 씨는 불끈 쥔 주먹을 들어올렸다 식탁을 꽝하고 내리쳤다.

— 그렇다면, 좋아, 그가 쉰 목소리로 부르짖었다. 만약 그렇다면 아일랜드에는 하느님이 필요없어!

— 존! 존! 디덜러스 씨가 손님의 외투 소맷자락을 잡으며 소리쳤다.

댄티 아줌마는 두 뺨을 부르르 떨며 식탁 너머로 뚫어지게

미국에서 죽었는데, 1901년 그의 시신을 아일랜드로 가져와 매장할 때 컬런 추기경은 이를 반대했다.

노려보았다. 케이시 씨는 버둥대며 의자에서 일어나 마치 거미줄을 찢어 뜯듯이 눈앞의 허공을 휘저으며 식탁 너머 그녀 쪽을 향해 몸을 굽혔다.

—아일랜드에는 하느님이 필요없어! 그가 소리쳤다. 아일랜드에는 하느님이 너무 많았어. 하느님은 꺼져버려야 돼!

—신성 모독자! 악마! 댄티 아줌마는 두 발로 일어서며 그의 얼굴에 거의 침을 뱉을 듯이 날카로운 목소리로 외쳤다.

찰스 할아버지와 디덜러스 씨는 양옆에서 케이시 씨에게 차분히 진정하라고 말하며 그를 다시 의자에 잡아끌어 앉혔다. 그는 불타오르는 검은 두 눈으로 앞을 노려보며 다시 말했다.

—하느님은 꺼지란 말이야!

댄티 아줌마는 의자를 세차게 옆으로 밀어내며 식탁을 떠났다. 그녀의 냅킨 고리가 뒤집혀지며 천천히 카펫 위를 구르다가 안락의자 다리에 멈춰 섰다. 디덜러스 부인도 성급히 일어나 문 쪽으로 그녀를 뒤따라갔다. 문간에서 댄티 아줌마는 사납게 몸을 돌리더니 방 쪽에다 대고 부르짖었다. 그녀의 뺨은 달아올라 분노로 떨렸다.

—지옥에서 온 악마! 우리가 이겼어! 우리는 그를 짓눌러 죽였어! 악마!

문이 그녀의 등뒤에서 쾅하고 닫혔다.

케이시 씨는 말리던 사람들로부터 팔을 빼면서 갑자기 머리를 양손에 묻으며 뼈아프게 흐느꼈다.

─불쌍한 파넬! 그는 크게 소리쳤다. 나의 돌아가신 왕이시여!

그는 큰 소리로 비통하게 흐느꼈다.

스티븐이 공포에 질린 얼굴을 들었을 때 아버지의 두 눈도 눈물로 가득 찬 것을 보았다.

*　　　*　　　*

아이들이 작은 무리를 이룬 채 서로 이야기를 하였다.

한 아이가 말했다.

─그들이 라이언스 언덕 근처에서 붙잡혔어.

─누가 그들을 붙잡았지?

─글리슨 선생과 부교장이야. 그들이 차에 타고 있었대.

이렇게 말한 아이가 덧붙였다.

─상급생이 나에게 말해줬어.

플레밍이 물었다.

─그렇지만 왜 그들이 도망갔지? 말해봐.

─난 그 이유를 알아, 세실 선더가 말했다. 그들이 교장 선생님 방에서 돈을 훔쳤기 때문이야.

─누가 훔쳤는데?

——키컴의 동생. 그리고는 그것을 그들이 함께 나누어 가 졌거든.

그렇지만 그것은 도둑질이었다. 어떻게 그런 일을 저지를 수 있을까?

——많이 알고 있구먼, 선더! 웰스가 말했다. 그들이 왜 도 망쳤는지 나는 알아.

——이유를 말해봐.

——말하지 말라고 했어, 웰스가 말했다.

——오, 말해봐, 웰스, 모두 말했다. 우리에게 말해줄 수 있 잖아. 우린 비밀로 할게.

스티븐도 들으려고 고개를 앞으로 숙였다. 웰스는 누가 오 고 있는지 보려고 주위를 둘러보았다. 그리고는 은밀히 말했 다.

——너희들 미사에 쓰는 포도주를 성의실 안에 있는 찬장 에 넣어두고 있는 걸 알지?

——그럼.

——그런데 그들이 그걸 마셔버린 거야, 그리고 누가 마셨 는지 냄새로 들통이 났지. 그 때문에 그들이 도망친 거야. 알 겠어?

그러자 처음 말을 꺼냈던 아이가 말했다.

——맞아, 나도 그런 말을 상급반 애한테서 들었어.

아이들은 모두 잠잠했다. 스티븐은 입을 열기가 두려워 그들 사이에 서서 듣고만 있었다. 두려움의 희미한 메스꺼움에 온몸의 맥이 풀려감을 느꼈다. 어떻게 그런 일을 그들이 할 수 있었지? 그는 침묵이 감도는 컴컴한 성의실을 떠올렸다. 그곳 컴컴한 나무 찬장에는 의식 때 입는 주름 잡힌 흰옷들이 조용히 접혀져 놓여 있었다. 그곳은 성당이 아니지만 그래도 언제나 숨을 죽이고 속삭여야만 했다. 그곳은 성스런 장소였다. 숲속 작은 제단으로 행렬을 지어 가던 저녁, 그는 보트 모양의 향로를 가지러 그곳에 갔었던 그 여름 저녁날을 상기해보았다. 이상하고도 성스런 장소. 향로를 들고 있던 소년이 문 옆에서 이리저리로 부드럽게 그것을 흔들 때 은빛 뚜껑이 한복판의 줄에 들리어 석탄의 불빛이 타올랐어. 그걸 석탄이라고 불렀지. 그리고 소년이 부드럽게 흔들자 그것은 조용히 타오르며 희미하고 시큼한 냄새를 풍겼지. 모두 의상을 차려입자 그가 향로를 교장 선생님께로 들고 가 서 있었다. 교장 선생님은 한 스푼 가량의 향을 그 안에 뿌리자 그것은 붉은 석탄 위에서 부시시 소리를 내었어.

　아이들은 운동장 이곳저곳에 작은 무리를 지어 수군거리고 있었다. 그에게 아이들은 더욱 작아진 것처럼 보였다. 왜냐하면 중급반의 자전거 단거리 선수가 전날 그와 부딪쳤기 때문이었다. 그애의 자전거로 인해 그는 탄가루를 뿌린 경주로에 살짝 넘어졌는데 그의 안경은 세 동강이 나고 잿가루가 한 움큼 입 속에 박혔었다.

　그 때문에 그에게는 아이들이 한층 작게, 한층 멀게 보이고 럭비 골대가 가늘고 멀리, 부드러운 회색빛 하늘이 아주 높이 보이는 것이다. 그러나 크리켓 경기가 멀지 않아서 럭비 경기장에는 아무런 시합도 없었다. 그리고 반스가 주장이 될 거라고 말하는 사람도 있었고 플라우어즈가 주장이 될 거라고 말하는 아이들도 있었다. 운동장 곳곳에는 모두 라운더즈 경기[24]를 하든지 커브공과 느린 공[25]을 던지고 있었다. 그리고 이곳저곳에서 크리켓 방망이 소리가 부드러운 회색빛 대기를 가로질러 울려퍼졌다. 그 소리들은 픽, 팩, 폭, 퍽. 마치 물이 찰랑이며 넘쳐 흐르는 수반으로 천천히 떨어지고 있는 분수대의 물방울 소리같이.

　침묵을 지키던 어사이가 조용히 말했다.

──네 말은 틀려.

　모두 솔깃하며 그에게로 얼굴을 돌렸다.

──왜?

──넌 알아?

──누가 말해주었는데?

──말해봐, 어사이.

　어사이는 운동장 저편에서 돌을 차며 홀로 걷고 있는 사이먼 무넌 쪽을 가리켰다.

---

24) 현재 야구의 원형이었다고 하는 경기.
25) 크리켓의 공 던지기 방식.

─저애한테 물어봐, 그가 말했다.

아이들은 그쪽을 바라보고 나서 물었다.

─그가 왜?

─저애도 끼였어?

─말해봐, 어사이. 어서. 뭔가 알고 있으면.

어사이는 목소리를 낮추며 말했다.

─그 아이들이 왜 도망쳤는지 알아? 내가 말은 해주겠지만, 알고 있는 척하면 절대 안 돼.

그는 잠시 멈추었다가는 비밀스럽게 말했다.

─어느 날 밤 화장실에서 그들은 사이먼 무넌과 터스커 보일과 함께 붙잡혔어.

아이들은 그를 보며 물었다.

─붙잡혔다고?

─무얼 하고 있었길래?

어사이가 말했다.

─동성 연애지.

아이들 모두 잠잠했다. 그러자 어사이가 말했다.

─그게 바로 이유야.

스티븐은 친구들의 얼굴을 바라보았지만 아이들은 모두 운동장 저쪽을 바라보고 있었다. 그는 그게 무언지 누구에게라도 물어보고 싶었다. 화장실에서 동성 연애란 무얼 뜻하는 걸까? 왜 상급반 다섯 명이 그 일로 도망쳤을까? 아마 농담

이겠지, 그는 생각했다. 사이먼 무넌은 멋진 옷을 입고 있었다. 그리고 그는 열다섯 명의 럭비팀 선수들이 식당 한가운데에 깔린 카펫을 통해 문간에 서 있는 그에게 굴려 보냈던 크림 사탕이 든 공을 어느 날 밤 보여주었었다. 그날은 백티브 랜저스와 경기가 있었던 날 밤으로 빨갛고 푸른 사과처럼 만들어져 있어, 공을 열기만 하면 크림 사탕이 가득 들어 있었다. 그리고 어느 날 보일이 코끼리는 두 개의 어금니(터스크)를 가졌다는 걸 두 개의 어금니가 있는 동물(터스커)을 가지고 있다고 말해서 터스커 보일이란 별명을 갖게 되었다. 그러나 어떤 아이들은 그가 언제나 손톱을 다듬고 있어 그를 보일 아가씨라고 부르기도 했다.

아일린도 여자라서 길고 가는, 차갑고 하얀 손을 가지고 있었어. 두 손은 상아 같았지. 단지 부드러울 뿐. 그게 바로 '상아탑'의 뜻인데도 신교도들은 그걸 이해하지 못하고 조롱하는 거야. 어느 날 그가 그녀 곁에 서서 호텔 마당을 들여다보고 있었다. 웨이터가 깃대에다 깃발을 질질 끌며 매달고 있었고 폭스 테리어 한 마리가 양지바른 잔디 위를 이리저리 뛰놀고 있었다. 그의 손이 들어 있는 바지 주머니 속으로 그녀는 손을 밀어넣었다. 그때 그녀의 손이 얼마나 차갑고 가늘며 부드러운지를 느꼈었다. 주머니란 참 우스꽝스런 거라고 그녀가 말하고, 갑자기 그를 뿌리치더니 깔깔거리면서 경사진 커브길을 달려 내려갔다. 그녀의 예쁜 머리카락이 햇빛을 받으며 금빛처럼 뒤로 물결져 나부꼈다. '상아탑.' '황금의 집.' 이런 식으로 생각하면 사물을 이해할 수 있게 되는 법이다.

그러나 왜 화장실에서? 그곳은 용변을 보러 갈 때나 가는 곳인데. 그곳은 온통 두꺼운 석판이 깔려 있고 하루종일 작은 구멍에서 물이 떨어지며 괴상한 썩는 물 냄새가 떠돌았다. 그리고 어떤 변소문 뒤에는 붉은 연필로 로마 제복을 입은 수염 달린 남자가 양손에 벽돌을 들고 있는 그림이 그려져 있었다. 그리고 그 밑에는 그림의 제목이 씌어 있었다.

'밸버스가 담을 쌓고 있도다.'

아이들이 장난으로 그걸 거기다 그려놓았다. 그림은 우스꽝스런 얼굴을 하고 있었지만 수염이 달린 게 매우 사나이다웠다. 또 다른 변소 벽에는 왼쪽으로 기울어진 멋진 필치로 씌어져 있었다.

'줄리우스 시저는 캘리코 벨리를 썼도다.'

아마 그곳은 아이들이 장난으로 낙서하는 장소라서 그들이 그곳에 갔었던 모양이었다. 그러나 그렇다 해도 어사이가 말한 내용이나 말하던 모습이 이상했다. 그들이 도망갔었다니 단순히 장난은 아니었다. 그는 다른 애들과 함께 말없이 운동장 저편을 바라보고 있노라니 겁이 나기 시작했다.

마침내 플레밍이 말했다.

— 그러면 다른 애들이 저지른 일에 대해 우리 모두 처벌

받게 되는 건가?

―난 학교로 돌아가지 않을래, 어디 돌아가나봐, 세실 선더가 말했다. 삼 일 간 식당에서 입을 다물어야 하고 매분마다 여섯 대 그리고 여덟 대씩 매를 맞으러 보내져야 하다니.

―맞아, 웰스가 말했다. 배릿 선생은 새로운 방식을 사용해서 종이를 꼬아놓아 우리는 몇 대나 맞아야 하는지 펴보고 다시 접어놓을 수 없게 했어. 나 역시 돌아가지 않겠어.

―그래, 세실 선더가 말했다. 그리고 학감 선생이 오늘 아침 중급반에 들어왔었어.

―우리 반란을 일으키자, 플레밍이 말했다. 어때?

모두 묵묵부답이었다. 주위는 매우 조용해서 크리켓 방망이 소리가 전보다 더욱 느리게 들려왔다. 픽, 폭.

웰스가 물었다.

―그들은 어떻게 될까?

―사이먼 무넌과 터스커는 매를 맞게 될 거야, 어사이가 말했다. 그리고 상급반 애들은 매를 맞거나 퇴학을 당하든지 선택해야만 돼.

―그러면 그들은 어느 걸 택할까? 제일 먼저 말했던 애가 물었다.

―코리건 외에는 퇴학을 원할 거야, 어사이가 대답했다. 그는 글리슨 선생님께 매를 맞게 될걸.

―그 덩치 큰 애가 코리건인가? 플레밍이 말했다. 그렇

다면 그는 글리슨 선생님 두 명쯤은 당해낼 수 있어!

  ——나는 이유를 알아, 세실 선더가 말했다. 코리건만이 옳고 다른 애들은 잘못했어. 매는 맞아도 잠시 지나면 없어지지만 학교에서 쫓겨난 애는 그 때문에 일생 동안 알려지지. 게다가 글리슨 선생님은 아프게 때리시지는 않을 거야.

  ——아프게 때리지 않는 게 선생님께도 좋을걸, 플레밍이 말했다.

  ——난 사이먼 무넌이나 터스커가 되고 싶지 않아, 세실 선더가 말했다. 그렇지만 그들이 매를 맞으리라고 믿지 않아. 아마도 아홉 대씩 두 번 맞게 되겠지.

  ——아냐, 아냐, 어사이가 말했다. 둘 다 중요한 데를 맞게 될 거야.

  웰스가 몸을 문지르며 우는 소리로 말했다.

  ——제발, 선생님, 용서해주세요!

  어사이가 씽긋 웃으며 소매를 걷어붙이고 말했다.

  어찔 수 없어,
  매를 맞아야만 해.
  그러니 바지를 내리고
  볼기짝을 내밀어.

  아이들은 웃었다. 그러나 그들 모두 다소 두려워하고 있다는 것을 그는 느꼈다. 온화한 잿빛 대기의 정적 속에서 크리켓 방망이 소리가 이곳저곳에서 들려왔다. 폭. 저것은 듣기만 하면 되는 소리지만, 만약 매를 맞는다면 그땐 아픔이 느껴지겠지. 회초리도 소리를 내지만 저런 소리와는 같지 않아. 애들의 말에 따르면 고래뼈와 안에다 납을 넣은 가죽으로 만들었다는 거야. 그 고통이 어떤 것일까 하고 그는 생각해보았다. 소리의 형태가 각기 다르면 고통도 각기 다르겠지. 길고 가는 막대기는 높은 휘파람 소리를 낼 테지. 그 아픔이 어떨까 그는 궁금했다. 그 생각을 하니 온몸이 떨리고 으스스했다. 그런데 그건 역시 어사이가 말한 대로였다. 그렇지만 그애 말에 웃을 게 무어람? 그 생각은 몸을 떨리게 했다. 그것은 바지를 내릴 때의 떨림과 같았다. 목욕실에서 옷을 벗을 때의 느낌 바로 그것이었다. 선생님과 학생 중에 누가 바지를 끌어내릴까 하고 그는 궁금했다. 오, 애들은 그 일에 어떻게 그런 식으로 웃을 수 있을까?

그는 감아올린 어사이의 옷자락과 잉크투성이에 마디가 굵은 두 손을 쳐다보았다. 글리슨 선생님께서 옷자락을 걷으시는 모양을 보여주기 위해 그는 자신의 옷자락을 보여주었었다. 그렇지만 글리슨 선생님은 빛나는 둥근 커프스 소매와 깨끗한 하얀 손목, 그리고 통통한 하얀 손을 갖고 있었으며 손톱도 길고 뾰족하였다. 아마 그분도 보일 아가씨처럼 손톱을 매만지는가보다. 그러나 그것은 엄청나게 길고 뾰족한 손

톱이었다. 그것은 정말 길고 잔인해 보였지만 그 하얀 통통
한 두 손은 살벌하기는커녕 부드러워 보였다. 그리고 그는
그 살벌한 긴 손톱과 회초리의 높은 휘파람 소리, 그리고 마
지막 셔츠를 벗을 때 느끼는 냉기를 생각하며 추위와 두려움
으로 몸이 떨렸지만, 희고 통통한 두 손, 깨끗하고 강하며 부
드러운 두 손을 생각하니 내부로부터 기이하면서도 평온한
즐거운 감정을 느꼈다. 그리고 그는 세실 선더가 말했던 내
용을 생각했다. 글리슨 선생님은 코리건을 심하게 매질하지
는 않으리라고. 거기다 심하게 매질하지 않는 것이 선생님께
도 좋을 거라서 분명히 심하게 굴지 않으리라고 플레밍도 말
했지. 그렇지만 그게 이유는 되지 않아.

　운동장 저 멀리에서 어떤 목소리가 외쳤다.

　—모두 들어가!

　그러자 다른 목소리들이 외쳤다.

　—모두 들어가! 모두 들어가!

　작문 시간 동안 그는 팔짱을 끼고 앉아 천천히 종이에 긁
히는 펜소리를 들었다. 하포드 선생님은 이리저리 다니시며
붉은 연필로 작은 표시를 하셨고 때로 학생 곁에 앉아 펜을
쥐는 방법을 보여주셨다. 그는 혼자 제목의 철자를 하나하나
애써 읽어보려고 했지만, 제목이 책의 마지막에 나오기 때문
에 그것이 무엇인지 그는 이미 알고 있었다. '신중하지 못한
열정은 정처 없이 떠도는 배와 같도다.' 그러나 그 글자의

선은 보이지 않는 멋진 실타래와 같아서 대문자의 곡선을 식별하기 위해서는 그의 오른쪽 눈을 꼭 감고 왼쪽 눈으로 뚫어지게 살펴야만 한다.

그러나 하포드 선생님은 매우 점잖으셔서 화를 내시지 않았다. 다른 선생님들은 모두 무섭게 화를 냈다. 하지만 상급반 학생들이 한 짓 때문에 왜 다른 애들이 벌을 받아야 하지? 그애들이 성의실 찬장에 있는 제단에 쓰는 포도주를 마셨으며 술 냄새로 누가 마셨는지 들통났다고 웰스는 말했지. 아마도 그들은 성물 현시대를 훔쳐내어 도망가 그것을 어떤 곳에 팔려고 했는지도 모르지. 그건 정말 무서운 죄임에 틀림없어. 밤에 그곳에 살며시 들어가 어두운 찬장을 열고 번쩍이는 금빛 성체기를 훔치다니. 꽃과 촛불로 장식한 제단 위의 성체기는 주님이 성체 강복식 때에 머무르는 곳으로 아이가 향로를 흔들면 향이 양측에서 구름처럼 피어오르고 성가대의 도미니크 켈리가 혼자 첫 구절을 노래했었어. 그러나 그들이 그것을 훔쳤을 때 주님은 그곳에 계시지 않았겠지. 그러나 그것을 만지기만 해도 여전히 이상하고 엄청난 죄가 되는 거야. 그는 깊은 두려움으로 그것을 생각했다. 끔찍하고도 이상한 죄. 살살 펜 긁는 소리가 나는 조용한 가운데 그것을 생각하니 그는 전율이 느껴졌다. 그러나 찬장에서 제단의 포도주를 꺼내 마시고 술 냄새로 발각되는 것도 또한 죄지만 끔찍하고 별난 죄는 아니었다. 포도주 냄새 때문에 약간 구역질을 나게 만들 뿐이었다. 왜냐하면 그가 성당에서 처음 영성체를 받았던 날, 그는 두 눈을 감은 채 입을 열고 혀를 조금 내밀었다. 그리고 교장 선생님이 그에게 성찬을 주기 위해 몸을 굽히실 때, 그는 교장 선생님의 입김에서 미사의 포도주 같은 희미한 포도주 냄새를 맡았었다. 포도주란 단어는 아름다웠다. 포도는 그리스의 하얀 신전 같은 집들 바깥에서 자라는 검은 보랏빛이기에 포도주는 검은 보랏빛을 생각나게 하였다. 그렇지만 교장 선생님의 숨결에서 배어나는 희미한 냄새는 그가 첫 영성체를 받는 아침에 메스꺼운 느낌을 갖게 했다. 처음 영성체를 받는 날이 생애에 가장 행복스런 날이었다. 그리고 언젠가 많은 장군들이 나폴레옹에게 생애에 어느 때가 가장 행복스러웠던 날인가를 물었었다. 그들은 그가 어떤 큰 전쟁에서 이긴 날이거나 황제가 되었던 날일 거라고 생각했었다. 그러나 그는 이렇게 말했다.

─여러분, 내 생애의 가장 행복했던 날은 내가 처음 영성체를 받던 날이었소.

아널 신부가 들어와 라틴어 수업이 시작되었다. 그리고 스티븐은 여전히 팔짱을 끼고 책상에 수그리고 있었다. 아널 신부는 작문 숙제장을 나누어 주고 모두 형편없으니 즉시 고쳐서 다시 정서하라고 말했다. 그러나 그 중에서도 가장 형편없는 것은 잉크 얼룩으로 공책 페이지끼리 서로 달라붙은 플레밍의 작문 공책이었다. 아널 신부는 그 공책 한 귀퉁이를 붙잡고 그런 공책을 선생님께 제출하다니 그건 모독이라고 말했다. 그리고는 잭 로턴에게 라틴어 명사 '바다'의 격변화를 물어보았지만 잭 로턴은 탈격 단수에서 막혀 복수형으로 나아갈 수 없었다.

—부끄럽지도 않나, 아널 신부가 말했다. 반장 네가 해봐!

그런 후 그는 옆 학생에게 차례로 물어나갔다. 아무도 알지 못했다. 아널 신부는 아무 말이 없었다. 학생들이 저마다 대답을 하려 했지만 모두 틀리자 그는 점점 더 말이 없어졌다. 그러자 그의 얼굴은 검게 변했고 두 눈은 날카로워졌으며 그의 목소리는 매우 차분해졌다. 그때 플레밍에게 묻자 그 단어는 복수형이 없다고 플레밍이 말했다. 아널 신부는 갑자기 책을 덮으며 그에게 소리쳤다.

—저기 한가운데로 나가 꿇어앉아. 너같이 게으른 애는 생전 처음 보겠군. 나머지 학생들은 다시 작문 숙제장을 베껴요.

플레밍은 자리에서 일어나 느릿느릿 걸어가 맨 마지막 두 책상 사이에 꿇어앉았다. 다른 아이들은 각자 자기 작문 숙제장에 고개를 숙이고 쓰기 시작했다. 정적이 교실을 꽉 채웠으며 스티븐은 아널 신부의 검은 얼굴을 겁먹은 듯 힐끗 쳐다보고, 화가 난 선생님의 얼굴이 약간 벌개져 있는 것을 보았다.

아널 신부님이 화를 내는 것은 죄가 될까, 아니면 아이들이 게을러서 보다 열심히 공부하게끔 신부님께서 화를 내셔도 괜찮은 것일까, 아니면 그저 단지 화를 내는 척하는 것일까? 신부님들은 무엇이 죄가 되고 무엇이 죄가 안 되는지를 알고 있기 때문에 그분께서는 화를 내도 될 거야. 그러나 만약 그분이 한 번이라도 잘못 화를 낸다면 어떻게 고해해야 할까? 아마도 그분은 부교장님에게 고해성사를 해야 하겠지. 그리고 만약 부교장님이 화를 내신다면 교장 선생님을 찾아가야겠고. 그리고 교장 선생님은 주교님에게로, 주교님은 예수회 총회장님에게로. 그것이 서열이라는 거야. 그분들은 모두 명석한 분들이라고 하신 아버지의 말씀을 들은 적이 있었지. 그분들은 예수회 신부가 되지 않았더라면 모두 세상에 높은 분들이 되었을 거야. 그렇다면 아널 신부님이나 패디 배릿 선생님께선 어떤 사람이 되었을까, 맥글레이드 선생님이나 글리슨 선생님이 예수회 신부님이 아니었다면 무슨 직업을 가지셨을까 하고 곰곰이 생각해보았다. 무엇이 되었을지 생각하기는 어려운 일이었다. 왜냐하면 그들은 각자 다른 색깔의 외투와 바지를 입고, 턱수염과 콧수염도 다르며, 모자도 다른 형태를 쓰고 있어 그들을 각기 다른 방식으로 생각해야 하기 때문이었다.

교실문이 조용히 열렸다가 닫혔다. 금세 소곤거림이 교실에 퍼졌다. 학생감이었다. 철저한 정적의 한 순간이 흐르더니 맨 끝 책상 위에 회초리 소리가 크게 울렸다. 스티븐의 가슴도 두려움으로 울렁거렸다.

—여기 누구 매를 맞아야 할 학생이 있습니까, 아널 신부님? 학생감이 소리쳤다. 이 반에는 매를 맞아야 할 나태하고 빈둥거리는 게으름뱅이가 없습니까?

그가 교실 한가운데까지 걸어나오자 무릎을 꿇고 앉은 플레밍을 보았다.

—호호! 그가 소리쳤다. 이게 누구지? 왜 무릎을 꿇고 있지? 너의 이름이 뭐지?

—플레밍입니다, 선생님.

—호호, 플레밍! 물론 게으름뱅이겠지. 네 눈에 그렇게 씌어 있어. 왜 이앤 무릎을 꿇고 있나요, 아널 신부님?

—라틴어 작문을 엉망으로 써왔어요, 아널 신부가 말했다, 그리고 문법을 질문해도 모두 틀리기만 했습니다.

—물론 그렇겠죠! 학생감이 소리쳤다. 물론이지! 타고난 게으름뱅이구먼! 그의 눈에 다 씌어 있어.

그는 회초리로 책상을 내리치며 소리쳤다,

—일어나, 플레밍! 일어나라구, 이 녀석!

플레밍이 천천히 일어섰다.

—손 내밀어! 학생감이 소리쳤다.

플레밍이 손을 내밀었다. 회초리가 커다랗게 휙 소리를 내며 그 위에 떨어졌다. 하나, 둘, 셋, 넷, 다섯, 여섯.

──다른 손!

회초리가 다시 여섯 번 크게 소리를 내며 떨어졌다.

──무릎 꿇어! 학생감이 소리쳤다.

플레밍은 아픔으로 얼굴이 일그러진 채, 두 손을 겨드랑이 밑에 끼고 무릎을 꿇었다. 그러나 플레밍은 항상 두 손에 송진을 문지르곤 하였기 때문에 스티븐은 플레밍의 두 손이 얼마나 단단한지를 알고 있었다. 그렇지만 회초리의 소리가 무시무시했던 것으로 보아 아마도 그는 끔찍이 아팠을 것이다. 스티븐의 심장도 고동치며 두근거렸다.

──공부를 계속해, 모두! 학생감이 고함쳤다. 이곳엔 나태하게 빈둥거리는 게으름뱅이는 필요없어, 나태하고 빈둥거리는 꾀만 부리는 녀석들 말이지. 전부들 공부해. 돌런 신부는 매일 너희들을 살피러 올 거야. 돌런 신부는 내일도 올 거야.

그는 회초리로 한 학생의 옆구리를 쿡 찌르며 말했다.

──너! 돌런 신부가 언제 다시 오지?

──내일이오, 선생님, 톰 펄롱의 목소리가 말했다.

──내일, 또 내일, 그 다음 내일도, 학생감이 말했다. 모두들 단단히 마음에 새겨둬. 매일 돌런 신부가 온다는 짓을. 새겨두라고. 애, 너, 이름이 뭐지?

스티븐의 심장이 갑자기 뜨끔했다.

──디덜러스입니다, 선생님.

─왜 너는 다른 아이들처럼 공부하고 있지 않지?

─저는…… 저의……

그는 놀라 말을 이을 수 없었다.

─왜 이애는 글을 쓰고 있지 않나요, 아널 신부님?

─그애는 안경을 부러뜨렸어요, 아널 신부가 말했다. 그래서 작문을 면제해주었어요.

─부러뜨렸다고? 무슨 소리지? 네 이름이 뭐야? 학생감이 말했다.

─디덜러스입니다, 선생님.

─이리 나와, 디덜러스. 꾀만 부리는 게으름뱅이구먼. 네 얼굴에 꾀보라고 씌어 있어. 안경을 어디서 부러뜨렸지?

스티븐은 두려움과 조급한 마음에 앞이 캄캄한 채 더듬거리며 교실 한가운데로 나아갔다.

─어디서 안경을 깨뜨렸지? 학생감이 반복하여 물었다.

─석탄재 깔린 길입니다, 선생님.

─호호! 석탄재 깔린 길이라! 학생감이 소리쳤다. 그런 잔꾀를 난 잘 알아.

스티븐은 놀라서 두 눈을 들었다. 그리고 일순간 돌런 신부의 젊어 보이지 않는 희끄무레한 얼굴, 양옆으로 머리털이 덮인 벗겨진 희끄무레한 머리, 쇠 안경테, 그리고 안경을 통해 바라보는 무색의 두 눈을 보았다. 왜 그는 그런 잔꾀를 안다고 말했을까?

— 나태하게 빈둥거리는 게으름뱅이! 학생감이 소리쳤다. 자기 안경을 부러뜨렸다고! 낡아빠진 어린애의 잔꾀지! 당장 손을 내밀어!

스티븐은 눈을 감았다. 그리고 손바닥을 위로 한 채 그의 떨리는 손을 공중에 내밀었다. 그 손을 곧게 펴기 위해 학생감의 손이 잠시 손가락에 닿는 것을 느꼈다. 그리고는 회초리가 들어올려지면서 긴 사제복의 소맷자락이 획 스치는 소리를 들었다. 막대기 부러지는 탁하는 큰 소리만큼이나 화끈거리며 불붙는 것 같은 찌르르하고 얼얼한 매는 그의 떨리는 손을 불 위에 던져진 낙엽처럼 온통 오그라들게 만들었다. 그 소리에, 그리고 그 아픔에 뜨거운 눈물이 두 눈에 솟구쳤다. 그의 온몸이 공포로 떨렸다. 그의 팔도 떨렸고 불에 데인 듯 화끈거리며 오그라든 검푸른 손바닥도 바람결에 나부끼는 낙엽처럼 흔들렸다. 비명이 용서해달라는 청원처럼 입술까지 튀어올랐다. 그러나 눈물이 두 눈을 뜨겁게 하고 그의 사시가 고통과 공포로 떨려도, 그는 뜨거운 눈물과 목구멍을 태우는 비명을 억눌렀다.

— 다른 손! 학생감이 소리쳤다.

스티븐은 엉망이 돼 떨리는 오른손을 내리고 그의 왼손을 내밀었다. 회초리가 올려지며 사제복의 긴 소맷부리가 다시 획하는 소리와 크게 내리치는 소리, 그리고 사납게 발광하는 얼얼한 타오르는 아픔이 그의 손을 손바닥과 손가락 모두 흙

빛의 떨리는 한 덩어리로 오그라들게 만들었다. 살을 태우는 듯한 뜨거운 눈물이 두 눈에 솟아올랐다. 창피함과 고통 그리고 두려움으로 화끈거리며 공포로 떨리는 팔을 내릴 때, 고통의 흐느낌이 솟구쳐나왔다. 그의 몸은 공포로 사시나무 떨 듯 떨렸고, 창피와 분노로 뜨거운 비명이 목구멍에서 터져 나오며, 살을 태우는 눈물이 눈에서 쏟아져 타오르는 두 뺨을 타고 굴러떨어지는 것을 느꼈다.

— 꿇어앉아! 학생감이 외쳤다.

스티븐은 매맞은 두 손을 양 옆구리에 누르며 급히 꿇어앉았다. 매맞아 일순간에 아픔으로 부어오른 두 손을 생각하니 두 손이 마치 자기 손이 아니고 다른 사람의 손인 것처럼 미안한 마음이 들었다. 그리고 그는 마지막 흐느낌을 목구멍에서 진정시키며 양 옆구리에 끼인 화끈거리는 얼얼한 통증을 느끼면서 무릎을 꿇을 때, 허공에 손바닥을 위로 하고 내밀었던 자기 손, 떨리는 손가락을 고정시키려는 학생감의 차분한 손의 접촉, 그리고 공중에서 어쩔 줄 모르며 떨렸던 손바닥과 손가락의 매맞아 빨갛게 부어오른 덩어리를 생각해 보았다.

— 모두들 공부해, 학생감이 문 앞에서 소리쳤다. 나태하게 빈둥거리는 어떤 게으름뱅이에게 회초리가 필요한지 돌런 신부는 매일같이 살피러 올 거야. 매일. 매일.

그가 나가면서 문이 닫혔다.

　침묵에 싸인 교실에는 작문 복사만이 계속됐다. 아널 신부
는 자리에서 일어나 학생들 사이를 걸어다니며 부드러운 말
로 도와주고 학생들의 틀린 곳을 지적해주었다. 그의 목소리
는 매우 관대하였고 부드러웠다. 그리고는 자리로 되돌아와
서 플레밍과 스티븐에게 말했다.

　——너희 둘은 제자리로 가도 좋아.

　플레밍과 스티븐은 일어나 제자리로 걸어가 앉았다. 수치
심에 얼굴이 빨개진 채 스티븐은 힘없는 한 손으로 재빨리
책을 펴고 얼굴을 바싹 가까이 대며 내려다보았다.

　그건 부당하고 잔인한 일이었다. 왜냐하면 의사는 그보고
안경 없이는 책을 읽지 말라고 했고 그도 그날 아침 집에 계
신 아버지한테 새 안경을 보내달라는 편지를 썼던 것이다.
그리고 아널 신부도 새 안경이 올 때까지 공부를 할 필요가
없다고 말했었다. 그러면서도 애들 앞에서 잔꾀를 부린다고
하며 매를 때리다니. 그는 언제나 일등 아니면 이등상을 받
고 요크 편의 우두머리가 되는데도! 그것이 잔꾀인지 학생감
은 어떻게 알 수 있었을까? 그는 학생감의 손가락이 그의 손
을 펴려고 할 때의 그 감촉을 느꼈으며, 그 손가락이 부드럽
고도 차분해서 처음에는 그기 악수를 하려고 한나고 생각했
었다. 그러나 그때 일순간에 그는 사제복의 소맷자락이 휙하
는 소리와 찰싹하는 소리를 들었었다. 그를 교실 한가운데에
꿇어앉히다니 그건 잔인하고 부당했다. 그리고 아널 신부도

둘 사이에 차별을 두지 않고 제자리로 돌아가도 좋다고 말하
다니. 그는 작문을 고쳐주는 아널 신부의 나지막하고 친절한
목소리를 들었다. 아마도 그는 이제 미안해서 친절하게 대해
주고 싶은가보다. 그렇지만 그건 부당하고 잔인했어. 학생감
은 사제이지만 그러나 그건 잔인하고 부당했어. 그리고 그의
희끄무레한 얼굴과 무색의 눈은 쇠테 안경 뒤에서 잔인하게
보고 있었어. 왜냐하면 그는 처음에 차분하고 부드러운 손가
락으로 손을 고정시키려 했지만 그건 보다 아프고 큰 소리가
나도록 때리기 위한 짓이었어.

　──그건 더럽고도 비열한 짓이야, 바로 그렇다고, 수업이
끝나고 아이들이 줄을 지어 식당으로 가는 동안 플레밍이 복
도에서 말했다. 잘못도 없는 애를 때리다니.

　──넌 정말 우연히 안경을 깨뜨린 것이잖아? 내스티 로취
가 물었다.

　스티븐은 플레밍의 말에 가슴이 꽉 차오름을 느꼈지만 대
답하지 않았다.

　──물론이지! 플레밍이 말했다. 난 참을 수 없어. 난 교장
선생님께 찾아가 이를 말할 거야.

　──그래, 세실 선더가 열렬히 말했다, 그리고 난 그가 회
초리를 어깨 높이 이상으로 들어올리는 걸 보았어. 그렇게
해서는 안 되는데 말이야.

　──많이 아팠지? 내스티 로취가 물었다.

─굉장히, 스티븐이 말했다.

─대머리 선생이건 아니면 다른 선생이건 난 참지 않겠어, 플레밍이 다시 말했다. 그건 더럽고 비열하고 추잡스런 수작이야, 바로 그거라고. 난 저녁 식사 후 교장 선생님께 바로 찾아 올라가 이를 말하겠어.

─맞아, 그래야 해. 맞아, 그렇게 하라구, 세실 선더가 말했다.

─그래, 그렇게 해. 그래, 올라가서 교장 선생님께 그에 관해 말하라구, 디딜러스, 내스티 로취가 말했다. 왜냐하면 그는 내일도 들어와 너를 때려주겠다고 했어.

─그래, 맞아. 교장 선생님께 말해, 모두 말했다.

그러자 듣고 있던 중급반 아이들 중의 한 아이가 말했다,

─원로원과 로마 시민들은 디딜러스가 부당하게 벌을 받았다고 선언했노라.

그건 잘못된 짓이야. 그건 부당하고 잔인한 거였어. 그리고 그는 식당에서 자리에 앉아 차례차례 기억을 되새기며 생생한 모욕감에 몸이 떨렸다. 그가 잔꾀를 꾸미는 자처럼 보이게 하는 무언가가 얼굴에 실제로 있지는 않은가 하고 그는 곰곰 생각해보기까지 하였고 들여다볼 작은 거울이라도 있었으면 싶었다. 그러나 그럴 수는 없을 거야. 그건 불공평하고 잔인하며 부당한 일이야.

그는 사순절 수요일이면 나오는 거무스름한 생선튀김을

먹을 수 없었고, 그의 감자 하나에는 스페이드 모양의 무늬가 박혀 있었다. 그래, 그는 다른 애들이 말한 대로 하겠어. 교장 선생님한테 올라가 자신이 부당하게 벌을 받았다고 말하겠어. 그런 일은 이미 역사에서 누군가에 의해, 역사책에 나와 있는 유명한 인물에 의해 행해졌었지. 그리고 그런 일을 행한 인물들이 부당하게 벌을 받았다고 원로원과 로마 시민들이 항상 선언하였으니 교장 선생님도 그가 부당하게 벌을 받았다고 선언할 거야. 그런 사람들은 리치멀 맥널의『문제집』에 이름이 나오는 위대한 인물들이지. 역사는 모두 그런 인물들과 그들의 행적에 관한 것이고 그리스와 로마에 대한 피터 팔리의 전기물[26]도 모두 그러한 내용이었어. 피터 팔리의 얼굴도 사진으로 첫 면에 나와 있지. 옆쪽에는 풀이 무성한 히이드 황야에 난 길과 작은 덤불 숲이 있었고 피터 팔리는 신교도 목사처럼 널따란 모자에 커다란 지팡이를 든 채 그리스와 로마로 가는 길을 따라 빨리 걷고 있었지.

무엇을 해야 할지는 손쉬운 일이었다. 그가 해야 할 일이란 저녁 식사가 끝나면 차례대로 식당을 나와 계속 걸어가는 것이지만 복도 쪽이 아니라 성으로 뻗은 오른쪽 층계로 올라가는 것이었다. 단지 그것만 하면 된다. 오른쪽으로 돌아 층계를 빨리 올라가면 얼마 가지 않아 낮고 컴컴한 좁은 복도

---

26) 피터 팔리는 미국 아동 문학 작가 새뮤얼 굿리치 Samuel Griswold Goodrich (1793~1860)이다.

에 도착할 거고, 이는 성을 통해 교장실로 뻗어 있었다. 그리
고 모든 아이들이 그것은 부당하다고 말했어. 심지어 원로원
과 로마 시민들을 운운한 중급반 아이까지도.

무슨 일이 일어났나? 그는 상급반 아이들이 윗자리에서
일어나 양탄자를 밟으며 내려오는 발걸음 소리를 들었다. 패
디 래스, 지미 매기, 스페인 학생, 포르투갈 학생, 그리고 다
섯번째는 글리슨 선생에게 매를 맞아야 할 몸집이 큰 코리건
이었다. 그애 때문에 학생감이 그에게 잔꾀를 부리는 자라고
부르며 아무 일도 아닌데도 그를 매질한 것이다. 그리고 눈
물로 지친 그의 침침한 눈길을 애써 가늘게 떠서 몸집이 큰
코리건의 널찍한 어깨가 커다란 검은 머리를 흔들거리며 줄
지어 지나가는 모습을 지켜보았다. 하지만 코리건은 무언가
를 저지른 모양이고, 게다가 글리슨 선생이 그를 심하게 때
리지도 않을 듯했다. 그는 코리건이 욕실에서 얼마나 몸집이
큰지를 기억하고 있었다. 그는 욕실의 좁은 한끝에 괸 이탄
빛의 구성불과 비슷한 피부색을 지니고 있었다. 그가 옆을
따라 길어갈 때엔 그의 두 발이 젖은 타일 위를 물을 튀기면
서 큰 소리를 내며 걸었고, 살이 두툼하여 걸음걸이마다 그
의 넓적다리가 많이 흔들렸다.

식당은 반쯤 비었고 아이들은 여전히 줄을 지어 지나가고
있었다. 식당문 밖에는 사제나 선생님이 있은 적이 없으니
그는 계단을 오를 수 있었다. 그렇지만 그는 올라갈 수 없었

다. 교장 선생님이 학생감의 편을 들지도 모르고, 그걸 어린 학생의 잔꾀로 생각할 수도 있을 거야. 그때에는 학생감이 매일 마찬가지로 들어올 뿐이고, 자기로 인해 어느 애가 교장 선생님께 찾아 올라갔다고 해서 대단히 화를 내게 될 테니 상황만을 더욱 악화시키게 될 거야. 아이들은 교장 선생님을 찾아가라고 말은 했지만 그들 자신들은 가지 않으려고 했지. 그들은 이에 관해 모두 잊어버렸을 거야. 그래, 모두 잊어버리는 게 상책이지, 그리고 아마 학생감도 들어오겠다고 그냥 말만 한 것일 수도 있어. 그래, 눈에 띄지 않게 슬며시 숨는 게 상책이야. 왜냐하면 작고 어릴 때는 흔히 그런 식으로 피할 수 있거든.

그가 앉은 식탁의 아이들이 일어났다. 그도 일어나 줄지어 나가는 그들을 따라나갔다. 그는 결정을 내려야 했다. 그는 문에 가까이 다가가고 있었다. 다른 아이들을 따라 계속 걸어가면 그는 결코 교장실로 올라갈 수 없었다. 그렇게 한다면 운동장을 벗어날 수 없기 때문이었다. 그리고 만약 그가 교장 선생님을 찾아가도 마찬가지로 매를 맞게 된다면 모든 애들이 자기를 조롱하고 꼬마 디덜러스가 학생감을 고해 바치러 찾아갔다고 놀려댈 것이다.

그는 양탄자를 밟으며 걸어나갔다. 그리고 그 앞에 문이 보였다. 그건 불가능해, 그렇게 할 수는 없어. 무색의 잔인한 눈으로 그를 바라보고 있는 학생감의 벗겨진 머리를 그는 생각했고 이름이 뭐냐고 두 번씩 묻는 학생감의 목소리를 들었다. 먼저 답한 이름을 들었을 텐데도 왜 그는 이름을 기억할 수 없었을까? 첫번째에 대답을 듣지 못한 걸까 아니면 이름을 조롱하려는 것이었을까? 역사상 위대한 인물들은 그와 같은 이름을 가졌고 누구도 이를 조롱하지 않았는데. 그가 비웃고 싶어서였다면 조롱해야 할 건 바로 자신의 이름이었는데도. 돌런. 그건 옷이나 빠는 여자의 이름 같아.

그는 문에 다다랐다. 그리고 재빨리 오른쪽으로 돌아 층계를 걸어 올라가서 되돌아갈까 하는 망설임이 생기기 전에 성으로 향하는 낮고 컴컴한 좁은 복도로 들어섰다. 그리고 복도문의 문지방을 건너서면서 쳐다보려고 고개를 돌리지도 않았지만 모든 아이들이 줄지어 지나가면서 그의 뒤를 쳐다보고 있는 것을 알았다.

그는 좁고 컴컴한 복도를 따라 교단 사람들이 쓰는 방의 작은 문들을 지나쳤다. 그는 어둠 속에서 앞과 좌우를 기웃거리며 저것들은 초상화들이라고 생각했다. 그곳은 어둡고 조용한 데다 그의 눈은 부옇고 눈물에 지쳐서 잘 보이지 않았다. 그렇지만 그가 지나갈 때 그를 말없이 내려다보고 있는 것은 교단의 성인과 위인들의 초상화라고 생각했다. 책을 펼쳐든 채 '하나님의 보다 크신 영광을 위하여'라고 쓰인 글귀를 가리키고 있는 성 이그나티우스 로욜라, 자신의 앞가슴을 가리키고 있는 성 프란시스 하비에, 교파의 선생처럼 머리에 성직자용 사각모를 쓰고 있는 로렌초 리치, 모두들 젊어서 죽었기 때문에 젊은 얼굴들을 하고 있는 청년 시절의 세 수호 성인을 비롯하여, 성 스태니슬라우스 코스트카, 성 알로이시우스 곤차가, 축복받은 사람 존 버취만스, 그리고 커다란 외투에 몸을 감싸고 의자에 앉아 있는 피터 케니 신부.

그는 출입구 현관 위의 층계까지 와서 주위를 둘러보았다. 저기가 해밀턴 로원이 지나갔던 곳이며 군인들의 총탄 자국이 거기에 남아 있었다. 그리고 늙은 하인들이 하얀 외투를 입은 원수의 유령을 본 곳이기도 하였다.

한 늙은 하인이 층계 끝에서 비질을 하고 있었다. 교장실이 어딘지 그가 묻자 늙은 하인은 맨 끝 방을 가리켰고 그가 그곳으로 걸어가 문을 두드릴 때까지 바라보고 있었다.

아무런 대답이 없었다. 그가 다시 좀더 크게 두드리자 나지막한 목소리가 들려 그의 가슴은 뛰었다.

—들어와요!

그는 손잡이를 돌려 문을 열었다. 그리고 방 안쪽 녹색의 베이즈천으로 감싼 문 손잡이를 더듬거려 찾았다. 손잡이가 잡히자 그걸 밀고 안으로 들어갔다.

그는 책상에 앉아 글을 쓰고 있는 교장 선생님을 보았다. 책상에는 해골이 놓여 있었고 방안에는 오래된 가죽의자와 같은 이상하고 엄숙한 냄새가 감돌았다.

그가 들어선 엄숙한 장소와 방의 고요함으로 그의 가슴은 마구 두근거렸다. 그는 해골과 교장 선생님의 친절해 보이는 얼굴을 쳐다보았다.

— 자, 어린 학생, 무슨 일이지? 교장 선생님이 말했다.

스티븐은 목구멍을 메게 하는 덩어리를 삼키며 말했다.

— 제가 안경을 깨뜨렸습니다, 선생님.

교장 선생님은 입을 열어 말했다.

— 오!

그리곤 미소를 지으며 말했다.

— 그래, 안경을 깨뜨렸으면 새 안경을 보내달라고 집에 편지를 써야겠지.

— 집에 편지를 보냈습니다, 선생님, 스티븐이 말했다. 그리고 아널 신부님도 안경이 도착할 때까지 제가 공부를 하지 않아도 좋다고 말씀하셨습니다.

— 그렇고말고! 교장 선생님이 말했다.

스티븐은 목이 메이는 것을 다시 꿀꺽 삼키며 다리와 목소리가 떨리지 않두록 애를 썼다.

— 그런데, 선생님⋯⋯

— 그래서?

— 오늘 돌런 신부님께서 수업에 들어오셨는데 제가 작문을 쓰고 있지 않는다고 해서 저를 매질했습니다.

교장 선생님이 말없이 그를 바라보자 그는 피가 얼굴에 몰리며 눈물이 두 눈에 솟구치는 것을 느꼈다.

　교장 선생님이 말했다,

　—네 이름이 디덜러스 맞지?

　—예, 선생님.

　—그리고 어디서 안경을 깨뜨렸지?

　—석탄재 깔린 길에서요, 선생님. 어떤 애가 자전거 보관소에서 나오다가 부딪쳐 제가 넘어지면서 안경이 깨졌습니다. 그애의 이름은 모르겠습니다.

　교장 선생님은 말없이 그를 다시 쳐다보았다. 그리고는 미소를 지으며 말했다,

　—오, 그래, 그건 잘못이었구나. 틀림없이 돌런 신부님이 모르셨던 거야.

　—그렇지만 안경을 깨뜨렸다고 신부님께 말씀드렸는데도 매질을 하셨어요, 선생님.

　—새 안경을 보내달라고 집에 편지를 썼다는 것도 말씀드렸니? 교장 선생님이 물었다.

　—아닙니다, 선생님.

　—오, 그러면 돌런 신부님이 잘못 이해하셨던 거야, 교장 선생님이 말했다. 내가 며칠 동안 공부를 면제해주었다고 말씀드리도록 해라.

　스티븐은 몸이 떨려 말문이 막힐까 두려워 성급히 말했다,

　—예, 선생님, 하지만 돌런 신부님이 내일도 오셔서 그

때문에 저를 다시 매질하시겠다고 말씀하셨어요.

—오 그래, 교장 선생님이 말했다, 그건 잘못이니 내가 직접 돌린 신부님께 말씀드리지. 이젠 됐지?

스티븐은 눈물로 두 눈이 촉촉해지는 것을 느끼며 나직이 말했다.

—예, 선생님, 감사합니다.

해골이 놓여 있는 책상 옆 너머로 교장 선생님이 손을 내밀자 스티븐은 잠시 그 손에 자신의 손을 얹으면서 차갑고 축축한 손바닥을 느꼈다.

—그럼 잘 가거라, 교장 선생님이 손을 빼고 몸을 굽히며 말했다.

—안녕히 계십시오, 선생님, 스티븐이 말했다.

그는 인사를 하고 조용히 방을 걸어나와 문을 조심스럽게 그리고 천천히 닫았다.

그러나 층계의 늙은 하인을 지나쳐 다시 낮고 좁은 어두운 복도에 다다르자 그는 점점 빠르게 걷기 시작했다. 더욱더 빠르게 흥분한 채 서둘러 어둠을 뚫고 나아갔다. 복도 끝에서 팔꿈치가 문에 쿵하고 부딪혔지만 그는 성급히 층계를 내려와 두 개의 복도를 재빨리 지나 밖으로 걸어나갔다.

그는 운동장에서 아이들의 외치는 소리를 들을 수 있었다. 그는 달리기 시작했다. 그는 점점 더 빨리 달리며 석탄재 깔린 길을 가로질러 하급반 학생들이 모여 있는 운동장으로 숨을 헐떡이며 나아갔다.

아이들은 달려오는 그를 보았다. 그들이 그의 말을 들으러 서로 밀치며 그를 삥 둘러쌌다.

— 말해봐! 말해보라고!

— 뭐라고 하셨어?

— 넌 들어갔었니?

— 뭐라고 말하시든?

— 말해봐! 말해보라고!

그는 자신이 말한 내용과 교장 선생님께서 하신 말씀을 그들에게 말해주었다. 그가 말을 끝마치자 아이들은 일제히 모자를 공중에 던지며 소리쳤다.

— 만세!

그들은 던진 모자를 잡아 다시 하늘 높이 빙그르르 던져올리며 다시 소리쳤다.

— 만세! 만세!

그들은 서로 손을 엮어 가마를 만들어 그를 그 위에 올려태우고 달렸다. 마침내 그는 발버둥을 쳐서 빠져나갔다. 그가 빠져나가자 아이들은 사방으로 흩어지며 모자를 다시 공중으로 던져올리고, 모자가 공중에서 빙그르르 맴돌자 휘파람을 불며 소리쳤다.

— 만세!

그리고 그들은 대머리 돌린 신부에게 세 번 야유를 보냈고 세 번 콘미 교장 선생님에게 환호를 보냈다. 그는 클롱고우즈 학교에 유사 이래로 가장 점잖으신 교장 선생님이라고 아이들은 말했다.

환호는 온화하고 어스름한 대기 속으로 사라져갔다. 그는 혼자 있었다. 그는 행복하고 자유로웠다. 그렇지만 돌런 신부에게 조그만치도 으스대지 않을 거야. 더욱 얌전하고 순종하겠어. 그리고 그가 으스대지 않는다는 것을 보여주기 위해 돌런 신부에게 무언가 친절한 일을 해줄 수 있으면 하고 바랐다.

대기는 부드럽고 어스름한 빛을 띠며 온화했고 저녁이 다가오고 있었다. 저녁의 냄새가 대기에 퍼져 있고, 그것은 언젠가 바톤 소령 댁에 산보를 갔을 때 무를 파내어 껍질을 벗겨 먹던 시골 들판의 냄새, 그리고 오배자나무가 서 있던 별관 너머 작은 숲속의 냄새가 서로 어울린 냄새였다.

아이들은 크리켓의 멀리 던지기, 낮은 커브, 느린 커브 등외 공 던지기를 연습하고 있었다. 조용하고 어스름한 정적 속에서 그는 공이 부딪치는 소리를 들을 수 있었다. 그리고 이곳저곳으로부터 조용한 대기를 뚫고 크리켓 방망이 소리가 들렸다. 픽, 팩, 폭, 푹. 마치 물이 찰랑이머 넘쳐 흐르는 수반 위로 가볍게 떨어지는 분수대의 물방울 소리같이.

$$\text{II}$$

찰스 할아버지는 그처럼 독한 잎담배를 피워대서 마침내 그의 조카는 그에게 아침 담배를 정원 끝에 있는 작은 헛간에서 피우도록 넌지시 암시했다.

—좋아 좋아, 사이먼. 괜찮아, 사이먼, 노인은 평온하게 말했다. 어디든지 괜찮아. 헛간도 훌륭해. 그게 더 상쾌할 것 같군.

—맙소사, 디덜러스 씨가 솔직히 말했다, 그처럼 고약하고 끔찍한 잎담배를 어떻게 피우십니까? 정말로 화약 같다니까요.

—정말 맛있어, 사이먼, 노인이 대답했다. 정말 시원하고 속이 후련해지지.

그래서 매일 아침 찰스 할아버지는 헛간으로 나가셨지만, 언제나 먼저 옷을 다리고, 뒷머리를 조심스럽게 빗질하고, 양치질을 한 다음, 꼭지가 높은 모자를 쓰셨다. 담배를 피우는 동안 그의 높은 모자창과 담배 파이프의 대통이 바깥채

문설주 너머로 보일 뿐이었다. 그가 정자라고 부르는 냄새 나는 헛간을 고양이와 정원용 연장과 함께 사용하였는데 이 곳은 또한 할아버지에게 음악실 역할도 했다. 그래서 매일 아침 그는 자기가 좋아하는 노래 중에 하나——「오, 나무 그 늘을 엮어다오」 또는 「파란 눈과 금빛 머리」 또는 「블라니 마을의 숲」——를 흐뭇하게 흥얼거렸다. 부르는 동안 잿빛 푸른 담배 연기는 파이프에서 천천히 피어올라 맑은 대기 속 으로 사라져갔다.

블랙록[1]에서의 여름 방학 초반에 찰스 할아버지는 스티븐 의 변함없는 친구였다. 찰스 할아버지는 햇볕에 잘 그을린 피부와 우락부락한 이목구비에 하얀 구레나룻을 지닌 정정 한 노인이었다. 주말마다 그는 캐리스포트 거리의 집과 도시 의 중심가에 있는 가족의 단골 상점들 사이를 심부름하였다. 스티븐은 그와 함께 이런 심부름을 기꺼이 다녔는데, 왜냐하 면 찰스 할아버지는 상점 판매대에 나와 있는 펼쳐진 상자와 통에서 눈에 보이는 것은 무엇이든 한 움큼씩 푸짐하게 집어 주었기 때문이었다. 그가 톱밥 섞인 포도를 한 움큼씩 또는 미국산 사과 서너 개를 집어 손자의 손에 후하게 쥐어주면 상점 주인은 불안한 듯 미소를 지어보였다. 그리고 스티븐이 받기를 사양하는 처하면 그는 얼굴을 찌푸리고 말했다.

---

1) 더블린 남쪽 해안에 있으며 1892년초 조이스 가족은 이곳으로 이사가 서 그해말까지 아니면 1893년초까지 살다가 더블린으로 이사갔다.

— 받아두시지요, 신사 양반. 알아들으십니까, 신사 양반? 장(腸)에 좋아요.

주문 목록을 적고 나면 두 사람은 공원으로 가곤 했으며, 거기에는 스티븐 아버지의 옛 친구인 마이크 플린이 벤치에 앉아 그들을 기다리고 있었다. 그러면 공원을 도는 스티븐의 달리기가 시작되었다. 스티븐은 마이크 플린이 좋아하는 자세, 즉 머리를 높이 치켜들고 무릎은 적당히 들어올리며 양팔은 옆구리에 곧장 내린 채 경주로를 달리는 동안 마이크 플린은 시계를 손에 들고 기차역 근처 문 옆에 서 있곤 하였다. 아침 연습이 끝나면, 트레이너는 논평을 했고 때로 푸른색의 낡은 운동화를 신고 일 야드 정도를 우스꽝스럽게 질질 끌며 시범을 보여주기도 했다. 그와 찰스 할아버지가 다시 주저앉아 운동 시합이나 정치에 대해서 이야기를 나누고 있을 때에도 아이들과 유모들이 신기한 듯 작은 원을 이루어 그를 지켜보며 주위에 서성거렸다. 마이크 플린이 그의 손으로 그 당시의 일급의 달리기 선수들을 많이 길러냈다고 아버지가 말씀하셨던 것을 들었지만, 그래도 길고 때묻은 손가락으로 시가를 말아올리며 고개를 숙이고 있는, 기력이 쇠하고 수염이 텁수룩한 트레이너의 얼굴을 스티븐은 자주 미덥지 못한 마음으로 쳐다보았다. 또한 그 길고 부어오른 손가락이 시가를 말아올리다 멈추고 갑자기 고개를 들어 멍하니 먼 푸른 하늘을 쳐다볼 때면 담뱃가루와 부스러기가 도로 쌈지에 떨어지게 되고, 스티븐은 그 광채가 사라진 온화한 푸른 눈을 연민으로 쳐다보게 되었다.

집으로 돌아오는 길에 찰스 할아버지는 자주 성당을 방문하곤 하였다. 그리고 스티븐의 손에 성수반이 닿지 않자 노인은 자기의 손을 물에 담갔다가 스티븐의 옷과 현관 마루에 요란하게 뿌렸다. 기도를 할 때면 할아버지는 무릎 밑에 붉은 손수건을 깔고 손때가 묻은 기도서를 소리내어 읽었는데 그 기도서에는 각 면마다 하단에 다음 면의 첫 말이 인쇄되어 있었다. 스티븐은 공감은 하지 않았지만 할아버지의 신앙심을 존경하여 그 곁에 무릎을 꿇었다. 그의 종조부인 찰스 할아버지는 무엇을 그처럼 열렬히 기도를 드리나 하고 그는 자주 의아해하였다. 아마도 연옥에 있는 영혼들을 위해 또는 행복한 죽음의 은총을 위해 기도를 드리거나, 아니면 아마도 코크[2]에서 탕진했던 커다란 재산의 일부분만이라도 하느님께서 되돌려주십사고 기도를 드리는지도 모를 일이었다.

일요일마다 스티븐은 아버지와 종조부와 함께 산보를 나갔다. 노인은 티눈이 있었지만 발 빠르게 걸어갔으며 이따금 10마일 내지 12마일을 걸었다. 스틸루건이라는 작은 마을에

---

2) 아일랜드의 4개 주 중 서남쪽에 위치한 먼스터 주의 중심 도시로서 조이스 가(家)의 대여섯 세대들은 제임스 조이스의 아버지 존 조이스가 태어나기 전 코크 시에 살았다.

서 길은 두 갈래로 갈라졌다. 그들은 왼쪽으로 꺾어져 더블린 산 쪽으로 가거나 아니면 고우츠타운 길을 따라 던드럼으로 해서 샌디포드를 통과해 집으로 돌아갔다. 터벅터벅 길을 따라가면서, 그리고 우중충한 길가의 술집에 서서 그의 어른들은 끊임없이 마음에 그리운 화제들과 아일랜드 정치, 먼스터 고향, 가문에 전해오는 전설들을 이야기했고, 스티븐은 이 모든 화제에 대해 열심히 귀를 기울였다. 그는 그가 이해하지 못하는 말들을 홀로 되뇌이고 되뇌어서 마침내 그것들을 암기했다. 그리고 이 낱말들을 통해 그는 자신을 둘러싼 실제 세계의 모습을 조금씩 엿보았다. 이 세계의 생활에 그도 역시 참여할 시간이 점차 가까이 다가오는 것처럼 보였고, 자신을 기다리고 있다고 느껴지는 장차의 위대한 역할을 위해 그는 은밀히 준비하기 시작했지만, 그 위대한 역할의 내용은 단지 어슴푸레하게만 인식할 수 있을 뿐이었다.

저녁때는 그 자신만의 시간이었다. 그는 『몬테 크리스토 백작』의 조잡한 번역본을 탐독했다. 음울한 복수자의 모습이 어린 시절 듣고 몽상하던 이상하고 무서운 형태로 마음속에 나타났다. 밤이 되면 거실 탁자 위에 신비로운 동굴섬의 형상을 차표·종이꽃·색종이·초콜릿을 쌌던 은박지와 금박지를 모아 만들어 세웠다. 번쩍이는 종이에 싫증이 나서 이 풍경을 부서뜨리고 나면 그의 마음속에 마르세유, 햇볕에 눈부신 격자 울타리, 그리고 메르세데스의 환한 풍경이 떠올랐

다.[3] 블랙록을 벗어나면 산으로 뻗은 길가에 하얗게 칠한 작
은 집 한 채가 서 있었고, 그 집 정원에는 장미덩굴이 무성히
자라고 있었다. 그리고 그 집에는 또 하나의 메르세데스가
살고 있으리라고 그는 혼자 되뇌었다. 집을 나설 때도 그리
고 집으로 돌아올 때에도 그는 이 이정표로 거리를 측정했
다. 그는 책에 나오는 것만큼 멋진 모험의 긴 행렬을 상상으
로 이어나갔으며 그 상상의 결말에는 보다 나이 들고 슬픈
모습의 자신이 나타나 수년 동안 자신의 사랑을 저버린 메르
세데스와 함께 달빛 비치는 정원에 서서 슬프고도 오만스런
거절의 몸짓을 지으며 다음과 같이 말하였다.

  ——부인, 저는 사향 포도는 결코 먹지 않습니다.

  그는 오브리 밀스란 이름의 소년과 한 짝이 되어 골목에서
모험패를 조직했다. 오브리는 단춧구멍에 대롱거리는 호루
라기와 허리띠에 부착된 자전거 램프를 가지고 다녔고 다른
아이들은 짧은 막대기를 단검처럼 차고 다녔다. 나폴레옹은
평범한 의상만을 입고 다녔다는 것을 읽은 적이 있는 스티븐
은 아무런 치장도 하지 않기로 정하였고, 그렇게 함으로써
명령을 내리기 전에 그의 부관들과 협의하는 기쁨을 혼자 누
렸다. 모험패는 노처녀의 정원을 공격하거나 성으로 내려가

---

3) 『몬테 크리스토 백작』은 알렉산더 뒤마(父)의 작품으로 '사악한 복수
   자'는 이 작품의 남자 주인공 에드몽 단테이고 '메르세데스'는 남자
   주인공의 애인이다.

잡초로 우거진 바위에서 전쟁놀이를 하고는 지친 패잔병처럼 집으로 돌아오곤 했었는데, 콧구멍에는 바닷가의 퀴퀴한 냄새가, 손과 머리털에는 해초의 고약한 기름이 묻어 집까지 따라왔다.

오브리와 스티븐 집의 우유 배달원이 같아 그들은 때로 우유 배달마차를 타고 암소들이 풀을 뜯고 있는 캐릭마인까지 갔었다. 어른들이 젖을 짜는 동안 아이들은 번갈아 유순한 암말을 타고 들판을 돌아다녔다. 그러나 가을이 오자 암소들을 목장 들판에서부터 불러모아 외양간에 가두었다. 게다가 불결한 녹색 웅덩이와 축축한 똥덩어리 그리고 김이 솟는 여물통이 있었던 스트래드브룩의 더러운 목장을 처음 목격하고 스티븐은 속이 메스꺼웠다. 햇볕이 밝은 날 시골에서 그처럼 아름다워 보였던 소들이 그의 마음을 아프게 만들었고 심지어 소에게서 짜낸 우유조차도 쳐다보고 싶지 않았다.

9월이 다가왔지만 그해에 스티븐은 클롱고우즈 학교에 되돌아가지 않게 되어서 그는 걱정을 하지 않았다. 마이크 플린이 병원에 입원하여 공원에서의 연습도 끝을 맺었다. 오브리는 학교에 다녀 저녁에만 한두 시간 자유로울 뿐이었다. 모험패도 흩어져 더 이상 달밤의 공격이나 바위에서의 전쟁놀이도 있지 않았다. 때로 스티븐은 저녁 우유를 배달하는 마차를 타고 돌아다녔다. 다행히도 추운 날의 순례는 더러웠던 목장의 추억을 날려보냈고 우유 배달부의 외투에 붙은 소털이나 건초씨를 보고도 역겨움이 생겨나지 않았다. 마차가 집 앞에 멈출 때마다 그는 잘 닦인 부엌이나 부드럽게 불을 밝힌 현관을 힐끗 살펴보았고, 또는 하인이 단지를 들고 문을 닫는 모습을 쳐다보며 기다렸다. 따스한 장갑을 끼고 호주머니에 집어먹을 두툼한 생강과자 봉지를 갖고 있기만 하면 우유를 배달하기 위해 매일 저녁 거리를 달려도 충분히 멋진 생활일 거라고 그는 생각했다. 그러나 이러한 예견은 그가 공원을 달리며 돌 때 갑자기 두 다리를 흐늘흐늘 힘없이 만들며 메스껍게 했던 예견과 똑같은 것이었으며, 길고 때묻은 손가락에 무겁게 머리를 숙일 때 보였던 트레이너의 기력이 쇠하고 수염이 텁수룩한 얼굴을 그가 불신으로 바라보며 느꼈던 직관과 똑같은 것으로, 미래에 대한 어떠한 비전도 사라지게 만들었다. 모호하게나마 그는 아버지가 곤경에 처했고, 이 때문에 그를 클롱고우즈 학교로 되돌려보내지 못한다는 것을 이해하였다. 얼마 동안 그는 집안의 미묘한 변화를 느꼈나. 그리고 전혀 변화하지 않을 것으로 생각했던 것에서의 이러한 변화들은 세상에 대한 그의 어린애다운 개념에 여러 가지 자그마한 충격들이었다. 그의 영혼의 어둠 속에서 이따금씩 떠들썩하게 솟구친다고 느낀 야망이 아무런 돌출구를 찾지 못했다. 록 로드에서 전찻길을 따라 타박타박 걷는 암말의 말굽 소리와 그 뒤를 따라 흔들리며 딸그락거리는 커다란 양철통 소리를 들었을 때, 바깥 세계의 황혼 같은 어둠이 그의 마음을 암울하게 했다.

그는 다시 메르세데스에게로 마음을 향했고, 그녀의 이미지를 곰곰 생각하자 이상한 불안이 그의 핏속으로 스며들었다. 때로 어떤 열기가 그의 내부에서 응축되어 저녁때가 되면 한적한 거리를 홀로 헤매도록 이끌었다. 정원의 평화로움과 창문에 비친 다정한 불빛은 불안한 그의 마음에 깨지기 쉬운 영향을 불어넣었다. 전쟁놀이를 하던 아이들의 시끄러운 소음이 그를 화나게 만들었고, 심지어 그들의 어리석은 목소리도 클롱고우즈 학교에서 느꼈던 것보다 더욱 날카롭게 그가 다른 아이들과 다르다는 것을 느끼게 만들었다. 그는 전쟁놀이를 원하지 않았다. 그의 영혼이 그처럼 한결같이 바라보던 실체 없는 이미지를 실제 세상에서 만나기를 원했다. 그는 어디서 어떻게 그것을 찾아야 할지 알지 못했다. 그러나 그를 이끌어온 어떤 예감이 자신의 어떤 명백한 행위가 없어도 그가 이러한 이미지를 만날 것이라고 말해주었다. 마치 그들이 서로 오래 알아왔었던 듯이 그리고 아마도 여러 문 중의 어느 하나에서 아니면 더욱 은밀한 어떤 장소에서 비밀 회합을 갖듯이, 조용히 만날 수 있으리라. 어둠과 침묵에 둘러싸여 그들만이 홀로 만나리라. 그리고 그 최상의 부드러움의 순간에 그는 변용되리라. 그녀의 눈앞에서 만져도 알 수 없는 무언가로 사그라들며, 그때 그 순간 그는 변용되리라. 그 마력의 순간 연약함과 수줍음 그리고 무경험이 그로부터 떨어져나가리라.

*　　　*　　　*

　누런 색의 커다란 짐마차 두 대가 어느 날 아침 문 앞에 멈추자 사람들이 가구를 실으러 집 안으로 마구 밟고 들어왔다. 가구들이 앞 정원을 통해 문 앞의 거대한 트럭으로 거칠게 실려나간 후 정원에는 짚더미와 끈자락만이 널브러져 있었다. 모든 것이 안전히 실려나가자 트럭들이 요란하게 소리내며 가로를 따라 출발하였고, 울어서 눈이 붉어진 어머니와 함께 앉아 있던 스티븐은 열차 창문을 통해 메리언 로드를 따라 무겁게 덜컹거리며 떠나는 트럭을 바라보았다.
　거실의 난로는 그날 저녁 불이 잘 피지 않았고 디덜러스 씨는 불꽃을 일으키려고 벽난로의 철망에 부지깽이를 기대놓았다. 찰스 할아버지는 가구가 반은 사라졌고 양탄자도 없어진 방의 한 귀퉁이에서 졸고 있었으며, 그 옆에는 가족의 초상화들이 벽에 기대어 있었다. 탁자 위의 램프는 짐꾼들의 발로 인해 진흙으로 더럽혀진 마룻바닥에 희미한 불빛을 비추고 있었다. 스티븐은 아버지 곁의 발판에 앉아 길고도 조리에 닿지 않는 독백을 듣고 있었다. 그는 처음에는 거의 전혀 이해할 수 없었으나 아버지에게 적이 있고 어떤 싸움이 벌어지고 있다는 것을 점차 알아듣게 되었다. 그도 그 싸움에 참가하여 두 어깨에 어떤 의무가 지워지고 있음을 느꼈다. 블랙록에서의 안락한 생활과 추억으로부터 갑작스런 이탈, 안개 낀 침울한 도시를 빠져나오던 일, 가구도 웃음도 사라진 채 그들이 현재 살아야 할 집에 대한 생각들이 그의 마음을 무겁게 만들었으며 또다시 어떤 미래에 대한 직관과 예감이 그에게 다가왔다. 하인들이 자주 현관에서 서로 속삭이던 이유와, 어서 앉아 저녁을 들라고 종용하는 찰스 할아버지에게 아버지가 벽난로를 등지고 서서 커다란 소리로 말을 하던 이유를 이제 그는 또한 이해했다.

—내겐 아직 반격을 가할 힘이 남아 있어, 이봐, 스티븐, 디덜러스 씨가 시원찮은 불꽃을 사납게 찔러대며 말했다. 우리는 아직 죽지 않았다구, 애야. 절대로, 예수께 맹세코(하느님 용서하옵소서), 죽기엔 아직도 멀었다구.

더블린은 새롭고 복잡한 느낌을 주었다. 찰스 할아버지는 너무 분별력이 없어져 더 이상 심부름하러 밖에 나다닐 수 없었고 새집이 안정될 때까지의 어수선함으로 스티븐은 이전의 블랙록에서보다 더 자유로운 시간을 가졌다. 처음에 그는 근처 광장을 소심하게 둘러보거나 아니면 기껏해야 옆 거리를 반쯤 내려가보는 데에 만족하였다. 그러나 도시에 대한 대체적인 윤곽을 머리에 새겨두게 되자 그는 대담하게 중심 거리 하나를 따라가 세관 건물까지 다다랐다. 그는 제지받는 일 없이 선창 사이와 부두를 따라 지나치며 해수 표면에 떠

있는 수많은 부표, 부두 일꾼들의 무리, 덜컹거리는 마차들, 그리고 복장이 허술한 턱수염을 기른 경찰들을 신기한 듯 바라보았다. 방파제를 따라 쌓아놓거나 증기선의 선창에 높다랗게 매달려 흔들리는 상품 짐짝이 인생의 광활함과 생소함을 암시해주어, 그로 하여금 전에 메르세데스를 찾아 정원에서 정원으로 저녁마다 쏘다니게 했던 그 불안감을 다시금 그의 내부에서 일깨웠다. 그리고 이처럼 번잡스런 새로운 생활 속에서 그는 또 다른 마르세유에 있는 자신의 모습을 상상해보았지만, 밝은 하늘과 햇볕으로 따스한 포도주 상점의 격자 울타리는 찾을 수 없었다. 부두와 강과 낮게 깔린 하늘을 쳐다볼 때면 형체를 알 수 없는 불만이 그의 내부에서 커져나갔지만, 그는 자신을 피해다니는 누군가를 정말로 찾고 있는 듯이 매일같이 이리저리 계속 헤매고 다녔다.

한두 번 어머니와 함께 친척 집을 방문했었다. 크리스마스를 위해 불을 밝히고 치장한 상점의 흥겨운 장식을 지나치면서도 씁쓸히 침묵만을 지키는 그의 기분은 그를 떠나지 않았다. 씁쓸한 기분의 원인은 무수했으며 멀고도 가까운 것이었다. 그는 아직 어려서 안정을 못 찾고 어리석은 충동의 제물이 되고 있는 자기 자신에게 화가 났고, 또한 주변 세계를 초리힘과 불성실의 환상으로 변형시키는 운명의 변화에도 화가 났다. 그럼에도 그의 분노는 그 환상을 어떻게 변화시킬 수가 없었다. 그는 자신이 관찰한 바를 자신에게서 유리시킨 채, 그 고통스런 단맛을 맛보며, 끈기 있게 마음속에 새겨두었다.

그는 아주머니 댁의 부엌에서 등 없는 의자에 앉아 있었다. 반사경이 달린 램프가 벽난로의 옻칠한 벽에 매달려 있었고 그 불빛을 받으며 아주머니가 무릎에 놓인 석간 신문을 읽고 있었다. 아주머니는 신문에 실린 웃고 있는 사진을 한참 들여다보다가 생각에 잠긴 듯 말했다.

— 아름다운 메이블 헌터야!

머리칼이 곱슬곱슬한 한 소녀가 발꿈치를 들고 서서 사진을 들여다보다가 나지막하게 말했다.

— 어디에 나오는 여자예요, 엄마?

— 무언극에 나오지, 얘야.

그 아이는 곱슬곱슬한 머리를 어머니의 옷자락에 기대며 사진을 응시하다가 황홀한 듯이 속삭였다.

— 아름다운 메이블 헌터!

황홀한 듯 그녀의 눈은 오랫동안 조롱기가 어린 새침한 두 눈에 머물렀고 그녀는 빠져든 듯이 다시금 속삭였다.

— 정말 우아하지 않아요?

그때 집 바같으로부터 무거운 석탄을 지고 구부정하게 쿵쿵거리며 들어오던 소년이 그녀의 말을 들었다. 그는 짐을 즉시 마루에 내려놓고 들여다보러 그녀 곁으로 서둘러 달려갔다. 그러나 그녀는 그가 볼 수 있게끔 태연하게 머리를 들어올리지도 않았다. 그는 그녀를 어깨로 밀치며 보이지 않는다고 불평하면서 추위에 빨갛고 시커메진 손으로 신문 귀퉁이를 거칠게 잡아당겼다.

그는 창문이 어두워져가는 낡은 집의 좁은 부엌에서 높은 곳에 자리잡고 앉아 있었다. 벽난로의 불빛이 벽에 날름거렸고 창문 너머로 유령 같은 어둠이 강 위에 덮이고 있었다. 벽난로 앞에서 한 노파가 차를 끓이느라 부산했는데, 법석을 떨며 일을 서두르면서 그녀는 신부와 의사가 했던 말을 나지막한 소리로 말하였다. 또한 그녀는 최근에 환자에게서 보았던 어떤 변화라든지 환자의 이상한 태도와 말들에 관해 이야기했다. 그는 앉아 그 이야기를 들으면서 한편으로 석탄이나 둥근 천장, 지하실, 꼬불꼬불한 갱도, 그리고 꼬불꼬불한 동굴 속에 펼쳐지는 여러 모험을 생각했다.

갑자기 그는 문간에 무언가를 의식했다. 어떤 해골 같은 머리가 문간의 어둠 속에 매달린 듯 나타났다. 원숭이 같은 연약한 모습이 난롯가의 목소리에 이끌려 그곳에 나타났다. 문간에서 흐느끼는 목소리가 물어왔다.

— 조세핀이니?

법석 떨던 노파가 벽난로에서 명랑하게 대답했다.

— 아니야, 엘런. 스티븐이야.

— 오…… 오, 안녕, 스티븐.

그는 인사에 답하면서 문간에 있는 얼굴에 어리석은 미소가 번지는 것을 보았다.

— 뭐가 필요하니, 엘런? 난롯가의 노파가 물었다.

그러나 그녀는 질문에 대답하지 않고 말했다.

— 난 조세핀인 줄 알았어요. 난 네가 조세핀이라고 생각했지, 스티븐.

이 말을 몇 번 반복하고는 미약하게 웃음을 터뜨렸다.

그는 해롤즈 크로스[4]에서 아이들의 파티 한가운데 앉아 있었다. 침묵을 지키면서 주위를 관찰하는 그의 태도는 더욱 심해져 그는 게임에 거의 참여하지 않았다. 크래커[5]에서 나온 종이 모자를 쓰고 있던 아이들은 춤을 추며 떠들썩하게 뛰놀았다. 그는 그들의 명랑한 기분에 어울리려고 노력했지만 화려한 고깔모자와 햇빛가리개 모자 틈에서 자신이 침울한 인물로 느껴졌다.

그러나 그가 노래를 부르고 안락한 방 한쪽 구석으로 물러앉았을 때 그는 외로움을 즐기기 시작했다. 이른 저녁에 거짓되고 사소한 것처럼 보였던 환희가 그의 감각을 흥겹게 지나가며, 열에 들뜬 듯이 동요하는 자신의 피를 다른 사람의 눈으로부터 감추어주면서, 그의 외로움을 달래주었다. 한편, 원을 그리며 춤추면서 노래하며 웃는 가운데 그녀의 시선이

---

4) 더블린 시 남쪽에 있는 지명.
5) 양끝을 잡아당기면 폭음을 내며 그 속에서 과자나 종이 모자, 장난감이 튀어나온다.

그가 앉아 있는 구석으로 머물며 아첨하듯, 힐책하듯, 탐색하듯, 그의 가슴을 자극하였다.

가장 늦게까지 남아 있던 아이들이 현관에서 자신의 물건을 챙기고 있었다. 파티가 끝난 것이다. 그녀는 머리에 숄을 급히 걸쳤다. 그들이 함께 역마차 쪽으로 갈 때 그녀의 싱그럽고 따스한 입김이 고깔처럼 숄을 걸친 머리 위로 물보라같이 경쾌하게 날아올랐으며 그녀의 구두는 미끈거리는 길을 쾌활하게 타박타박 걸었다.

마지막 역마차였다. 여윈 갈색 말들도 막차라는 걸 알기라도 하듯이 충고조의 방울을 맑은 밤하늘을 향해 흔들었다. 차장은 마부와 이야기를 하며 푸른 램프 불빛에 이따금씩 고개를 끄떡였다. 역마차의 빈 좌석에는 색깔 있는 차표가 여러 개 흩어져 있었다. 도로에는 사람들의 오가는 발걸음 소리가 하나도 없었다. 여윈 갈색 말들이 코를 서로 부비며 방울을 흔드는 소리 외에는 밤의 평온을 깨뜨리는 소리는 없었다.

그는 윗자리에서 그리고 그녀는 아랫자리에서, 두 사람은 서로 귀를 기울이고 있는 듯싶었다. 그녀는 서로 말을 나누는 사이 여러 번 그의 자리로 올라왔다가는 다시 그녀 자리로 내려갔으며, 한두 번 윗자리로 올라와서는 돌아가는 것을 잊은 듯이, 그의 곁에 얼마 동안 바싹 가까이 서 있다가 다시 내려갔다. 그의 가슴은 그녀의 움직임에 따라 파도 위에 뜬

코르크 마개처럼 춤을 추었다. 숄 아래에서 그녀의 눈이 전하는 말을 들으면서, 생시인지 또는 환상인지는 모르나 어떤 희미한 과거에 이와 비슷한 이야기를 들어본 적이 있다는 느낌이 들었다. 그녀가 멋진 옷과 허리띠 그리고 긴 검은 스타킹 등으로 자신의 허영을 강조하려는 것을 그는 보았고, 또한 그도 그것에 수천 번이나 굴복했다는 것을 알았다. 그렇지만 내부의 목소리가 그의 춤추는 심장의 고동 소리를 억누르며, 그저 손만 뻗치기만 하면 잡을 수 있는 그녀의 선물을 받아들일 것인가를 묻고 있었다. 그리고 그와 아일린이 호텔 정원을 들여다보며 서서, 웨이터들이 길게 뻗친 깃발을 깃대에 끌어올리는 모습과 폭스 테리어 한 마리가 햇빛 내리쬐는 잔디 위를 이리저리 뛰어다니는 광경을 지켜보고 있을 때, 갑자기 아일린이 웃음을 터뜨리며 경사진 커브길을 뛰어내려갔던 날을 기억했다. 그때처럼 지금도 그는 그 앞에 벌어지는 장면을 겉으로는 조용히 지켜만 보며 자리에 맥없이 서 있었다.

　—그녀도 내가 꼭 붙들어주기를 원하고 있어, 그는 생각했다. 그 때문에 그녀가 나와 함께 마차를 타러 온 거야. 그녀가 내 자리로 올라올 때 손쉽게 그녀를 붙들 수 있어. 아무도 보고 있지 않아. 그녀를 붙잡고 키스를 할 수 있어.

　그러나 그는 아무 짓도 하지 않았다. 텅 빈 마차에 홀로 앉아 그는 차표를 조각조각 찢으며 울퉁불퉁한 발판을 침울하게 노려보고 있었다.

다음날 그는 텅 빈 이층 방 책상 앞에 몇 시간이고 앉아 있었다. 그 앞에는 새 펜과 새 잉크병, 에메랄드빛 새 공책이 놓여 있었다. 습관상 그는 첫 장 상단에 제수이트교 표어를 첫 글자만 따서 아 엠 데 게[6]를 적었다. 첫 장의 첫 행에는 그가 쓰려고 하는 시의 제목이 나와 있었다. 이__시__에게.[7] 이처럼 시작하는 것이 옳다고 그는 생각했다. 왜냐하면 그는 바이런 경의 시선집에서 이와 비슷한 제목을 여러 번 보았기 때문이었다. 이 제목을 적고 그 아래에 장식선을 그리고 난 후 그는 백일몽에 잠겨들어 공책의 표지에 도형을 그리기 시작했다. 그는 크리스마스 만찬 식사에서 토론이 끝난 다음날 아침 브레이에서 책상에 앉아 파넬에 대한 시 한 편을 아버지의 하반기 세금고지서의 뒷면에 쓰려고 애쓰던 자신의 모습을 생각했다. 그러나 그때 그의 머리로는 주제를 잡을 수가 없어 포기하고 그 종이를 학급 친구들의 이름과 주소로 채웠던 것이다.

로더릭 킥햄

---

6) 아 엠 데 게 A.M.D.G.는 "하느님의 보다 크신 영광을 위하여 *Ad Majorem Dei Gloriam*"라는 라틴어 성구.
7) '이__시__에게 To E__C__'의 E. C.는 스티븐의 연인인 에머 클러리 Emma Clery의 머릿글자.

존 로턴

앤소니 맥스위니

사이먼 무넌

이제 그는 또다시 실패할 것처럼 보였지만, 그러나 그 사
건을 곰곰이 생각함으로써 그는 자신 있다고 생각했다. 이
과정에서 일상적이고 중요치 않다고 그가 생각했던 모든 요
소들이 장면에서 떨어져나갔다. 역마차조차도 그리고 마부
나 말들도 아무런 흔적을 남기지 않았고, 그 자신이나 그녀
도 선명하게 나타나지 않았다. 시는 오직 그 밤과 향기로운
미풍 그리고 처녀 같은 달의 광채만을 읊고 있었다. 주인공
들이 잎이 떨어진 나무 밑에 잠잠히 서 있을 때 그들의 가슴
속에는 어떤 명확히 말할 수 없는 슬픔이 숨겨져 있었으며,
그리고 이별의 순간이 다가오자 어느 한 사람이 억제해왔던
입맞춤이 드디어 두 사람에 의해 이루어졌다. 시를 끝마치자
공책의 끝에 엘. 데. 에스[8]라는 글자를 적었다. 그리고 공책
을 감춘 후, 그는 어머니의 침실로 내려가 화장대의 거울에
비친 자신의 얼굴을 오랫동안 살펴보았다.

그러나 마술 같은 그의 오랜 휴식과 자유로움은 그 끝을
맺었다. 어느 날 저녁 아버지가 소식을 한아름 안고 집에 오

---

8) "하느님께 영원히 찬미할진저"(라틴어 문구 Laus Deo Semper 의 첫
   글자만을 쓴 것임).

셔서 식사를 하시면서 내내 부지런히 떠들어대셨다. 그날 잘
게 썬 양고기 요리가 나올 예정이어서 아버지가 빵조각을 고
깃국물에 찍어 먹도록 시킬 거라는 것을 스티븐은 알고 있어
아버지의 귀가를 쭉 기다려왔었다. 그러나 클롱고우즈 학교
가 언급되면서 그의 입맛을 역겨움의 찌꺼기로 덮어버려 고
기 맛을 알지 못했다.

　──바로 광장 모퉁이에서 난 걸어가다 그분과 쾅 부딪쳤
지, 디덜러스 씨가 네번째 말을 하셨다.

　──그러면 그분이 주선해주실 수 있을 거라는 말씀이군
요, 디덜러스 부인이 말했다. 벨비디어 학교 말예요.

　──물론이지, 디덜러스 씨가 말했다. 그분이 현재 수도회
의 관구장[9]이라는 걸 내가 말하지 않았나?

　──전 내 자신이 이애를 형제수도회 학교[10]에 보내고 싶은
마음은 조금도 없어요, 디덜러스 부인이 말했다.

　──빌어먹을, 형제수도회 학교라니! 디덜러스 씨가 말했
다. 냄새나는 너러운 애들하고 다니라고? 안 돼, 애는 제수
이트교 학교에서 시작했으니 하느님께 맹세코 그런 학교에
계속 남아 있어야만 해. 몇 해가 지나면 그분들이 애한테 도

---

9) 콘미 신부는 클롱고우즈 학교 교장직을 떠나 벨비디어 학교의 학감
　　이 되었다.
10) 1684년 빈민 교육을 목적으로 창립된 카톨릭 단체. 조이스는 실제로
　　북부 리치먼드의 '형제수도회 학교'에 잠시 다녔지만, 스티븐은 다
　　니지 않았다.

움이 될 거라고. 그분들은 너에게 한 자리를 얻어줄 수 있는 사람들이지.

—그리고 그분들은 대단히 부유한 교단이지 않아요, 사이면?

—그렇고말고. 분명히 말하지만 그들은 유복하게 살고 있지. 넌 클롱고우즈 학교에서 그들의 식사를 보았을 거다. 틀림없이 싸움닭처럼 잘 먹었겠지.

디덜러스 씨는 접시를 스티븐 쪽으로 밀며 접시에 남은 음식을 모두 해치우라고 말했다.

—자, 그러니, 스티븐, 넌 열심히 노력해야 돼, 얘야, 그가 말했다. 넌 긴 휴가를 멋지게 보냈구나.

—오, 얘는 이제 틀림없이 정말 열심히 공부할 거예요, 디덜러스 부인이 말했다. 특히나 동생 모리스와 함께 그 학교에 다니게 되었으니까요.

—오, 맙소사, 난 모리스를 잊었네, 디덜러스 씨가 말했다. 이리 와, 모리스! 이리 오너라, 이 미련한 녀석아! 아버지가 널 학교에 보내면 선생님들이 고양이는 '고—양—이'라고 글씨를 쓰게 가르쳐줄 거라는 걸 아니? 그리고 아버지가 코를 닦을 예쁘고 작은 손수건을 사줄게. 정말 멋지지 않겠어?

모리스는 이를 드러내며 아버지와 형에게 웃음을 지었다. 디덜러스 씨는 외알 안경을 눈에 조절하며 두 아들을 뚫어지게 바라보았다. 스티븐은 아버지의 시선을 모르는 체하며 빵을 우물거렸다.

—그런데, 디덜러스 씨가 마침내 말했다. 교장 선생, 아니 정확히는 관구장께서 너와 돌런 신부에 관한 이야기를 하더라. 널 건방진 녀석이라고 그분이 말하더군.

—오, 얘는 그렇지 않아요, 사이먼!

—그렇지 않다고! 디덜러스 씨가 말했다. 그렇지만 그분이 사건 전부를 자세히 설명해주었어. 우리는 서로 담소를 나누고 있었지. 알다시피 이야기가 꼬리를 물고 물리면서 말이야. 그런데 누가 시의 세무소장직을 맡을 거라고 그가 말해주었는지 알아? 그러나 그건 나중에 말해주지. 그러면, 아까 말한 대로 우리는 아주 친근하게 담소를 나누고 있었는데, 아직도 여기 이 녀석이 안경을 쓰냐고 그분이 물으면서 내게 모든 걸 이야기해주셨지.

—그러면 그분이 화가 나셨어요, 사이먼?

—화가 났냐고! 그럴 리가! "남자다운 꼬마 녀석!"이라고 말하더구먼.

디덜러스 씨는 관구장의 점잔 빼는 콧소리를 흉내냈다.

—그 일에 대해 난 돌런 신부와 그들 모두에게 저녁 식사를 하며 말해주었고, 돌런 신부와 난 떠니기도록 웃었지요. "조심하는 편이 나을 거예요, 돌런 신부님, 그렇지 않으면 당신이 양손에 아홉 대씩 매맞도록 어린 디덜러스가 야단칠 겁니다" 하고 내가 말했지요. 우리는 그 얘기를 하며 서로

크게 웃어댔지. 하! 하! 하!

디덜러스 씨는 아내에게 몸을 돌리며 본래의 목소리로 불쑥 외쳤다.

——그들이 거기서 아이들을 맡아 기르는 정신을 보여준 거지. 오, 일생 동안 제수이트 신부가 된다면!

그는 관구장의 목소리를 다시 흉내내며 반복했다.

——"전 그들 모두에게 저녁 식사를 하며 말해주었고, 돌런 신부와 난 그리고 우리 모두 그 일에 대해 마음껏 웃었지요. 하! 하! 하!"

*　　　*　　　*

성령강림절 기념 연극 공연의 밤이 다가왔다. 스티븐은 탈의실 창문으로 중국식 호롱불이 줄지어 늘어선 작은 뒤뜰을 내다보고 있었다. 그는 관람자들이 교정의 층계를 내려와 극장으로 들어가는 광경을 지켜보았다. 안내원들이 벨비디어 학생의 전통 의상으로 차려입고 끼리끼리 극장 입구를 서성이면서 격식을 차리어 방문객을 안내하였다. 갑자기 밝아진 호롱불 아래에서 그는 미소를 머금고 있는 한 사제의 얼굴을 알아볼 수 있었다.

성체가 감실에서 옮겨졌고 제단의 연단과 그 앞 공간을 넓히기 위해 맨 앞줄의 의자들이 뒤로 물러나 있었다. 벽에는 역기와 체조용 곤봉들이 기대어 있고, 아령이 한쪽 구석에 쌓여 있었으며, 더러운 갈색 꾸러미에 쌓여 있는 무수한 운동용 신발, 스웨터, 속옷 더미 가운데에, 가죽으로 입힌 견고한 뜀틀이 무대 위로 옮겨질 차례를 기다리며 놓여 있었다. 끝을 은빛으로 장식한 커다란 청동 방패가 제단의 한쪽 판자에 기대어 있고, 체조 경기가 끝나면 역시 무대에 옮겨져 승리팀의 한가운데에 놓여질 예정이었다.

스티븐은 글짓기에서의 명성으로 체육실의 간사로 뽑혔지만 프로그램의 제1부에서는 아무런 역(役)도 맡지 않고, 제2부를 이루는 연극에서 주인공인 익살맞은 선생으로 나오게 되어 있었다. 그는 현재 벨비디어 학교 중급반에 거의 2년간을 다니고 있어, 그의 신장과 의젓한 태도로 인해 그 역할을 맡게 되었다.

스무 명 가량의 어린 소년들이 흰 바지와 속옷을 입고 후두둑 소리를 내며 무대로부터 내려와 제의실을 거쳐 성당으로 들어갔다. 제의실과 성당은 열성적인 선생님들과 학생들로 붐볐다. 뚱뚱한 대머리 특무상사가 발로 뜀틀의 뜀판을 점검해보고 있었다. 교묘한 곤봉 돌리기 묘기를 보여줄 긴 외투를 입은 마른 젊은 남자가 관심을 갖고 근치에 서서 지켜보고 있었는데, 은빛으로 칠한 곤봉이 그의 깊은 옆주머니 밖으로 삐져나와 있었다. 또 다른 팀이 무대 위로 올라갈 준비를 하고 있을 때, 나지막이 울리는 나무 아령의 덜거덕거리는 소리가 들렸다. 그리고 다음 순간 흥분한 선생이 사제복을 신경질적으로 펄럭이며 느림보에게 서두르라고 소리치고 학생들을 한 떼의 거위처럼 제의실로 몰아들이고 있었다. 나폴리 농부로 분장한 작은 무리들이 성당 끝의 층계에서 연습을 하고 있었는데, 어떤 이는 팔을 머리 위로 올려 빙빙 돌리며, 어떤 이는 종이로 만든 바이올렛 바구니를 흔들면서 격식 차린 인사를 흉내내고 있었다. 제단의 성가대 쪽으로 어두운 성당 한 귀퉁이에는 나이 든 뚱뚱한 부인이 풍성한 검은 치마를 입은 채 무릎을 꿇고 있었다. 그녀가 일어서자, 유행이 지난 넓은 챙의 밀짚모자에 검게 그린 눈썹과 우아하게 연지와 분을 바른 뺨, 핑크빛 드레스와 금빛 곱슬머리 가발을 차려입은 자태가 드러났다. 이러한 소녀의 자태를 발견하자 성당에는 호기심에 어린 나지막한 속삭임이 나돌았다. 선생님 중의 한 분이 웃으며 머리를 끄떡이면서 어두운 모퉁이로 다가가 나이 든 뚱뚱한 부인에게 절을 한 후 유쾌하게 말했다,

— 당신이 갖고 있는 이것은 아름다운 젊은 숙녀입니까 아니면 인형입니까, 텔론 부인?

그리고 얼굴을 아래로 숙여 밀짚모자의 챙 아래 색칠을 한 웃는 얼굴을 들여다보는 순간 그는 큰 소리로 외쳤다.

— 이런! 맙소사, 난 버티 텔론이라고 믿었지!

스티븐은 창문 옆자리에 자리잡고 서서 나이 든 부인과 신

부가 함께 웃어대는 소리를 들었다. 밀짚모자를 쓰고 혼자 춤을 추게 되어 있는 작은 학생을 보기 위해 학생들이 지나치면서 속삭이는 감탄의 소리를 스티븐은 뒤편에서 들을 수 있었다. 참을 수 없는 조급한 동작이 그에게서 드러났다. 그는 창문의 블라인드를 내린 후 서 있던 긴 의자에서 떠나 걸음을 내디디며 성당 밖으로 걸어나왔다.

그는 교정을 지나쳐 정원 옆에 붙어 있는 창고 밑에서 걸음을 멈췄다. 맞은편 극장으로부터 청중들의 억눌린 소음과 군악대의 갑작스런 쉿소리가 쨍그렁 울리며 흘러나왔다. 극장을 축제의 방주처럼 보이게 만드는 유리 지붕으로부터 빛이 위로 퍼지며 폐선 같은 집들 사이에 머물렀고, 호롱불의 연약한 전선이 이 방주를 엮어 정박소에 연결시키고 있었다. 극장의 옆문이 갑자기 열리며 한 줄기 빛이 작은 잔디밭을 가로질러 흘렀다. 갑작스런 왈츠의 전주곡 선율이 방주에서 터져나왔으며, 옆문이 다시 닫히자 청중들은 희미한 선율의 리듬을 들을 수 있었다. 나른하고 유연한 율동을 드러내는 첫 소절의 분위기는 표현할 수 없는 감정을 일으켰고, 바로 이 감정이 그가 오늘 내내 불안감과 바로 조금 전의 조급함을 일으켰던 요인이었다.

음의 물결처럼 불안감이 그의 내부에서 터져나왔으며, 흐르는 선율의 파도에 방주는 호롱불의 전선을 따라 흔적을 남기며 항해를 떠나고 있었다. 그러자 난쟁이 보병대가 쏘고 있는 듯한 소음이 그 흐름을 깨뜨렸다. 그것은 바로 무대 위로 아령 팀의 입장을 반기는 박수 소리였다.

길가의 창고 저편 끝에 핑크빛의 불빛 한 점이 어둠 속에 보였다. 그리고 그곳으로 걸어가자 그는 향기로운 희미한 냄새를 맡을 수 있었다. 두 학생이 문간의 으슥한 곳에서 담배를 피우며 서 있었고, 가까이 가자 그는 목소리로 헤론임을 알아차렸다.

—여기 고귀하신 디덜러스가 오십니다! 높은 목쉰 소리가 외쳤다. 우리의 진실된 친구를 환영합니다!

이러한 환영은 헤론이 회교도식으로 절을 하면서 활기는 없어도 한바탕 가벼운 웃음으로 끝이 났으며 이내 헤론은 지팡이로 땅을 쿡쿡 쑤시기 시작했다.

—그래 내가 왔다, 스티븐이 말하며 멈춰 서서 헤론과 헤론의 친구를 힐끗 쳐다보았다.

헤론의 친구는 그에게 낯설었지만 어둠 속에서 타오르는 담뱃불의 도움으로 멋쟁이풍의 창백한 얼굴임을 알아볼 수 있었다. 그 얼굴에는 웃음이 천천히 흐르고 있었고 외투를 걸친 키가 큰 몸매에 중절모를 쓰고 있었다. 헤론은 소개를 하려고 드는 대신 말을 꺼냈다.

—오늘밤 네가 학교 선생 역에서 교장 선생님을 흉내내면 얼마나 재미있을까 하고 난 지금 막 내 친구 월리스에게 말하던 중이었지. 그건 정말 배꼽 빠지는 일이 될 거야.

헤론은 그의 친구 월리스에게 교장 선생님의 점잔 빼는 저음의 목소리를 흉내내려고 들었지만, 잘 되지 않자 웃으며 스티븐 보고 한번 해보라고 했다.

—해봐, 디덜러스, 넌 멋지게 흉내낼 수 있어, 그가 재촉했다. "서엉당의 말조차 듣지 않거든 그를 이바앙이나 세에리처럼 여겨라."[11]

이 흉내는 물부리에 담배를 너무 꽉 끼워넣었던 월리스가 약간 성을 내는 바람에 중단되었다.

—이런 빌어먹을 물부리 같으니라구, 입에서 빼내며 별수가 없다는 듯 그는 웃음을 지었다가 찡그리며 말했다. 늘 이처럼 꽉 막힌다구. 너도 물부리를 사용하니?

—난 담배를 피지 않아, 스티븐이 대답했다.

—아무렴, 디덜러스는 모범 청년이지, 헤론이 말했다. 담배도 피우지 않고 바자에 가서 여자애들을 희롱하지도 않아. 나쁜 짓이라곤 조금치도 하는 게 없지.

스티븐은 고개를 저으며 새의 부리 같은 상대방의 붉어진, 표정이 나양한 얼굴에 미소를 지었다. 빈센트 헤론은 새의 이름[12]뿐만 아니라 새의 얼굴 모습을 하고 있어 참 이상하다고 그는 자주 생각했었다. 옅은 색깔의 머리 타래가 곤두선 벼슬처럼 앞이마에 놓여 있었고, 게다가 그 앞이마는 좁은

---

11) 「마태복음」 18장 17절.
12) '헤론'은 '왜가리'라는 뜻.

데다 뼈가 두드러져 있고 가느다란 매부리코가 파리하고 무표정하게 튀어나온 두 눈의 좁은 양미간 사이에 솟아 있었다. 두 사람은 학교에서 서로 경쟁 관계에 있는 친구 사이였다. 그들은 반에서 같이 앉았고, 성당에서도 같이 무릎을 꿇었고, 점심 식사 때에는 함께 기도를 드리는 사이였다. 상급반의 아이들이 별달리 뛰어나지 않아서, 스티븐과 헤론은 일 년 내내 사실상 선두를 달리고 있었다. 하루를 쉽게 해달래거나 학생의 처벌을 면하게 해달라고 교장 선생님을 찾아 올라가는 것도 그들 둘뿐이었다.

─ 오, 그런데 난 너의 어른께서 들어가시는 것을 보았어, 헤론이 갑자기 말했다.

웃음이 스티븐의 얼굴에서 사라졌다. 어느 아이나 선생님이 자신의 아버지에 대해 언급만 해도 그의 평온한 마음은 일순간 들끓게 되었다. 헤론이 이어 무슨 말을 하려고 그러는지 그는 소심하게 침묵을 지키며 기다렸다. 그러나 헤론은 팔꿈치로 의미심장하게 그를 쿡 찌르며 말했다.

─ 요 엉큼한 녀석, 디덜러스!

─ 왜? 스티븐이 말했다.

─ 시치미를 떼고 있지만, 넌 엉큼한 녀석이야, 헤론이 말했다.

─ 도대체 무슨 말을 하고 있는 거야? 스티븐이 점잖게 말했다.

─정말 엉큼하군, 헤론이 대답했다. 월리스, 우린 그 여자를 보았지, 안 그래? 게다가 그 여잔 정말 예쁘던데. 그리고 어찌나 꼬치꼬치 캐물어들던지! "그리고 스티븐은 어떤 역을 맡았어요, 디덜러스 씨? 그리고 스티븐이 노래를 부르지 않나요, 디덜러스 씨?" 너의 어르신네께서는 외눈 안경으로 뚫어지게 그녀를 쳐다보아서 난 너의 어른께서도 네 비밀을 모두 알아내셨구나 하고 생각했지. 맙소사, 나 같으면 조금도 상관치 않을 거야. 그녀는 멋들어지지 않아, 월리스?

─나쁘지 않더군, 월리스는 물부리를 다시 한번 입 구석에 집어넣으며 조용히 대답했다.

낯선 이가 듣는 데에서 이처럼 무례하게 언급하여 스티븐의 마음에는 일순간 한 가닥 분노가 스쳐지났다. 그에게는 한 여자의 흥미와 관심에 대해선 즐거워할 것이 하나도 없었다. 하루종일 그는 해롤드 크로스 거리의 역마차 발판에 서서 그들이 헤어졌던 일, 그의 마음을 뚫고 지나가게 했던 우울한 감정의 흐름, 그리고 이에 관해 썼던 시 이외에는 아무것도 생각하지 않았었다. 그녀가 연극을 보러 오리라는 것을 그는 알고 있어, 온종일 그녀와의 새로운 만남만을 상상해보았다. 이전의 불안했던 우울함이 다시금 그의 가슴을 채웠다. 이런 감정은 파티가 있었던 날 밤에 그의 가슴에 차올랐지만, 시로서도 그 배출구를 찾지 못했었다. 당시와 현재 사이에 놓인 어린 시절 2년 간의 성장과 지식이 그러한 배출구를 금하고 있었다. 그리고 온종일 음울한 부드러움의 흐름이 내부에서 시작하여 내뿜다가 어두운 길을 따라 소용돌이치며 되돌아감에 따라, 마침내는 그를 지치게 하여, 선생님과 분장한 어린 학생들의 익살도 그에게서 조급한 동작만을 이끌어낼 뿐이었다.

— 그래서 우리가 이번에는 네 비밀을 다 발견했다는 것을 자인하는 게 좋겠어, 헤론이 말을 이었다. 분명히 내게는 더 이상 성자인 척할 수 없어.

한바탕 가볍고 음울한 웃음이 그의 입술에서 배어나왔으며 전처럼 그는 몸을 굽혀 장난으로 꾸짖듯이 지팡이로 스티븐의 종아리를 가볍게 때렸다.

분노의 움직임은 이미 스티븐에게서 사라졌다. 그는 마음이 으쓱거려지기도 또는 혼란스럽지도 않았고 단지 이렇게 놀리는 장난이 끝나기만을 바랐다. 처음에는 그에게 어리석은 무례함으로 보였던 것에 대해 그는 이제 조금도 불쾌하게 여기지 않았다. 왜냐하면 그의 마음속에 남아 있는 사랑의 모험이 몇 마디 말로는 조금도 위협받지 않는다는 것을 알았기 때문이었다. 그리하여 그의 얼굴도 상대방의 거짓된 웃음에 맞추어 같이 미소를 지었다.

— 시인해! 헤론이 지팡이로 그의 종아리를 다시 때리며 거듭 말했다.

그것은 장난이었지만 처음처럼 그렇게 약하지는 않았다.

스티븐은 살갗이 따끔거리며 약간 화끈거렸지만 거의 아픔을 느끼지는 않았다. 그러자 그는 친구의 장난기 어린 기분에 맞추어 순종하듯 고개를 숙이고 「고해문」을 암송하기 시작했다. 이 사건이 잘 끝을 맺어 헤론과 월리스는 모두 이러한 불경스런 행동에 관대하게 웃고 말았다.

이러한 고백은 스티븐의 입술에서만 나왔다. 그리고 입술로 그 말을 내뱉으면서, 한 갑작스런 기억이 스티븐에게 또 다른 장면을 불러일으켰다. 웃고 있는 헤론의 입술 한 귀퉁이에서 희미하지만 잔인스런 보조개를 목격하고 그의 종아리에 지팡이의 낯익은 감촉을 느끼며 낯익은 경고의 말을 듣는 순간, 마치 마술에 걸린 듯이 떠오르는 것이었다.

— 시인해.

그것은 학교에서 그가 제6반으로 첫 학기를 끝마쳐가던 때였다. 성스럽지도 못하며 보잘것없는 생활 방식으로 자신을 채찍질하면서 그의 예민한 성품은 여전히 쓰라림을 느끼고 있었다. 그의 영혼은 아직도 평온함을 모르고 더블린의 권태로운 현상에 의기소침해 있었다. 그는 2년 간 몽상의 마력에서 헤어나와 새로운 풍경의 한가운데에 놓여 있는 자신의 모습을 발견하였으며, 그 새로운 풍경의 모든 사건과 인물들은 그의 마음을 낙담케 하거나 아니면 유혹하였고, 더구나 유혹하든 아니면 낙담시키든 그를 항상 불안과 쓸쓸한 생각으로 채울 뿐이었다. 그의 학교 생활이 남긴 여가는 모두 반항적인 작가들을 벗하면서 보냈는데, 이들 작가들의 조소와 언어의 맹렬성은 그의 뇌수에 흥분을 일으키었다가 마침내 그의 서투른 작문이 되어 그곳을 빠져나갔다.

수필은 그에게 한 주 동안 주된 과제였으며, 매화요일마다 그는 집에서 학교로 걸어가는 동안 그의 운명을 도중의 사건에서 점쳤다. 즉 앞에 가는 어떤 사람과 자신을 경쟁시키거나, 어떤 목표 지점에 도달하기 전에 발걸음을 재촉해서 그를 앞질러보기도 하고, 아니면 보도에 깔린 조각돌 사이의 공간에 신중하게 발걸음을 옮기며, 자신이 이번 주의 수필에서 일등일까 일등이 아닐까 하고 혼자 점을 쳤던 것이다.

어느 화요일 그가 이루어나가던 승리의 행로는 무참하게 무너졌다. 영어 선생인 테이트 씨가 손가락으로 그를 가리키며 무뚝뚝하게 말했다.

——이 학생의 수필에는 이단적인 생각이 들어 있군.

침묵이 교실을 뒤덮었다. 테이트 씨는 그 침묵을 깨뜨리지 않고 서로 포갠 가랑이 사이에 손을 집어넣자 심하게 풀을 먹인 린네르 셔츠가 목과 손목에서 바스락거렸다. 스티븐은 쳐다보지 않았다. 쌀쌀한 봄날 아침이었고 그의 눈은 아직도 쓰라리고 희미했다. 그는 자신의 마음과 집의 초라함이 발각되었다는 실패감을 의식했고, 뒤집었지만 그래도 낡아빠진 칼라의 거친 끝이 목에 닿는 것을 느꼈다.

테이트 씨의 짧은 너털웃음이 교실을 보다 편히 만들었다.

─아마 너는 그걸 알지 못했겠지, 그가 말했다.

─어딘데요? 스티븐이 물었다.

테이트 씨는 가랑이에 끼고 있던 손을 빼며 수필을 펼쳤다.

─이곳이지. 창조주와 영혼에 관한 부분이지. 음……음…… 음…… 아! "영원히 보다 가까이 다가갈 가능성도 없이." 이건 이단이야.

스티븐이 나지막이 말했다.

─제 뜻은 '영원히 도달할 가능성도 없이'라는 거였어요.

그것은 일종의 굴복이었고 테이트 씨는 누그러져 수필을 접어 그에게 건네면서 말했다.

─오…… 아! '영원히 도달할.' 그렇다면 그건 다르지.

그러나 반의 분위기는 그처럼 쉽게 누그러지지 않았다. 수업이 끝난 후 이 일에 대해 누구도 그에게 말을 걸지 않았지만, 그는 모호하지만은 대체로 고소해하는 악의적인 기쁨을 주위에서 감지힐 수 있었다.

이처럼 공공연한 꾸짖음이 며칠 지난 밤에 드럼콘드러 거리를 따라 편지를 들고 걷고 있을 때, 어떤 목소리가 외치는 소리를 들었다.

─멈춰 서!

그는 돌아서서 자기 반의 세 학생이 어둠 속에서 그에게

다가오는 것을 보았다. 소리쳐 부른 자가 헤론이었으며, 두 명의 반 아이를 양옆에 끼고 다가오면서 가느다란 지팡이로 허공을 가르며 발걸음에 박자를 맞추고 있었다. 그의 친구인 볼랜드는 그 옆에 붙어 오며 이를 드러내고 큰 웃음을 얼굴에 짓고 있었고, 내쉬는 몇 걸음 뒤를 따라오면서 빠른 걸음으로 인해 숨을 헐떡이며 붉어진 커다란 머리를 내젓고 있었다.

그들이 함께 클론리프 거리로 돌아서자 책과 작가들에 대한 이야기가 시작되면서, 어떤 책을 읽고 있는지, 그리고 집의 아버지 서고에는 얼마나 많은 책이 있는지를 말하였다. 볼랜드는 멍청이이고 내쉬는 게으름뱅이여서 이들의 대화를 들으며 그는 약간 놀랐다. 각자 좋아하는 작가들에 대한 이야기가 얼마간 끝나자 내쉬는 매리어트 해군 대령[13]이 가장 위대한 작가라고 선언했다.

—허튼소리! 헤론이 말했다. 디덜러스에게 물어보자. 누가 가장 위대한 작가이지, 디덜러스?

스티븐은 이 질문에 조롱기가 있는 것을 알았지만 말했다.

—산문 작가 중에?

—그래.

—뉴먼[14]이라 생각해.

---

13) 프레드릭 매리어트 Frederick Marryat(1792~1848)는 영국 해군 대령으로 해양 소설가로 불린다.
14) 존 핸리 뉴먼 John Henry Newman(1811~1890)은 영국 카톨릭 추기

─뉴먼 추기경 말이야? 볼랜드가 물었다.

─그래, 스티븐이 대답했다.

스티븐에게 몸을 돌린 내쉬의 주근깨 있는 얼굴에 조롱조의 웃음이 퍼지며 물었다.

─그러면 넌 뉴먼 추기경을 좋아하니, 디덜러스?

─오, 뉴먼의 산문체가 최고라고 많은 사람들이 말하지, 헤론이 다른 두 사람에게 설명조로 말했다. 물론 그는 시인이 아니야.

─그러면 누가 최고의 시인이지, 헤론? 볼랜드가 물었다.

─물론, 테니슨 경[15]이지, 헤론이 대답했다.

─오, 그래, 테니슨 경이야, 내쉬가 말했다. 우리집에 있는 한 권의 시집에 그의 시가 모두 들어 있어.

이 말에 스티븐은 침묵을 지키겠다고 작정했던 맹세를 잊고 말문을 터뜨렸다.

─테니슨이 시인이라고! 글쎄, 그는 난지 운율쟁이일 뿐이야!

─오, 집어쳐! 헤론이 말했다. 테니슨이 최고의 시인이란 건 누구나 다 알아.

경이며 저술가. 『나의 생애의 변명』(1864)이란 유명한 저술이 있음.
15) 알프레드 테니슨 Alfred Tennyson(1809~1892)은 빅토리아 왕조의 대표적 계관 시인.

— 그러면 누가 최고의 시인이라고 넌 생각해? 볼랜드가 옆 친구를 쿡 찌르며 물었다.

— 물론 바이런[16]이지, 스티븐이 대답했다.

헤론이 앞장서 셋이 합세하여 경멸조의 비웃음을 터뜨렸다.

— 무얼 비웃는 거야? 스티븐이 물었다.

— 너를, 헤론이 말했다. 바이런이 최고의 시인이라고! 그는 무식쟁이들의 시인에 불과해.

— 그가 훌륭한 시인임에 틀림없다고! 볼랜드가 말했다.

— 넌 입을 닥치는 게 좋아, 스티븐이 대담하게 그를 돌아보며 말했다. 네가 시에 대해 알고 있는 것이라곤 변소간의 석판 오줌통에 내갈긴 것뿐이고 그 때문에 선생님한테 불려가 매나 맞게 되겠지.

볼랜드는 사실상 변소의 석판 오줌통에 망아지를 타고 학교에서 집으로 가곤 하던 자기 반 친구에 대해 2행시를 쓴 적이 있었다고들 했다.

타이슨이 예루살렘으로 말을 타고 가다
그는 떨어져 앨릭 카푸질럼을 다쳤다네.

---

16) 조지 바이런 George Byron(1788~1824)은 영국 낭만주의의 대표적 시인으로 기성 사회의 도덕에 반항적인 시를 많이 썼음.

이 일격으로 두 보좌관의 말문을 막았지만 헤론은 계속 지
지 않았다.
　—어떤 경우라도 바이런은 이단자이고 또한 부도덕한 자
야.
　—그가 어떻든 난 상관 안 해, 스티븐이 격렬하게 소리쳤
다.
　—그가 이단자이든 아니든 넌 상관하지 않는다구? 내쉬
가 말했다.
　—네가 뭘 알아? 스티븐이 소리쳤다. 넌 자습서 외에는
평생 어떤 시도 한 줄 읽은 적이 없어. 볼랜드도 마찬가지고.
　—바이런이 나쁜 사람이라는 건 나도 알아, 볼랜드가 말
했다.
　—자, 이 이단자를 붙들어, 헤론이 고함쳤다.
순식간에 스티븐은 포로가 되었다.
　—테이트 선생이 전날 네 수필에 담긴 이단에 대해 정신
을 차리게 했지, 헤론이 계속 말했다.
　—난 내일 선생님께 일러주겠어, 볼랜드가 말했다.
　—이르겠다고? 스티븐이 말했다. 넌 무서워 입도 뻥끗하
지 못한 거야.
　—무서워한다고?
　—그래. 네 목숨을 겁내고 있지.
　—얌전히 굴어! 헤론이 지팡이로 스티븐의 다리를 내리

치며 외쳤다.

이건 그들에게 공격의 신호였다. 내쉬가 그의 양팔을 뒤에서 붙잡고 있는 동안 볼랜드는 시궁창에 쌓여 있는 긴 배추 뿌리를 집어들었다. 내리치는 지팡이와 매듭진 뿌리에 얻어맞으며 걷어차고 버둥거렸지만 스티븐은 철조망 울타리에 등을 떠밀리고 말았다.

─바이런이 나쁜 사람이라는 걸 시인해.

─안 해.

─시인해.

─안 해.

─시인하라구.

─못 해. 못 해.

격렬하게 내지른 끝에 마침내 그는 자유롭게 몸을 빼내었다. 그를 괴롭혔던 친구들은 존스 거리로 떠나가면서 그를 비웃으며 놀려대었고, 그는 찢기고 흥분하고 헐떡이며 눈물로 뒤범벅이 된 채, 미친 듯이 두 주먹을 불끈 움켜쥐고 흐느끼며, 비틀거리면서 그들을 뒤쫓았다.

그가 친구의 관대한 웃음 속에서 여전히 「고해문」을 반복하는 동안, 그리고 그 악의성이 깃들인 사건 장면이 여전히 날카롭고 빠르게 그의 마음을 스쳐지나가는 동안, 왜 그를 괴롭혔던 이들에 대해 이제 더 이상 악의를 품고 있지 않은지 이상했다. 그는 그들의 비겁함과 잔인함에 대해 조금도

잊지는 않았지만 그 기억이 더 이상 그에게 분노를 일으키지
는 않았다. 그가 책에서 보았던 격렬한 사랑과 미움에 대한
모든 묘사는 따라서 그에게 비현실적인 것처럼 보였다. 심지
어 존스 거리를 따라 비틀거리며 집으로 오던 그날 밤조차도
어떤 힘이 그에게서 갑작스럽게 일어난 그 분노를 마치 과일
에서 보드랍게 익은 껍질을 벗겨내듯이 손쉽게 앗아가버리
는 걸 느꼈다.

　그는 두 친구와 창고 끝에 남아 서서 한가로이 그들의 이
야기와 극장에서 터져나오는 박수 소리를 듣고 있었다. 그녀
는 그곳에서 다른 사람들 틈에 끼여 앉아 아마 그가 출연하
기를 기다리고 있을 것이다. 그는 그녀의 모습을 회상해보려
고 하였지만 모습을 떠올릴 수 없었다. 단지 그녀가 머리에
숄을 고깔처럼 쓰고 있는 모습과 그녀의 검은 눈이 그를 유
혹하면서 그의 용기를 빼앗아버렸던 광경만 기억할 수 있었
다. 그의 마음에 그녀가 자리잡고 있는 것처럼 그녀의 마음
에도 그가 자리잡고 있을까 하고 생각해보았다. 그때 두 친
구가 알아볼 수 없는 어두운 곳이라서, 그는 한 손의 손가락
끝을 다른 손의 손바닥에 살짝 얹어 가볍게 눌러보았다. 그
러나 그 누르는 손가락의 압력이 점점 가볍고 지속적이어서,
갑사기 그 접촉의 기억이 그의 뇌수와 몸에 보이지 않는 따
스한 물결처럼 스쳐지나갔다.

　한 아이가 창고 아래쪽을 따라 뛰면서 그들에게 다가왔다.

그는 흥분해서 숨을 헐떡이고 있었다.

— 오, 디덜러스, 그가 외쳤다. 도일 선생님이 너 때문에 크게 화가 나 있어. 빨리 들어가 연극에 나갈 의상을 입어. 서두르는 편이 좋아.

— 그는 자기가 원하면 이제라도 나간다구, 헤론이 거만하게 발음을 길게 끌며 전달자에게 말했다.

그 아이는 헤론을 돌아보며 다시 반복했다.

— 그렇지만 도일 선생님이 대단히 화가 나 있어.

— 그의 눈을 한방 먹여주겠다는 게 나의 최대의 찬사라고 도일 선생님에게 말을 전해주겠어? 헤론이 대답했다.

— 자, 나는 이제 가야겠어, 그러한 체면 문제를 별로 개의치 않는 스티븐이 말했다.

— 나는 안 가겠어, 절대로, 헤론이 말했다. 상급 학년 학생을 부르러 보내다니 예의에 어긋나. 정말 화가 나는군! 네가 그의 지긋지긋한 구식 연극에 역을 맡은 것만도 아주 충분하다고 생각해.

친구 사이에 무언가 언쟁을 일으키고 싶어하는 기분을 스티븐은 최근에 그의 경쟁자에게서 눈치챘지만, 조용히 복종하는 습관을 지닌 그를 유혹하지는 못했다. 그는 소란을 불신했으며, 남성의 초라한 전조처럼 보이는 그런 교분의 진실성도 의심했다. 여기서 발생하는 명예의 문제도 모든 그러한 문제처럼 그에게는 사소한 것이었다. 그의 마음이 무형의 환

영을 추구하다 우유부단하게 그러한 추구에서 돌아섰을 때,
그는 주위에서 아버지와 선생님의 끊임없는 목소리 —— 무엇
보다 신사가 되라, 그리고 무엇보다 선한 기독교인이 되라고
그를 종용하는 목소리를 들었었다. 이들 목소리는 이제 그의
귀에 공허하게 울리는 소리가 되고 있었다. 그는 체육관이
열렸을 때는 튼튼하고 남자다우며 건강한 사람이 되라고 그
를 종용하는 또 다른 목소리를 들었다. 그리고 아일랜드 문
예 부흥 운동[17]이 대학에서 일어나기 시작했을 때에는, 조국
에 진실하여 조국의 추락한 언어와 전통을 일으키는 데 도우
라고 또 다른 목소리가 그에게 명령하였다. 그가 예견하듯
이, 비속한 세계에서 세속적인 목소리는 땀 흘려 일해 아버
지의 몰락한 상태를 일으키라고 그에게 명령하였다. 그리고,
한편, 그의 학교 친구들은 한목소리로 그보고 점잖은 학생이
되어 그들을 비난에서 방어하고 또는 그들의 처벌을 면제해
주도록 선생에게 간청하며 학교에서 휴일을 얻도록 힘을 써
달라고 종용하였다. 그가 환영을 추구하는 데에서 우유부단
하게 멈추도록 만든 것은 바로 이와 같이 공허하게 울리는
소리들의 소음이었던 것이다. 그는 이러한 목소리들에 단지
잠시만 귀를 기울였지만, 들리지 않도록 이것에서 밀리 널어

---

17) 아일랜드 문예 부흥 운동은 19세기말에 아일랜드의 전통적 민족 정
    신을 각성하려는 국민주의 운동의 일환으로, 예이츠, 싱 등이 중심이
    되어 아일랜드 전통 문예의 건설을 주창하였다.

져 있거나 또는 홀로 있을 때, 아니면 환상의 친구들과 같이 있을 때만 그는 행복하였다.

제의실에서 생기에 찬 통통한 얼굴의 사제 한 명과 초라한 푸른 옷으로 치장한 나이 든 어른이 물감과 분필통을 뒤지고 있었다. 분장을 한 아이들은 주위를 서성이거나 어색한 듯 조용히 서서 남몰래 손가락 끝으로 조심스럽게 얼굴을 매만지고 있었다. 그때 학교를 방문중인 젊은 사제는 제의실 한 가운데에서 혼자 발을 규칙적으로 흔들며 서 있다가, 다시 몸을 바로잡으며 양손을 옆 호주머니에 깊이 찔러넣었다. 윤기나는 붉은 곱슬머리를 한 그의 작은 머리와 새로 면도한 얼굴은 사제복의 흠 하나 없는 품위와 먼지 하나 없는 신발과 잘 맞았다.

그가 이 흔들리는 형체를 지켜보며 혼자서 사제의 조롱기 어린 웃음의 이유를 읽어보려고 애쓸 때, 사제에게 말을 할 때는 항상 사제복의 스타일처럼 점잖게 행동하라는 아버지의 말씀을 그가 처음 클롱고우즈에 다니기 전에 들었던 기억이 떠올랐다. 그와 동시에 그는 아버지의 마음과 이 웃고 있는 잘 차려입은 사제의 마음 사이에서 유사성을 발견했다고 생각했다. 그리고 사제의 사무실이나 제의실에 떠도는 정적이 큰 소리의 대화, 농담, 그리고 가스등의 불꽃 냄새와 기름 냄새로 강하게 자극하는 공기 등으로 이제 깨어짐으로써 무언가 신성 모독의 느낌을 갖게 했다.

나이가 지긋한 어른 한 분이 그의 이마에 주름을 그리고 턱에는 검고 푸른색으로 분장하는 동안, 그에게 목소리를 높여 요점을 명확히하라고 지시하는 통통한 젊은 사제의 목소리를 그는 멍하니 듣고 있었다. 악대가 「킬라니의 백합」을 연주하는 소리를 들으며 그는 잠시 후 연극이 시작될 거라는 것을 알았다. 그는 무대에 대한 두려움은 느끼지 않았지만 그가 연기해야 할 역할에 대한 생각이 그를 부끄럽게 했다. 대사의 몇 구절에 대한 기억은 그의 화장한 뺨을 갑자기 달아오르게 하였다. 진지하게 유혹하는 그녀의 눈이 관객 중에서 그를 지켜보고 있음을 알았고, 그 눈의 영상이 즉시 그의 망설임을 휩쓸어 사라지게 하여 그의 의지가 단단해지도록 만들었다. 또 다른 본성이 그에게 나타나는 듯했다. 즉 그 주위의 흥분과 젊음이 전염되어 그의 마음에 파고들면서 침울한 불신감을 변형시켰다. 드물게도 한 순간, 그는 진짜 어린 시절로 되돌아간 것 같았다. 그리고 다른 배우들과 무대 한쪽에 시 있으면서 드리운 막이 두 명의 건장한 사제에 의해 심하게 흔들리며 비스듬히 위로 오르는 사이 그는 즐거움을 공유하며 맛보았다.

잠시 후 번쩍이는 가스 불빛과 희미한 광경을 배경으로 그는 무대 위에서 허공의 수많은 얼굴 앞에서 연기하고 있는 자신의 모습을 발견하였다. 예행 연습에서는 여러 토막으로 흩어져 생명력이 없이 보이던 연극이 갑자기 그 자체의 생명력을 가진 양상을 보며 그는 놀랐다. 이제 그 자체가 연기를 하고, 그와 그의 친구 배우들은 자기들의 역할로 그것을 도와주고 있는 것처럼 보였다. 마지막 장면이 끝나 막이 내린 후, 그는 허공이 박수로 채워지는 소리를 들었다. 그리고 그 앞에서 그가 마술에 걸린 듯 연기를 했던 그 단순한 형체가 깨어지는 것을, 얼굴의 공허가 사방으로 부서지며 바쁘게 무리지어 흩어져버리는 것을, 무대 측면의 틈으로 보았다.

그는 무대를 빨리 떠나 분장을 벗어버리고, 성당을 통해 학교 정원으로 빠져나왔다. 연극이 끝나서 그의 기분은 무언가 또 다른 모험을 원하고 있었다. 그는 그것을 뒤쫓는 것처럼 앞으로 내달렸다. 극장문은 모두 열려 있었고 관객의 자리는 텅 비어 있었다. 배의 정박소로 생각했던 줄에는 많은 호롱불들이 쓸쓸하게 깜박이며 밤의 미풍에 흔들렸다. 어떤 먹이도 그를 피하지 못하도록 열망하면서, 그는 정원에서 서둘러 층계를 올라가 현관에서 붐비는 사람들을 가까스로 헤쳐나갔으며, 돌아가는 사람들을 지켜보면서 방문객과 인사를 하며 악수를 나누고 있는 사제 두 명을 지나쳐 나아갔다. 그의 화장한 얼굴은 아직 그 흔적이 남아 있어 사람들이 쳐다보며 웃으면서 서로 쿡쿡 찌르는 것을 그는 희미하게 의식하였지만, 그는 여전히 더욱 바쁜 듯이 굴며, 초조하게 앞으로 밀고 나아갔다.

층계로 나오자 그는 첫번째 길가 등불에서 그를 기다리고 있는 가족을 보았다. 모여 있는 얼굴들이 한눈에 낯익은 얼굴들뿐인 것을 알고, 화가 나 층계를 달려내려갔다.

— 조지 거리에 전달해야 할 일이 있어요, 그는 아버지에게 성급히 말했다. 나중에 집으로 갈게요.

아버지의 물음을 기다리지도 않고 그는 거리를 건너 달려가 언덕 내리막길을 헐떡이는 속력으로 걸어가기 시작했다. 어디로 걷고 있는지 그도 거의 알지 못했다. 자존심과 희망과 그리고 욕망이, 가슴에 짓이겨진 풀처럼, 그의 마음의 눈앞에 미친 듯한 향기의 아지랑이를 올려보냈다. 상처입은 자존심과 추락한 희망 그리고 좌절된 욕망의 아지랑이가 갑자기 솟구치며 격동하는 가운데 그는 언덕을 큰 걸음으로 내려갔다. 이 아지랑이는 그의 고통에 찬 두 눈 앞에 미친 듯이 진한 증기를 위로 뿜어내었다가, 그의 머리 위로 사라졌고, 마침내 공기는 다시 투명하고 차가워졌다.

어떤 막이 여전히 그의 두 눈을 덮었지만 그 눈은 더 이상 오래 타오르지 않았다. 자주 분노와 원한을 만들어내던 것과 유사한 어떤 힘이 그에게서 떨어져나갔고 그의 발걸음을 멈추게 하였다. 그는 조용히 서서 시체공시소의 깜깜한 현관을 바라보다가 그곳에서 눈을 들어 옆쪽에 지갈 깔린 어두운 소로(小路)를 응시하였다. 그는 그 벽에서 '롯스'[18]라는 글자

---

18) '롯스' 는 아직도 더블린에 남아 있는 골목 이름.

를 보았고 숨을 천천히 들이켜 고약하고 짙은 냄새를 맡았다.

  ──저건 말 오줌과 썩은 지푸라기 냄새야, 그는 생각했다. 냄새가 좋은데. 내 마음을 편안케 하는구먼. 이제 마음이 아주 편안해졌어. 되돌아가야지.

*   *   *

  스티븐은 다시 한번 킹스브리지에서 열차 칸의 한구석에 아버지와 함께 앉아 있었다. 그는 아버지와 같이 코크 시(市)로 가는 밤 우편열차로 여행을 하는 중이었다. 열차가 증기를 뿜으며 역을 빠져나갈 때, 그는 이전 어린 시절 느꼈던 순진했던 경이로움과 클롱고우즈 학교에서 겪었던 첫날의 모든 사건을 기억해보았다. 그러나 이제 그는 어떤 경이로움도 느끼지 못했다. 그는 어두워져가는 땅이 그를 스쳐 미끄러져가는 모습을, 조용히 서 있는 전신주가 매4초마다 그의 창문을 재빠르게 스쳐가는 것을, 몇몇의 말없는 역부들이 배치되어 있는 정거장에 불빛이 약간 번들거리는 것을, 그리고 우편열차가 더 빨리 달려가다 마치 달리기 선수가 뒤로 휘날리는 불똥처럼 잠시 동안 어둠 속에서 반짝이는 모습을 보았다.

  그는 코크 시와 어린 시절 장면에 대한 아버지의 회상을 아무런 공감도 없이 듣고 있었는데, 어떤 죽은 친구의 모습이 회상 속에 등장하거나 또는 아버지가 방문하는 실제 목적이 갑자기 떠오를 때마다 아버지의 이야기는 한숨이나 한 모금의 술로 중단되었다. 스티븐은 듣고 있었지만 아무런 연민의 감정을 느낄 수 없었다. 최근에 그의 기억에서 사라져가고 있는 찰스 할아버지의 모습 외에는 죽은 자의 이미지는 그에게 모두 낯설 뿐이었다. 그러나 스티븐은 아버지의 재산이 경매에서 팔려나갈 거라는 것을 알고 있었으며, 그리고 이러한 박탈의 방식을 통해 그의 환상이 거짓임을 세상이 무자비하게 보여준다고 느꼈다.

메리버러에서 그는 잠이 들었다. 그가 깨어났을 때 기차는 맬로를 지나갔고 아버지는 다른 좌석에서 쭉 뻗은 채 자고 있었다. 아침의 차가운 햇빛이 전원에 퍼져 있어 사람이 살지 않는 들판과 문이 닫힌 작은 시골집에 골고루 스며 있었다. 조용한 시골을 지켜보거나, 또는 이따금 아버지의 깊은 곳숨과 잠결에 갑작스럽게 뒤척이는 소리를 들었을 때 잠의 공포가 그의 마음을 사로잡았다. 보이지는 않지만 주위에서 잠자는 사람들이 마치 그를 해치려는 듯한 이상한 공포감에 사로잡히게 되었다 그래서 그는 낮이 빨리 다가오기를 기도드렸다. 하느님이나 성인에게 향한 기도는 아니었지만, 그의 기도는 마치 차가운 아침의 미풍이 열차 문틈으로 그의 발에 기어들어오는 듯 전율과 함께 시작되어, 기차의 지속적인 리듬에 맞춘 일련의 어리석은 말로 이어지다가 끝을 맺었다. 그리고 그 기도는, 악보의 소절 사이를 정확히 진행하듯, 조용히 4초마다의 간격으로 질주하는 음악 선율이 박자를 맞추었다. 이 맹렬한 선율이 오히려 그의 공포를 가라앉혔고, 창턱에 기대어 그는 눈꺼풀을 다시 꼭 닫았다.

그들이 이륜마차를 타고 코크 시를 가로질러 갔을 때는 아직 이른 아침이어서 스티븐은 빅토리아 호텔의 침대에서 잠을 한숨 더 잤다. 눈부신 따스한 햇빛이 창문으로 물결처럼 흘러들었고 그는 차들의 소음을 들을 수 있었다. 아버지는 화장대 앞에 서서 머리와 얼굴 그리고 콧수염을 아주 조심스럽게 살펴보다가, 물주전자 위로 목을 길게 빼다 도로 움츠리며 더욱 자세히 살펴보았다. 그러면서 그는 이상한 발음과 구절로 혼자 나지막이 콧노래를 불렀다.

젊음과 어리석음이
젊은이를 결혼시키니,
이봐요, 나의 애인, 나는
더 이상 머물지 않겠어요.
분명히 고쳐질 수 없는 거라면,
분명히 상처를 받겠지요,
그러니 나는 가겠어요
미국으로.

나의 애인 그녀는 아름답고,
나의 애인 그녀는 귀여워요:
그녀는 새로 만든
맛있는 위스키 같아요;
그렇지만 오래되고
차가워지면
사라지고 죽어버리죠
산속의 이슬처럼.

  창문 밖으로 따스하게 빛나는 도시에 대한 의식과 이상하
고 슬픈 그러면서도 행복한 곡조를 띠고 있는 아버지의 부드
럽게 떨리는 음성이 전날 밤 안개처럼 뒤덮던 불유쾌한 기분
을 스티븐의 머리에서 말끔히 털어버리게 하였다. 그는 급히
일어나 옷을 차려입고, 아버지의 노래가 끝나자, 그는 말했
다.
  ─아버지가 부르셨던 「너희 모두 오너라」보다 훨씬 멋진
데요.
  ─그렇게 생각해? 디덜러스 씨가 물었다.
  ─전 이 노래가 좋아요, 스티븐이 말했다.
  ─이건 멋진 옛 노래지, 디덜러스 씨가 콧수염의 끝을 빙
빙 돌리며 말했다. 아, 그렇지만 넌 미키 래시가 부르는 걸

들어봤어야 하는데! 불쌍한 미키 래시! 그는 별다른 변화를 주지 않으면서도 내가 따라할 수 없는 우아한 선율을 그 노래에 불어넣곤 했지. 그 사람이야말로 「너희 모두 오너라」를 제대로 부를 수 있었지.

디덜러스 씨는 아침 식사로 순대 같은 음식을 시켰고, 식사를 하면서 웨이터에게 이곳 지방 소식을 샅샅이 캐물었다. 어떤 이름이 언급되면 대부분 그들은 서로 동문서답식의 대화를 했는데, 웨이터는 현재 소유자를 지칭하며 말하는 반면, 아버지는 옛 소유자인 할아버지나 또는 아마도 증조할아버지를 뜻하면서 말하였다.

—글쎄, 내가 퀸스 대학교[19]를 여기 내 아들에게 보여주고 싶은데, 여하튼 그 학교가 이사가지 않았으면 좋겠군, 디덜러스 씨가 말했다.

마다이크 산책로를 따라 나무들마다 꽃이 한창 피어 있었다. 그들은 대학 교정에 들어와 말이 많은 수위의 안내를 받으며 사각형 뜰을 건넜다. 그러나 그들의 발걸음이 자갈길을 지나자 수위의 수다스런 대답으로 인해 몇 걸음마다 멈춰서야만 했다.

---

19) 퀸스 대학 Queen's College은 코크 시에 있으며 지금은 University College로 이름이 바뀌었다. 조이스의 아버지는 1867년 입학하여 첫 해는 의학 공부를 하였으나, 그 후로는 스포츠와 연극에 전념하여 2, 3학년 동안에 낙제하였다.

　—아, 그 말이 정말이오? 그러면 불쌍한 포틀벨리가 죽었어요?

　—그럼요, 나리. 죽었죠, 나리.

　이처럼 멈춰 서는 동안 스티븐은 대화 내용이 지루하여, 그리고 멈췄다 다시 천천히 나아가는 발걸음을 초조하게 기다리며 어색한 듯 두 사람 뒤에 서 있었다. 그들이 사각형 뜰을 건널 쯤에 그의 초조감은 심해져 미열까지 났다. 남에 대해 의심을 잘하는 빈틈없는 어른으로 알아왔던 아버지가 어쩌면 저렇게 굽실굽실하는 수위의 태도에 속아넘어갈 수 있는지 스티븐은 의아했다. 거기다 아침 내내 그를 접대하는 활기찬 남부 말씨에 이제는 귓속까지 얼얼하였다.

　그들이 층계식 해부학 교실로 들어서자, 디덜러스 씨는 수위의 도움을 받아, 자신의 이름 첫 글자가 새겨진 책상을 찾았다. 스티븐은 교실의 어둠과 정적에, 그리고 그곳이 형식적이고 지겨운 공부의 분위기를 풍기고 있어 전보다 더 기분이 우울해져 뒤편에 남아 있었다. 그의 앞 좌석에서 그는 까맣게 얼룩이 묻은 나무 판자에 여러 번 새긴 '태아'라는 어휘를 읽었다. 생각지 않던 이 글자는 그의 피를 끓게 만들었다. 그는 현재 없는 학생들을 주위에서 느끼며 그들 무리로부터 옴츠려드는 듯싶었다. 아버지의 말이 실감을 주기에는 너무 무력했었던 그들 삶의 환영이 책상에 새겨진 어휘로부터 그 앞에 불쑥 솟아올랐다. 어깨가 널찍한 데다 콧수염이

달린 한 학생이 접는 손칼로 진지하게 글자를 새기고 있었
다. 다른 학생들은 그 근처에 서거나 앉아 그의 손작업을 비
웃고 있었다. 한 학생이 그의 팔꿈치를 획 밀었다. 그 큰 학
생이 얼굴을 찌푸리며 그에게 몸을 돌렸다. 그는 회색의 헐
거운 옷을 입고 가죽 신발을 신고 있었다.

스티븐의 이름을 부르는 소리가 났다. 그는 그 환영에서
가능한 한 멀리 도망가려는 듯이 서둘러 교실 층계를 내려가
아버지의 이름 첫 글자를 면밀하게 들여다보며 자신의 붉어
진 얼굴을 숨겼다.

그러나 그 어휘와 환영은 그가 사각형 뜰로 되돌아 건너
교문 쪽으로 걸어오면서도 그의 두 눈앞에서 팔랑거렸다. 그
때까지 자신만이 마음속에 간직하며 개인적 병으로 생각해
왔던 야수와 같은 것의 흔적을 바깥 세상에서 발견하게 된
것은 그에게 충격이었다. 최근의 짐승 같은 망상이 그의 기
억 속으로 무리를 지어 들어왔다. 그 망상은 단지 그 어휘로
인해 갑자기 그리고 맹렬히 그 앞에 솟구쳐올랐다. 그는 이
내 그것들에 굴복하여 자신의 몸을 휩쓸도록 그리고 자신의
지성을 더럽히도록 허용하였다. 그리고 그것들이 자신의 몸
을 휩쓸고 지날 때, 초조하고 스스로를 혐오하며, 그들이 어
디서, 어떤 짐승 같은 환영의 동굴에서 흘러나와 다른 곳으
로 항상 미약하고 초라하게 흘러가는지를 항상 의아하게 생
각하였다.

─아, 맙소사! 저곳이 틀림없이 술을 팔던 식품점이었어! 디덜러스 씨가 외쳤다. 넌 내가 식품점에 대해 말하던 걸 자주 들었었지, 스티븐. 저곳에 몇 번이나 내려갔다가 걸려 우리 모두 이름이 적혔지. 해리 피어드, 꼬마 잭 마운틴, 밥 다이어스, 모리스 모리아티, 프랑스인, 탐 오그래디, 그리고 내가 오늘 아침 말했던 미키 래시, 조이 코벳, 그리고 탠타일스 가문의 마음이 선량했던 불쌍한 꼬마 조니 키버스.

마다이크 산책로를 따라 나뭇잎들이 바람에 살랑거렸으며 햇빛에 바스락거렸다. 플란넬 바지와 스포츠용 상의를 입은 활기찬 젊은 청년들 크리켓 한 팀이 지나갔는데, 그 중의 한 명이 긴 초록색 크리켓 가방을 들고 있었다. 조용한 뒷거리에는 바랜 제복을 입고 찌그러진 금관 악기를 든 다섯 명의 독일인 악대가 부랑자와 한가로운 심부름꾼 소년들로 이루어진 청중들에게 연주를 하고 있었다. 하얀 모자와 앞치마를 두른 하녀 한 명이 따스한 햇볕에서 석회석 석판처럼 빛나는 창틀의 화분 상자에 물을 주고 있었다. 밖으로 열린 다른 창문에선 피아노 소리가 한 음계씩 점차 오르다가 최고음으로 울려나왔다.

스티븐은 전에 들었던 이야기에 귀를 기울이며, 그리고 이 버지의 젊은 시절 친구였던 흩어지거나 죽은 난봉꾼들의 이름을 다시금 들으며, 아버지 곁을 따라 걸었다. 그리고 희미한 메스꺼움이 그의 가슴속에서 한숨처럼 새어나왔다. 그는 벨비디어 학교에서 자신의 모호한 위치, 전액 장학생이며 자신의 권위를 두려워하는 우등생으로, 자부심이 대단하고 예민하며 의심이 많으면서, 자기 생활의 초라함과 마음의 분규를 억누르며 갈등하던 자신의 위치를 상기해보았다. 책상의 더러운 나무판자에 새겨진 글자들이 그의 육체적 허약함과 쓸모 없는 열정을 조롱하며, 그리고 자신의 미치고 더러운 분란에 스스로를 혐오하게끔 만들며 그를 응시하고 있었다. 목구멍의 침이 삼키기에도 쓰고 더러워졌으며, 희미한 메스꺼움이 뇌수까지 뻗쳐, 잠시 동안 그는 눈을 감고 어둠 속에서 걸었다.

그는 아직도 아버지의 목소리를 들을 수 있었다.

—네가 인생을 출발할 때, 스티븐—네게도 그때가 올 거라고 난 생각하는데—네가 무엇을 하든 신사들과 어울려야 한다는 걸 명심해라. 젊었을 때 난 인생을 즐겼다고 말할 수 있어. 나는 점잖은 사람들과 멋지게 어울렸지. 우린 모두 중요한 일을 할 수 있었지. 한 친구는 훌륭한 목소리를 갖고 있었고, 어떤 친구는 훌륭한 배우였으며, 훌륭한 희극 노래를 부르는 친구도 있었고, 훌륭한 조정 선수, 훌륭한 정구 선수, 그리고 훌륭한 재담꾼 등 여럿이었지. 우리는 일도 잘 해나가며 인생을 즐겼고, 폭넓은 삶을 보았기 때문에, 누구나 중요한 사람이 되었단다. 우리는 모두 신사였지, 스티븐—적어도 우리는 그랬기를 바래—그리고 또한 끔찍이도 훌륭

하고 정직한 아일랜드 국민이었어. 그런 사람들은 올바른 기질의 사나이였고, 네가 그런 사람과 사귀기를 난 원한단다. 네게 친구로서 하는 말이야, 스티븐. 나는 엄한 아버지의 역할을 원치 않아. 아들이 아버지를 무서워해야 한다고 생각지는 않아. 천만에, 내가 젊은이였을 때 너의 할아버지가 나를 대해주셨던 것처럼 나도 널 그렇게 대해주는 거야. 우린 아버지와 아들 사이보다는 형제 같았지. 내가 담배를 피우다 아버지께 처음 들켰던 날을 결코 잊을 수가 없구나. 어느 날 내 또래의 애들과 사우스 테라스 끝에 서서 전부들 입에 파이프를 물고 대단한 인물인 것처럼 생각했지. 갑자기 어르신 네가 지나가는 거야. 그분은 한마디 말도 안 하셨고 심지어 멈춰 서시지도 않았어. 그러나 다음날 일요일, 우린 함께 산보를 나갔지. 그리고 집에 돌아올 때, 그분께서 엽궐련 케이스를 꺼내시더니 말씀하시는 거야. "그런데, 사이먼, 네가 담배 피우는 걸 몰랐구나." 아니면 그와 비슷하게 말이야. 물론 난 최대한 모르는 체 넘기려고 했지. "좋은 담배를 피우고 싶으면, 이 엽궐련을 한 대 피워보렴," 하고 말씀하시는 거야. "어젯밤 퀸스타운에서 어떤 미국 해군 대령이 내게 선물한 거지."

스티븐은 아버지의 말소리가 중단되고 거의 흐느낌에 가까운 웃음을 웃어제치는 소리를 들었다.

——정말 그분은 그 당시 코크 시에서 가장 멋진 분이셨지!

여자들이 거리에 서서 그분의 뒤를 쳐다보곤 했어.

그는 흐느낌이 아버지의 목구멍 속으로 크게 사라져 내려가는 것을 들으며 신경질적인 충동으로 눈을 떴다. 눈에 갑자기 파고드는 햇살이 하늘과 구름을 거무스름한 덩어리의 환상적인 세계로 변모시켜 장밋빛 같은 검붉은 햇살이 호수 같은 공간에 얽혀든 듯이 보였다. 그는 상점 광고판의 글자를 거의 알아볼 수 없었다. 자신의 짐승 같은 삶의 방식으로 인해 그는 자신을 현실의 경계 너머로 올려놓은 듯싶었다. 그가 현실 세계에서 내부의 격노한 외침의 반향을 듣지 않는 한, 현실 세계로부터 그의 마음을 움직이거나 말해줄 것은 아무것도 없었다. 그는 아버지의 목소리에 지치고 우울하여, 여름, 기쁨, 그리고 교분의 부름에도 무감각하고 무관심한 채, 어떠한 세속적인 또는 인간적인 호소에도 반응할 수 없었다. 그는 자신의 생각조차 좀처럼 자기 자신의 것으로 인식할 수도 없어, 천천히 스스로에게 되뇔 뿐이었다.

—내 이름은 스티븐 디덜러스. 나는 이름이 사이먼 디덜러스인 나의 아버지 곁을 걷고 있다. 우리는 아일랜드의 코크 시에 있다. 코크는 도시이다. 우리의 방은 빅토리아 호텔에 있다. 빅토리아 그리고 스티븐 그리고 사이먼. 사이먼 그리고 스티븐 그리고 빅토리아. 이름들.

그의 어린 시절 기억이 갑자기 희미하게 나타났다. 그는 기억의 선명한 몇 순간을 불러내려고 애썼지만 할 수 없었다. 그는 그저 이름들만을 회상했다. 댄티, 파넬, 클레인, 클롱고우즈. 한 어린 소년이 옷장에 두 개의 옷솔을 지닌 나이든 여인에게서 지리를 배웠었다. 그때 그는 집을 떠나 학교에 보내졌었다. 학교에서 그는 첫 영성체를 가졌었고, 그의 크리켓 모자로 얇은 케이크를 받아 먹었으며, 그리고 의무실의 작은 방 벽에 난롯불이 펄럭이며 춤추는 모습을 지켜보았었다. 그리고 자기가 죽는 꿈을, 그리고 죽은 그를 위해 교장 선생님이 검고 금빛인 어깨 덮개를 걸치고 미사를 집전하는 꿈을, 그리고는 보리수나무들이 심겨진 중앙로를 떠나 수도회의 작은 묘지에 묻히는 꿈을 꾸었었다. 그러나 그때 그는 죽지 않았다. 파넬이 대신 죽었다. 성당에는 죽은 자를 위한 미사도 행렬도 없었다. 그는 죽지 않았지만 햇볕에 노출된 필름처럼 퇴색되어 사라졌다. 그는 더 이상 존재하지 않기 때문에 존재에서 벗어나 길을 잃고 방랑하였다. 그런 식으로, 죽음에 의해서가 아니라 햇볕 속에 퇴색해버림으로써, 아니면 우수의 어딘가에서 길을 잃고 잊혀져버림으로써, 그가 존재를 벗어난다고 생각하면 얼마나 이상한가! 그의 작은 몸체가 잠시 동안 다시 출현하는 것을 보는 일은 이상하였다. 허리띠를 차고 회색 옷을 입은 어린 소년의 모습을. 그는 손을 양옆의 호주머니에 집어넣고 바지는 고무줄로 무릎에서 졸라매고 있었다.

재산이 팔렸던 날 저녁 스티븐은 거리의 술집에서 술집으로 온순히 아버지를 따라다녔다. 시장의 상인에게, 술집 주인과 술집 여자에게, 그에게 한푼 구걸하는 거지들에게, 디덜러스 씨는 똑같은 이야기를 반복해 말했다. 자신은 본래 코크 출신이며, 자신은 30년 간 더블린에서 코크 억양을 없애려고 노력했었고, 자기 옆의 이 똘똘이는 자신의 장남으로 더블린 출신의 수놈이라고.

그들은 아침 일찍 뉴콤의 음식점을 떠났는데, 그곳에서 디덜러스 씨는 잔을 소리나게 떨거덕거리며 받침대에 내려놓았고, 스티븐은 전날 밤 아버지의 술주정으로 인한 수치스러움을 의자를 움직이며 기침을 하여 감추려고 하였다. 수치스러움은 계속 이어졌었다. 시장 상인의 억지 웃음, 아버지와 희롱하던 술집 여자의 팔랑이던 걸음거리와 추파, 아버지 친구들의 찬사와 부추기는 언사들. 그들은 스티븐의 말에서 코크인이 갖는 억양의 흔적을 발견해서 그로 하여금 리 강이 리피 강[20]보다 훨씬 멋진 강이라는 걸 승복하도록 했었다. 그의 라틴어 실력을 입증하기 위해 그들 중의 한 사람이 그에게 딜렉투스 선집의 짧은 구절을 번역하도록 시켰으며, "시간은 변하고 우리도 그와 함께 변한다"라는 라틴어 구절이 정확한지를 그에게 물었었다. 디덜러스 씨가 조니 캐쉬먼이라고 부른 한 팔팔한 노인이 더블린 여자와 코크 여자 중

164

에 누가 더 예쁜지를 말해보라고 그에게 물어 그를 어리둥절하게 만들었었다.

— 애는 그런 식으로 자라나지 않았네, 디덜러스 씨가 말했다. 이애를 혼자 내버려두게나. 애는 분별 있게 생각하는 아이라서 그런 따위의 쓸데없는 것에 머리를 돌리지는 않는다네.

— 그러면 애는 그 아버지의 그 아들이 아니구먼, 키가 작은 노인이 말했다.

— 나도 확실히 모르겠네, 디덜러스 씨가 만족한 듯이 웃으며 말했다.

— 네 아버지는 한창때에 코크 시에서 가장 대담한 난봉꾼이었지, 그 키가 작은 노인이 스티븐에게 말했다. 넌 그걸 아니?

스티븐은 아래를 내려다보며 그들이 우연히 들른 술집의 타일 바닥을 살폈다.

— 자, 쓸데없는 생각을 애 머릿속에 불어넣지 말게나, 디널러스 씨가 말했다. 애를 본래대로 내버려두게.

— 그러세, 난 이애 머리에 어떤 생각을 불어넣으려고 하려는 게 아닐세. 나도 이애의 할아버지 뻘이 될 만큼 나이가 들었어. 내가 할아버지 뻘이 된단다, 키가 작은 노인이 스티븐에게 말했다. 그걸 알겠니?

— 그러세요? 스티븐이 물었다.

　—그렇고말고, 키가 작은 노인이 말했다. 내게 선데이즈
웰이란 마을에 펄펄 뛰어다니는 손자가 둘이나 있지. 자, 그
러면 내가 몇 살이나 된다고 생각하니? 그리고 난 너의 할아
버지가 붉은 외투를 입고 사냥을 나가시던 모습을 기억하지.
그건 네가 태어나기 전이란다.
　—아, 아니면 너를 낳을 생각도 하기 전이었어, 디덜러스
씨가 말했다.
　—그렇고말고, 키가 작은 노인이 다시 말했다. 그리고 게
다가 난 너의 증조할아버지이신 존 스티븐 디덜러스 씨를 기
억할 수 있지. 그분은 성미가 불같이 사나우신 분이셨지. 자,
그리고 너에 대한 기억까지 있으니!
　—그러면 삼세대, 아니 사세대구먼, 모인 사람 중에 다른
어른이 말했다. 저런, 조니 캐쉬먼, 자넨 한 세기 가까이 살
았군.
　—글쎄, 진실을 말하지, 키가 작은 노인이 말했다. 난 겨
우 스물일곱 살이야.
　—우리 마음은 꼭 그런 나이지, 조니, 디덜러스 씨가 말
했다. 그러면 앞에 놓인 술잔을 들게나, 그리고 우리 한잔 더
하자구. 여기, 팀인지 톰인지, 아니 이름이야 어떻든 여기 우
리에게 같은 걸로 한잔 더 갖고 와. 맙소사, 내 마음은 열여
덟 살도 되지 않은 기분이야. 내 나이의 반도 되지 않는 내
아들이 저기 있지만 난 일주일 내내 저애보다 훨씬 건강해.

　　—이제 큰소리 치지 말라구, 디덜러스. 내 생각엔 자네도 뒷좌석을 타고 갈 때야, 앞서 말했던 어른이 말했다.

　　—천만에, 맙소사! 디덜러스 씨가 주장했다. 난 이애와 시합해서 테너 노래를 부를 수도 있고, 다섯 개의 막대기를 친 문을 넘는 장애물 경주나, 아니면 내가 삼십 년 전 케리 보이 마을에서 했던 것처럼 들판을 가로질러 사냥개를 모는 시합도 할 수 있어. 그것엔 내가 최고의 남자라고.

　　—그러나 이 점에선 이애가 자네를 이길 걸세, 키가 작은 노인이 앞이마를 톡톡 두드리며 잔을 들어 비우면서 말했다.

　　—글쎄, 난 이애가 그 아버지처럼 훌륭한 사내이기를 바라지. 그게 내가 말할 수 있는 모든 거야, 디덜러스 씨가 말했다.

　　—애가 훌륭한 사내라면 아버지처럼 되겠지, 키가 작은 노인이 말했다.

　　—그렇다면 하느님 덕분으로 우리가 오래 살아 나쁜 짓은 하지 않기를 바라야지, 조니, 디덜러스 씨가 말했다.

　　—그러나 우린 충분히 좋은 일을 많이 했지, 사이먼, 키가 작은 노인이 말했다. 하느님께 감사하게도 우린 오래 살았고, 좋은 일도 많이 했다네.

　　아버지와 두 친구가 그들의 과거를 회상하며 건배를 들 때 스티븐은 세 개의 술잔이 술상에서 올려지는 것을 지켜보았다. 운명의 간극 아니면 기질상의 간극이 그와 그들 사이를 갈라놓았다. 그의 마음은 그들의 마음보다 더 나이가 든 것처럼 보였다. 어린 대지 위에 비치는 달처럼, 그의 마음은 그들의 갈등과 행복 그리고 후회를 차갑게 내리비췄다. 인생이나 젊음이 그들의 마음속을 흔들어놓듯이 그의 마음속을 뒤흔들지 못했다. 그는 다른 사람과 교분의 즐거움도, 거센 남성적 건강의 활력도, 또는 효심도 전혀 알지 못했다. 차갑고, 잔인하며, 사랑이 없는 욕정 외엔 그 어느 것도 그의 영혼의 내부에서 뒤흔들지 못했다. 그의 어린 시절, 그리고 그와 함께 단순한 즐거움을 느낄 수 있던 그의 영혼은 죽었거나 상실되었다. 그는 불모의 초생달처럼 인생의 한가운데를 표류하고 있었다.

당신은 지쳐 창백하신가요?
천상을 오르고 지상을 응시하는 데에,
친구도 없이 방랑하는 데에……[21]

그는 홀로 셸리의 시 구절을 반복하여 읊었다. 슬픈 인간의 헛됨과 거대한 비인간적 활동의 주기가 시에서 교차하여 그를 얼어붙게 했으며, 그는 자신의 인간적이고 헛된 슬픔을 잊어버렸다.

---

21) 영국 낭만주의 시인 셸리의 시, 「달에게 To the Moon」의 첫 연.

＊　　　＊　　　＊

　스티븐과 아버지가 층계를 올라가 고산 지대 보초병이 열병식을 하고 있는 주랑을 따라 걸어가는 동안, 어머니와 남동생 그리고 사촌은 한적한 포스터 플레이스 거리 모퉁이에서 기다리고 있었다. 그들이 널찍한 현관으로 들어가 계산대에 서자 스티븐은 아일랜드 은행 총재 명의의 33파운드 지불 수표를 꺼내 내보였고, 그 금액은 장학금과 수필 당선 상금으로 출납계에 의해 지폐와 동전으로 즉시 그에게 지불되었다. 그는 겉으로는 차분한 척하며 이것을 호주머니에 집어넣고, 아버지와 잡담을 나누던 친절한 출납계와 계산대 너머로 악수를 나누며 훗날 멋진 장래를 기대한다는 칭찬을 참아냈다. 그는 그들의 목소리를 참고 기다릴 수 없었고, 다리를 가만히 두고 있을 수가 없었다. 그러나 출납계는 여전히 다른 사람들을 맞이하기를 미루며, 변화된 시대에 살고 있다느니 그리고 아이들에게 최상의 교육을 베푸는 것만큼 돈으로 할 수 있는 것은 없다느니 하며 지껄였다. 디덜러스씨는 주위와 지붕을 쳐다보면서 머뭇거리며, 빨리 나가지고 몰아대는 스티븐에게 그들이 예전에 아일랜드 의사당이었던 건물에 서 있다고 말해주었다.

　— 맙소사! 그는 경건하게 말했다. 그 당시 유명했던 사람

들을 생각해봐, 스티븐, 힐리 허친슨과 플루드, 헨리 그래턴, 찰스 켄덜 부쉬, 그리고 국내외에서 아일랜드 민족의 지도자들인 현재 귀족들을. 맙소사, 이들은 열 평짜리 무덤에 묻혀 보이지도 않잖아. 아냐, 스티븐, 애야, 요사이 지도자들은 너무 안일에 빠져 있어서 큰일이야.

살을 에는 10월 바람이 은행 주변에 불고 있어 진흙탕 보도 끝에 서 있는 세 사람의 뺨과 물기 어린 눈을 매섭게 파고들었다. 스티븐은 얇게 옷을 입은 어머니를 보고 며칠 전 바나도 모피점 진열장에 서보았던 이십 파운드의 가격이 붙은 외투를 상기했다.

—자, 이제 끝났어, 디덜러스 씨가 말했다.

—저녁을 먹으러 가는 게 좋겠어요, 스티븐이 말했다. 어디로 갈까요?

—저녁? 디덜러스 씨가 말했다. 그래, 그게 좋겠군. 무얼 먹지?

—비싸지 않은 곳으로 가요, 디덜러스 부인이 말했다.

—언더돈스 레스토랑?

—그래. 조용한 곳이지.

—가시죠, 스티븐이 성급히 말했다. 가격은 걱정하지 마세요.

그는 미소를 지으면서, 흥분되어 걸음을 빨리하며 앞장서 걸어갔다. 그들도 그의 열망에 미소를 지으며 그를 뒤쫓아갔다.

——점잖은 사내처럼 편하게 마음을 가지라구, 아버지가 말했다. 반마일도 되지 않아, 그렇지?

즐거움을 구가하는 재빠른 계절에 스티븐의 상금은 손가락 사이로 빠져나갔다. 식품과 과자 그리고 마른 과일의 커다란 꾸러미가 시내로부터 도착했다. 매일 그는 가족을 위해 식단표를 작성하였고, 매일 밤 서너 명씩 짝을 져 「잉고마르」나 「라이온스의 귀부인」 등의 연극을 보러 갔다. 그는 외투 주머니에 초대 손님을 위해 네모난 비엔나 초콜릿을 갖고 다녔으며, 그의 바지 주머니는 은화와 구리 동전 뭉치로 불룩했다. 가족 모두에게 선물을 샀고, 자기 방의 장식을 뒤바꿔 치장했으며, 결의문을 썼고, 책들을 선반의 위와 아래에 늘어놓았다. 모든 것의 가격표를 곰곰 따져보았으며, 식구 각자마다 직분을 맡은 가족 공화국이란 기구를 설립하였고, 가족을 위한 대부 은행을 열어 원하는 차용자에게 대부를 종용하여, 영수증을 작성하고 빌려준 금액의 이자를 계산하는 즐거움을 가질 수 있도록 하였다. 더 이상 할 일이 없어지자 그는 기차를 타고 도시를 이곳저곳 쏘다녔다. 그때 즐거움의 계절은 끝이 났다. 핑크빛 에니멜 페인트 그릇은 비닥이 났고, 방의 벽판은 완성되지 못하여 초벌로 회반죽만 칠한 채 그대로 남아 있었다.

그의 가족도 평상시의 생활 방식으로 되돌아갔다. 어머니는 그가 돈을 낭비한다고 더 이상 꾸짖을 일도 없었다. 그 역시 이전의 학교 생활로 되돌아갔고 그의 모든 새로운 사업은 동강나버렸다. 공화국은 쓰러지고, 대부 은행도 상당한 적자로 금고와 은행 장부를 닫았으며, 자신에게 세웠던 생활의 규칙도 폐지되었다.

그의 목적이 얼마나 어리석었던가! 그는 외부 세계 생활의 더러운 조류에 대항해서 질서와 우아함의 방파제를 세웠으며, 행동의 규율, 능동적 관심, 그리고 부모와의 새로운 관계를 세워 내부 세계에 흐르는 조류의 강력한 순환을 둑처럼 막으려고 애썼던 것이다. 소용없는 일이었다. 내부 세계와 마찬가지로 외부 세계로부터 장애물을 넘어 물이 넘쳐 흘러 들었고, 허물어진 방파제를 넘어 다시 한번 조수가 사납게 밀어닥치며 나아가기 시작했다.

그는 자신의 쓸모 없는 고립을 또한 명확히 보았다. 그는 자신이 접근하려고 모색하던 삶에 한걸음 보다 가까이 가지도 못했으며, 어머니와 남동생 그리고 여동생과 자신을 갈라놓는 끊임없는 치욕과 증오에 다리를 놓지도 못했다. 그는 그들과 거의 한핏줄이 아니라 오히려 양자이며 의형제라는 불가사의한 친족 관계로서 그들과 맺어 있다고 느꼈다.

그는 가슴의 사나운 갈망을 완화시키려고 열중하였는데, 그 갈망 앞에선 그 밖의 다른 모든 것은 쓸모 없고 낯설 뿐이었다. 그가 치명적인 죄에 빠졌으며, 그의 생활이 속임수와 거짓으로 점차 뒤범벅 되어가고 있다는 사실에 별로 상관하지 않았다. 그가 열심히 골몰하는 극악한 범죄를 실현시키려는 내부의 야만적 욕망 외에는 그 어떤 것도 성스러운 것은 없었다. 그의 눈을 잡아끄는 이미지는 그 무엇이든 더럽히려고 끈기 있게 날뛰는 은밀한 광분의 부끄러운 세부 사항을 그는 냉소적으로 인내했다. 밤낮으로 그는 바깥 세계의 비틀린 이미지 가운데서 떠다녔다. 낮에 그에게 단정하고 순수하게 보였던 모습이 밤이 되면 굽이치는 잠의 어둠을 통해 그에게 다가왔으며, 얼굴은 음란한 간계로 변모되고 두 눈은 잔인한 기쁨으로 반짝였다. 오직 아침이 되면 캄캄한 방탕의 광분에 대한 희미한 기억과 날카롭게 파고드는 탈선의 치욕감으로 그의 마음을 아프게 했다.

그는 방랑의 습관으로 되돌아갔다. 수년 전에 그의 방랑이 블랙록의 조용한 가로수 길로 그를 이끌었듯이 베일을 쓴 가을 저녁은 그를 이 거리에서 저 거리로 이끌었다. 그러나 깔끔한 앞 정원의 환상이나 또는 창문에 비치는 친밀한 불빛의 환상은 이제 그에게 조금도 부드러운 영향을 내뿜지 못했다. 오직 이따금씩, 그의 욕망이 잠시 멈추는 사이, 그를 고갈시키는 향락이 한 발 뒤로 물러나며 그에게 더욱 부드러운 권태감의 기회를 주는 때에, 메르세데스의 영상이 그의 기억의 뒷면을 스쳐지나갔다. 그는 다시금 산등성이로 이끌었던 길가의 하얀 작은 집과 장미덩굴 정원을 보았으며, 이별과 모

험의 여러 해가 지난 후 달빛 비치는 정원에서 그녀와 함께
서서 그가 행하려던 슬프고 오만한 거절의 몸짓을 기억했다.
그런 순간에는 클로드 멜노트의 유연한 연설문이 그의 입에
서 흘러나와 그의 불안감을 씻어주었다. 그 당시 그가 기대
했었던 밀회 장소에 대한 부드러운 예감이 그를 사로잡았으
며, 그가 가졌던 그때의 희망과 현재 사이에 놓여 있는 끔찍
한 현실에도 불구하고 그는 그때 성스러운 만남을 상상했었
고, 그 만남의 순간에 허약함과 소심함 그리고 미숙함이 그
에게서 사라져버릴 예정이었다.

그런 순간은 지났고 고갈시키는 욕망의 불길만이 다시 숏
아올랐다. 시구가 그의 입술을 스쳐갔고, 분명치 않은 부르
짖음과 명확하지 않은 야수와 같은 말들이 그의 뇌수에서 강
제로 통로를 만들며 쏟아져나왔다. 그의 피가 반항하고 있었
다. 그는 음침한 뒷골목과 문간을 엿보면서, 조그만 소리라
도 열심히 들으려고 하며, 컴컴하고 더러운 거리를 이리저리
헤매었다. 마치 어떤 좌절하여 배회하는 짐승처럼 그는 자기
자신에게 신음했다. 그는 자신과 같은 사람과 죄를 범하기를
원했다. 다른 여인으로 하여금 그와 함께 죄를 범하도록, 그
리고 그 여인과 죄를 만끽하도록 강요하기를 원했다. 그는
어떤 어두운 존재가 암흑으로부터 그에게 피할 수 없이 다가
오는 것을, 홍수처럼 속삭이는 미묘한 존재가 그를 완전히
압도하는 것을 느꼈다. 그 속삭임은 잠속에서 어떤 군중들의

속삭임처럼 그의 귀를 둘러쌌다. 그의 미묘한 물길은 그의 존재를 관통했다. 그는 그 관통의 고통을 참아내듯 발작적으로 그의 두 손을 움켜쥐고 이를 악물었다. 그는 거리에서 두 팔을 내뻗어 그를 피하며 자극하는 허물어지는 연약한 형체를 붙잡았다. 그리고 그의 목에서는 그처럼 오랫동안 옥죄던 탄성이 입술에서 터져나왔다. 그것은 지옥의 고통받는 자들에서 나온 절망의 울부짖음처럼 그에게서 박차고 나와 난폭한 애원의 울부짖음으로, 사악한 포기의 외침으로, 냄새나는 변소 벽 위에 내갈긴 음란한 낙서의 반향 같은 외침으로, 사그라들었다.

그는 좁고 더러운 거리의 미로를 헤매었다. 불결한 뒷골목에서 그는 거친 아우성 소리와 말다투는 소리 그리고 주정뱅이의 혀 짧은 노랫소리를 들었다. 유태인 지역으로 잘못 들어오지는 않았나 걱정하였지만, 태연한 척 그는 계속 걸어나갔다. 여인들과 어린 소녀들이 강렬한 색깔의 긴 가운으로 치장하고 이집 저집 거리를 오가고 있었다. 그들은 한가로운 듯했으며 화장을 하고 있었다. 전율이 그를 사로잡았고 그의 두 눈은 희미해졌다. 노란 불빛이 안개 낀 하늘을 배경으로, 마치 제단 앞에 선 것처럼, 그의 어지러운 시선에 아른거리며 타올랐다. 문 앞과 불 밝힌 현관에는 많은 사람들이 어떤 의식을 위해 배열한 것처럼 모여 있었다. 그는 다른 세계에 와 있었다. 그는 수세기의 잠에서 깨어났다.

그는 도로 한가운데에 조용히 서 있었지만 그의 심장은 가슴속에서 난동을 치며 두근거렸다. 핑크빛의 긴 가운을 걸친 한 젊은 여자가 그의 팔에 손을 얹어 그를 멈춰 세우고 그의 얼굴을 들여다보았다. 그녀는 명랑하게 말했다.

— 안녕, 귀여운 윌리!

그녀의 방은 따스하고 번쩍였다. 큼직한 인형 하나가 침대 옆의 넓은 안락의자에 다리를 벌리고 앉아 있었다. 그녀가 가운을 벗는 광경을 지켜보며, 그리고 향기나는 머리를 도도하게 의식하며 움직이는 그녀의 동작을 보며, 그는 흥분하지 않은 척 보이려고 혀를 놀려 말하려 애썼다.

그가 방 한가운데에 말없이 서 있자, 그녀가 다가와 명랑하면서도 엄숙하게 그를 포옹했다. 그녀의 감싼 팔이 그를 가슴에 꼭 안았고, 그는 들어올린 그녀의 얼굴을 진지하면서도 평온하게 바라보면서, 그리고 따스한 평온함이 그녀의 가슴에서 오르내림을 느끼면서, 거의 발작적으로 울음을 터뜨렸다. 기쁨과 안도의 눈물이 환희에 찬 그의 두 눈에서 빛났고, 그의 입술은 말없이 벌어졌다.

그녀는 애무하는 손길로 그의 머리를 매만지며 그를 꼬마 악당이라고 불렀다.

— 키스를 해줘요, 그녀가 말했다.

그녀에게 키스를 하기 위해 그는 고개를 수그리려고 하지 않았다. 그는 그녀의 팔 안에 꼭 안겨, 천천히, 천천히, 천천

히 애무받기를 원했다. 그녀의 팔 안에서 그는 갑자기 강해
지며 두려움이 사라지고 자신감을 느꼈다. 그러나 그는 고개
를 숙여 키스를 하려고 하지 않았다.

  갑작스런 동작으로 그녀는 그의 머리를 당겨 입술을 그의
입술에 포갰다. 그는 그녀의 들어올린 솔직한 눈길에서 그녀
의 동작이 뜻하는 의미를 읽었다. 그것은 그에게 너무 벅찬
일이었다. 그는 두 눈을 감고 그녀에게 자신을, 몸과 마음을,
그녀의 부드럽게 벌어지는 입술의 어두운 압박 외엔 세상에
서 아무것도 의식하지 않으며, 내맡겼다. 그녀의 입술은 마
치 모호한 말의 수단인 것처럼 그의 입술에 했듯이 그의 뇌
수를 압박했다. 그리고 그녀의 입술 사이로 그는, 녹아드는
죄보다 더 캄캄한, 소리나 향기보다 더 부드러운, 미지(未知)
의 조심스런 압박을 느꼈다.

Ⅲ

재빠른 12월의 땅거미가 음산한 대낮이 지나자 광대가 재
주 넘듯 다가왔다. 그리고 교실의 음산한 네모진 창문으로
내다보면서, 그는 뱃속이 음식을 갈망하고 있음을 느꼈다.
저녁 식사로 무잎, 당근, 으깬 감자, 그리고 살찐 양고기 스
튜가 나와 후추를 뿌리고 밀가루로 걸쭉하고 진한 소스를 쳐
서 큰 국자로 떠먹을 수 있기를 기대했다. 뱃속에 채워넣으
라고 위가 그에게 권하고 있었다.

음울하고 은밀스런 밤이 되겠지. 일찍 어둠이 깔린 후 노
란 가로등불이 이곳저곳, 홍등가의 초라한 지역에 밝혀질 거
야. 그의 두 다리가 갑자기 어느 어두운 모퉁이로 이끌 때까
지, 그는 우회 도로를 따라 길거리를 이리저리 다니며 두려
움과 기쁨의 전율 속에 점점 더 가까이 맴돌고 있겠지. 창녀
들이 밤을 준비하러 막 집 문 앞에 나오고, 잠이 덜 깨어 나
른하게 하품하면서 또한 머릿단의 머리핀을 매만지고 있을
거야. 그는 그들 곁을 지나쳐 그 자신의 의지가 갑작스레 발

동하기를 조용히 기다리거나 아니면 그들의 화장한 부드러운 육체가 죄를 탐닉하는 그의 영혼을 갑자기 불러가기를 조용히 기다리고 있을 거야. 그러나 그러한 부름을 찾아 배회하고 있을 때, 오직 욕망에만 마비된 그의 감각은 그들에게 상처를 주었거나 수치심을 느끼게 한 모든 것을 날카로이 주목하리라. 그의 두 눈, 덮개가 없는 식탁 위의 흑맥주 거품, 또는 차렷자세로 서 있는 두 병사의 사진, 또는 번지르르한 광고 삐라, 그의 두 귀, 길게 끄는 말투의 별뜻 없는 인사말.

—안녕, 버티, 무슨 좋은 일 있으세요?

—당신이야, 풋내기?

—10번. 싱싱한 넬리가 당신을 맞이합니다.

—안녕, 도련님! 들어와 놀다 가세요!

그의 필기장에 휘갈긴 방정식이 넓어지는 꼬리를, 공작새처럼 눈과 별을 단 채, 펼치기 시작했다. 그리고 지수(指數)의 눈과 별이 제거되었을 때, 다시 천천히 그것을 접기 시작했다. 눈을 떴다 감았다 할 때마다 그의 지표도 떠올랐다 사라졌다 했으며, 눈을 떴다 감으면 별들도 나타났다 사라지곤 했다. 별과 같은 인생의 거대한 주기는 그의 지친 마음을 그 끝까지 밖으로 가져갔다가 안쪽 중심으로 잡아딩기며, 그를 동반하여 바깥쪽이나 안쪽으로 같이 움직이는 어렴풋한 음악 같았다. 어떠한 음악? 그 음악이 점차 가까이 다가오자 그는 시구를, 지쳐 창백한 채 친구도 없이 방랑하는 달에 관한 셸리의 짧은 시구를 회상했다. 별들은 허물어지기 시작했고 멋진 성운의 떼가 공간 속에 떨어졌다.

흐릿한 빛이 더욱 희미하게 필기장 위에 떨어졌는데, 그 필기장에는 또 하나 방정식이 스스로를 천천히 펴기 시작하다가 그 넓어지는 꼬리를 사방으로 벌렸다. 그것은 경험을 추구하는 그 자신의 영혼으로, 죄악 하나하나에 그의 영혼을 내던졌고, 타오르는 별의 봉홧불을 사방으로 뻗쳤다 거두었다 하며, 그리고 그 자신의 빛과 불을 서서히 사라지게 하면서 소멸시키고 있었다. 그들은 소멸되었다. 그리고 차가운 어둠이 혼돈을 채웠다.

차갑고 투명한 무관심이 그의 영혼 안에서 군림하였다. 그의 첫 난폭한 죄에서 그는 생명력의 물결이 그에게서 빠져나가는 걸 느꼈고 그의 육체와 영혼이 무절제로 손상당할까봐 두려웠다. 그 대신에 활기찬 물결이 그를 가슴에 품고 그에게서 빠져나왔다가, 그 물결이 물러나자 다시 본래로 되돌아왔다. 그리고 육체와 영혼의 어느 부분도 손상당하지 않고 어두운 평화가 육체와 영혼 사이에 자리를 잡았다. 그의 열정이 소진된 장소인 혼돈이란 자신이 아무래도 좋다는 냉정하고 무관심한 생각이었다. 그는 치명적 죄를 한 번이 아닌 여러 번 저질렀으며, 그가 첫번째 죄 때문에 영원한 저주의 위험에 홀로 서 있는 동안 계속 이어지는 죄에 의해 그는 죄와 벌을 배가시켰다는 걸 알았다. 그의 하루와 공부 그리고 사고는 그에게 어떤 속죄도 주지 못했고, 신성한 일상적 은혜의 샘물도 그의 영혼을 새롭게 하기를 그쳤다. 기껏해야 거지에게 쥐어준 동냥으로 얼마간의 보조적 은혜를 얻을 수 있기를 힘없이 희망할 수도 있었지만, 거지로 인해 도움받기는 싫었다. 신앙심도 마찬가지로 침몰하였다. 그의 영혼이 스스로의 파멸을 갈망한다는 걸 그가 알았을 때 기도한들 무슨 소용이 있겠는가? 자는 동안에 하느님의 능력으로 그의 생명을 거두어, 그가 자비를 간구할 수 있기 전에 그의 영혼을 지옥으로 던져버릴 수 있다는 걸 그는 알았지만, 어떤 오만함과 어떤 경외감으로 밤중에 한 번의 기도조차 하느님께 드리기를 거부하였다. 그의 죄가 너무도 엄청나 전지전능자에게 거짓으로 복종을 맹세해보아도 모두 또는 부분적으로 보상될 수 없다는 것을, 자신의 죄에 대한 그의 오만, 하느님에 대한 그의 사랑 없는 경외감이 그에게 말해주었다.

　―자, 이제 에니스, 네가 머리를 가졌다면 내 지팡이도 머리를 가졌다고 나는 선언하겠어! 너는 나에게 무리수(無理數)가 무엇인지 말할 수 없다고 말하는 기냐?

　머뭇거리며 대답하는 그의 친구들에 대한 경멸의 불똥이 일어났다. 다른 친구들을 향해 그는 치욕감도 두려움도 느끼지 않았다. 일요일 아침마다 그는 교회문을 지나면서 모자도 쓰지 않은 채, 4열로 교회 밖에 서서, 보이지도 들리지도 않는 미사에 도덕상 어쩔 수 없이 참석한 예배자들을 차가운

눈초리로 힐끗 쳐다보았다. 그들의 미약한 신앙심과 그들의 머리에 뿌린 값싼 머릿기름의 역겨운 냄새는 그들이 기도드리는 제단에서 그를 멀리하게 만들었다. 그들의 순수함에 회의적이라서 그는 그처럼 쉽게 희롱할 수 있었으며 그는 다른 사람들과 같이 위선이란 악에 몸을 굽혔다.

그의 침대 벽에는 금박으로 씌어진 성모 마리아 학교 신도회의 회장직 증서가 그림처럼 걸려 있었다. 신도회가 성당에 모여 성무 일과를 암송하는 일요일 아침마다 그의 자리는 제단의 오른쪽 방석이 깔린 무릎대로서 그는 답송에서 오른쪽편 학생들을 이끌었다. 그의 위선적 지위는 그에게 고통이 되지는 않았다. 때때로 영예의 자리에서 일어서서 그들 앞에 그의 모든 부끄러운 짓을 고백하며 성당을 떠나고 싶은 충동을 느꼈다면, 그들의 얼굴을 한번 힐끗 쳐다봄으로써 그의 충동을 억눌렀다. 시편의 심상은 그의 황량한 자긍심을 어루만져주었다. 마리아의 영광을 읊은 설교집은 마리아의 영혼에 대한 하느님의 값진 선물을 상징하는 감송향·몰약·유향; 마리아의 고귀한 혈통과 기장을 상징하는 다채로운 의상; 인간들 사이에서 수세기 동안 점차적으로 자라온 마리아 숭배를 상징하는 늦게 꽃피는 식물과 늦게 싹트는 나무 등의 내용을 담고 있어 그의 영혼을 사로잡았다. 성무 일과의 끝으로 그가 교훈을 읽어나가게 될 때, 그는 비밀을 감춘 목소리로 그의 양심을 가락으로 달래며 읽었다.

난 리바누스의 송백처럼, 그리고 시온 산의 삼나무처럼 고양되었나이다. 나는 카데스의 종려나무처럼, 예리코의 장미나무처럼 고양되었나이다. 평원의 멋진 올리브나무처럼, 그리고 길가 호수 옆의 플라타너스처럼 고양되었나이다. 난 계피와 향기로운 박하처럼 달디단 냄새를 풍겼나이다. 난 최상의 몰약처럼 단 향기를 풍겼나이다.[1]

하느님의 시야에서 가로막았던 그의 죄악은 그를 죄인의 은거지[2]로 한층 가까이 이끌었다. 마리아의 두 눈이 그를 온화한 동정으로 주시하는 것처럼 보였고, 마리아의 성스러움은 마리아의 연약한 육체에서 희미하게 빛나는 이상한 빛으로, 그녀에게 다가온 죄인을 부끄럽게 만들지 않았다. 그가 죄를 벗어버리고 회개하려고 나서기만 한다면, 그를 움직인 충동은 마리아의 기사가 되고픈 갈망이었다. 광란의 육체적 욕정이 스스로를 낭진시킨 후, 그의 영혼이 수줍게 마리아의 처소에 다시 들어와 '전국을 전파하며 평화를 불어넣는 밝고 소리가 낭랑한' 새벽별을 상징으로 하는 마리아에게로 돌아선다면, 그것은 마리아의 이름이 부드럽게 입술에서 흘러나올 때뿐이었고, 한편 그 입술에는 음란한 키스의 맛 자체인

---

1) 구약 외전(外典) 중의 한 편.
2) '죄인의 은거지'는 성모 마리아.

더럽고 치욕스런 말들이 아직도 머뭇거렸다.

그것은 이상했다. 어떻게 그럴 수 있는지 그는 생각해보려고 애썼지만, 교실에서 깊어가는 땅거미가 그의 사고를 휘덮었다. 종이 울렸다. 선생님이 다음 수업 시간까지 해와야 할 계산 문제를 표시해주고 나갔다. 헤론은 스티븐 옆에서 곡조도 없이 흥얼거리기 시작했다.

나의 훌륭한 친구 봄바도스.

마당까지 나갔던 에니스가 돌아오면서 말했다.

─사택에서 교장 선생님을 부르러 어떤 남자애가 오고 있는데.

스티븐 뒤의 키 큰 한 아이가 양손을 비비며 말했다.

─이미 결정됐군. 우린 수업을 빼먹고 도망갈 수 있겠어. 선생님은 1시 30분까지 돌아오지 않을 거야. 그때 네가 선생님한테 교리문답에 관해 질문을 던지면 돼, 디덜러스.

스티븐은 뒤로 기대고 한가로이 필기장에 낙서를 하며 주위에서 떠드는 소리를 듣고 있었는데, 헤론이 이따금씩 가로막으며 말했다.

─닥쳐. 그렇게 떠들어대지 말라구!

교회 교리의 엄격한 방침을 끝까지 따라가서 모호한 침묵으로 파고들어가 보면 오직 그 자신의 유죄 판결을 더욱 깊이 듣고 느낄 수 있어 무미건조한 즐거움을 발견하게 된다는 것도 또한 이상했다. 율법 하나를 어기는 자는 모든 죄를 짓게 된다고 말하는 야고보서(書)는 그가 자신의 암흑 상태에서 모색하기 시작할 때까지 그에게는 우선 과장된 구절처럼 보였다. 욕정의 사악한 씨앗에서 다른 모든 치명적 죄[3]가 솟아나왔다. 자신에 대한 오만, 다른 사람에 대한 경멸, 불법적 즐거움을 구하는 데 돈을 사용하는 탐욕, 그가 도달할 수 없는 악을 지닌 사람에 대한 시기심이나 경건한 사람에 대한 중상적 수군거림, 음식에 대한 탐식적 향유, 그가 자신의 갈망을 곰곰이 되짚을 때 빠지는 지루하게 끓어오르는 분노, 그의 전존재가 빠져들어간 영적 그리고 육체적 나태의 수렁.

그가 의자에 앉아 교장 선생님의 빈틈 없는 거친 얼굴을 조용히 응시하고 있을 때, 그의 마음 자체는 스스로 제안한 흥미로운 물음을 요모조모 따져보았다. 만약 어느 사람이 젊은 시절에 한 파운드의 돈을 훔쳐 그 돈으로 거대한 재산을 축척하는 데 사용했다면, 그 사람은 얼마나 많은 돈을 되돌려주어야만 하는가? 그가 훔쳤던 돈만 갚아야 하는지, 아니면 그 돈에 복리의 이자를 덧붙여 함께 갚아야 하는지, 그도 아니면 거대한 그의 재산 모두를 되돌려야 하는지. 세례를 줄 때 만약 어느 어린이가 사제의 말이 떨어지기도 전에 물

---

3) 치명적 죄는 7항목으로서 욕정 · 오만 · 탐욕 · 시기심 · 탐식 · 분노 · 태만이다.

을 뿌린다면, 그 어린이는 세례를 받은 것인가? 광천수의 물로 세례를 주는 것은 유효한 것인가? 첫번째 최상의 복(福)으로 마음이 가난한 자에게 천국이 약속되고, 두번째 최상의 복으로 또한 온유한 자에게 천국이 약속되어 그들이 그 땅을 소유하게 될 거라는 말씀은 어찌된 일인가? 예수 그리스도에 몸과 피, 영혼과 신성이 들어 있다면, 왜 성찬식은 빵과 포도주라는 두 종류로 행해지고 빵 하나만 아니면 포도주 하나만으로 행해지지는 않는가? 성스러운 빵의 조그만 조각은 예수 그리스도의 모든 몸과 피를 담고 있는 것인가 아니면 몸과 피의 오직 일부분만 담고 있는 것인가? 만약 포도주와 빵이 성화된 후 포도주가 식초로 변하고 빵이 부패해버린다면, 예수 그리스도는 하느님과 인간으로서 그것에 여전히 존재하고 있을까?

─저기 선생님이 오신다! 저기 오셔!

창문 곁에 자리를 잡은 한 아이가 교장 선생님이 사택에서 나오는 걸 보았다. 모든 교리문답서가 펼쳐지고 모든 머리가 조용히 책 위로 숙여졌다. 교장 선생님은 들어와 교단에 자리를 잡았다. 뒷좌석의 키 큰 아이가 가볍게 발로 차서 스티븐으로 하여금 어려운 질문을 하도록 종용했다.

교장 선생님은 교리문답서를 펼쳐 배운 것을 들어보려고 하지 않았다. 그는 책상 위에 각지를 끼고 말했다.

─피정이 성 프란시스 하비에를 추념하여 수요일 오후에

시작될 것이며 그분의 축일은 토요일이 됩니다. 금요일 묵주 기도가 끝나면 오후 내내 고해성사가 있을 예정입니다. 여러분이 늘 다녔던 특정한 신부님이 있으면 바꾸지 않는 게 좋을 겁니다. 미사는 토요일 아침 아홉시에 있겠고 모든 학생을 위한 일반 영성체도 같이 있을 겁니다. 토요일은 수업이 없는 자유스런 날이죠. 일요일도 마찬가지고. 그러나 토요일과 일요일이 수업이 없다고 해서 월요일도 수업이 없다고 생각하려는 학생들이 있을지 모르겠어요. 그런 실수를 저지르지 않도록 주의하십시오. 내 생각엔 너, 럴리스가 그런 실수를 저지를 것 같구나.

—제가요, 선생님? 왜요, 선생님?

교장 선생님의 엄격한 미소와는 달리 잔잔한 웃음의 작은 물결이 반 아이들에게서 터져나왔다. 스티븐의 가슴은 시드는 꽃처럼 두려움으로 천천히 접히며 꺼져가기 시작했다.

교장 선생님은 엄숙하게 말을 이었다.

—여러분은 모두 우리 학교의 수호신인 성 프란시스 하비에의 생애를 잘 알고 있으리라 생각합니다. 그분은 오랜 뛰어난 스페인 가문 출신으로 성 이그나시우스의 첫 신봉자 중의 한 분이시라는 걸 여러분은 기억할 겁니다. 그분들은 프란시스 하비에께서 대학교 철학 교수였던 파리에서 만났습니다. 이 젊고 지혜로우신 귀족이며 문필가께서는 우리의 영광스런 설립자의 생각에 마음과 영혼을 불어넣으셨으며,

여러분도 알다시피, 그분은 스스로 원하셔서 성 이그나시우스의 뜻을 받들어 인도 사람에게 말씀을 전파하러 파송되었습니다. 그분은, 여러분도 알다시피, 인도의 사도라고 불리셨습니다. 그분은 동방의 이 나라 저 나라를 다니시며, 아프리카에서 인도로, 인도에서 일본으로 다니시며 사람들에게 세례를 주셨습니다. 그분은 한 달에 만 명이나 되는 우상 숭배자들에게 세례를 주셨다고 합니다. 그분은 세례를 주기 위해 사람들의 머리 위로 그처럼 무수히 손을 올리셔서 오른쪽 팔은 점차 마비되었다고 합니다. 그때 그분은 중국까지 가서 하느님을 위해 여전히 더 많은 영혼을 구하기를 원하셨지만 샌시언 섬에서 열병으로 돌아가셨습니다. 성 하비에는 위대한 성인이십니다! 하느님의 위대한 군인이십니다!

교장 선생님은 멈추었다가, 그때 깍지낀 양손을 그 앞에 흔들며 말을 계속 이었다,

—그분은 산을 움직이는 신앙을 가지셨습니다. 한 달에 하느님을 위해 만 명의 영혼을 구하시다니! '하느님의 영광을 위하여!'라는 우리 교단의 좌우명에 진실하셨던 진정한 정복자이십니다. 천국에서 커다란 능력을 가지신 성인이시니, 기억하십시오. 우리의 슬픔에서 우리를 구원할 능력이시며, 우리의 영혼을 위해 선한 것이라면 기도하는 자에겐 무엇이든 구해주시는 능력이시며, 무엇보다 우리가 죄에 빠져 있으면 우리를 위해 회개하도록 은총을 얻어주시는 능력을

가지셨습니다. 위대한 성인이시여, 성 하비에! 영혼의 위대
한 어부이시여!

그는 깍지낀 양손을 흔들기를 멈추었다. 그리고 앞이마를
양손에 괴고, 그의 좌우 청중들을 어둡고 엄한 눈으로 날카
롭게 쳐다보았다.

정적 속에서 교장 선생님 눈의 어두운 불길이 황혼을 황갈
색의 불꽃으로 새롭게 불을 지폈다. 스티븐의 가슴은 멀리서
다가오는 모래폭풍을 느낀 사막의 꽃처럼 시들어갔다.

*　　　　*　　　　*

—"오직 주님의 최후의 일[4]을 기억하사 영원히 죄를 짓
지 않게 하옵소서"—예수님 안에 나의 귀한 작은 형제들이
여, 이것은 「전도서」 7장 40절에 나오는 말씀입니다. 성부와
성자와 성령의 이름으로. 아멘.

스티븐은 성당의 맨 잎줄 의자에 앉았고, 아널 신부는 제
단 왼쪽의 책상에 앉았디. 그는 어깨에 무거운 외투를 걸쳤
고, 창백한 얼굴은 일그러져 있었으며 목소리는 감기로 갈라
져 있었다. 이상하게 다시 떠오른 그의 옛 선생 모습은 스티
븐의 마음에 클롱고우즈에서의 생활을 되새기게 하였다. 아

---

4) 최후의 일이란 죽음·심판·천국·지옥의 4가지를 말한다.

이들로 가득 찬 넓은 운동장, 네모난 도랑, 보리수나무가 늘어선 중앙 가로수 길에서 떨어진 작은 묘지, 그곳에 그가 묻히는 꿈을 꾸었었고, 그가 아파 누워 있던 의무실 벽에 비친 난롯불, 마이클 수사의 슬픔에 찬 얼굴. 이러한 기억들이 다시 되새겨질 때, 그의 영혼은 다시 어린아이의 영혼으로 되돌아갔다.

——예수님 안에서 나의 귀한 작은 형제들이여, 우리는 오늘 바깥 세상의 바쁜 소란에서 잠시 동안 벗어나 가장 위대한 성인 중의 한 분이신, 인도의 사도이며 또한 우리 학교의 수호성인이신 성 프란시스 하비에를 찬양하고 경의를 표하기 위해 이곳에 모였습니다. 나의 귀한 작은 소년들이여, 여러분 중의 어느 누가 기억할 수 있거나 아니면 내가 기억할 수 있는 것보다도 훨씬 오랫동안 매년 이 학교의 학생들은 바로 이 성당에 모여 수호성인의 축제일에 앞서 그해의 피정을 가졌습니다. 세월은 흘러 변화를 가져왔습니다. 심지어 지난 몇 해 동안 여러분 중의 대부분은 어떤 변화가 있었는지조차 기억할 수 있습니까? 몇 년 전에 이 앞좌석에 앉았던 학생들 중의 여러 명이 이제 아마도 먼 지역에, 타오르는 열대 지방에 있거나, 또는 성무직에 몰두하고 있고, 아니면 신학교에 다니거나 광대한 바다 위를 항해하고, 아니면 아마도 이미 위대하신 하느님에 의해 다른 세상으로 불려가 그들의 청지기로서의 계산을 하고 있을 것입니다. 그리고 세월이 흘

러가면, 그와 함께 좋든 나쁘든 변화를 가져오면서, 위대한 성인의 기억은 매년 축제일에 앞서 우리 성모님 교회에 의해 별도로 마련된 날에 피정을 하는 이 학교의 학생들에 의해 영예로워지며 카톨릭 스페인의 가장 위대한 자손의 이름과 명성을 영원히 전파하게 됩니다.

　—그럼 '피정'이란 말의 의미는 무엇이며 왜 사방에서 하느님 앞에 그리고 인간의 눈앞에서 진정으로 기독교인의 삶을 이끌기를 원하는 모든 사람에게 가장 칭송할 관습으로 인정되었을까요? 나의 사랑하는 학생들이여, 피정이란 우리 양심의 상태를 점검하기 위해, 성스런 종교의 신비를 숙고하기 위해, 그리고 왜 우리가 이 세상 여기에 있는가를 보다 잘 이해하기 위해, 잠시 동안 우리 생활의 걱정에서, 무미건조한 세상의 걱정에서 물러남을 의미합니다. 이 며칠 동안 난 여러분 앞에 네 가지 최후의 것들에 관한 몇 가지 생각을 내놓으려고 합니다. 그것은 여러분이 교리문답서에서 알다시피, 죽음·신판·지옥, 그리고 천국입니다. 우리는 이 며칠 동안 이것들을 충분히 이해하도록 애쓰며, 이에 대한 이해에서 우리 영혼에 영구적인 도움이 될 것을 추론해보도록 합시다. 그리고, 나의 사랑하는 학생들이여, 우리들이 하나만을 위해, 오직 하나만을 위해, 하느님의 거룩한 뜻을 이루고 우리 불멸의 영혼을 구원하러, 이 세상에 보내졌다는 사실을 기억하십시오. 그 밖에 다른 일이란 가치가 없습니다. 오직

한 가지만이 필요하며, 그건 우리 영혼의 구원입니다. 사람이 만일 온 천하를 얻고도 제 목숨을 잃으면 무엇이 유익하리오?[5] 오, 나의 사랑하는 학생들이여, 이 험악한 세상에서 그런 손실을 보상할 수 있는 것이 아무것도 없다는 걸 믿으십시오.

——그러므로, 나의 사랑스런 학생들이여, 이 며칠 동안 여러분의 마음에서 공부든 즐거운 것이든 또는 야심에 찬 것이든 모든 세속적인 생각을 접어두고 여러분의 모든 관심을 여러분의 영혼 상태에 집중하기를 난 간구합니다. 피정 기간 동안 모든 학생들은 조용하고 경건한 태도를 지키며 적절치 못한 요란한 즐거움은 모두 피해야 한다는 것은 여러분께 상기시킬 필요도 없을 것입니다. 물론, 상급 학생들은 이러한 관습을 어기지 않도록 살필 것이며, 특히 성모 마리아 신심회와 거룩한 천사 신심회의 회장과 회원들은 동료 학생들에게 좋은 모범이 되기를 기대합니다.

——그러므로 우리는 성 프란시스의 영예를 위해 우리의 온 정성과 마음을 다해 이 피정을 드리도록 합시다. 그러면 하느님의 축복이 여러분의 한 해 공부에 내리실 겁니다. 그러나 무엇보다 이 피정이 수년 뒤, 아마 여러분이 이 학교에서 떠나 그리고 매우 다른 주변 환경에 있을 때, 여러분이 되

---

5) 만일…… 유익하리오?: 「마가복음」 8장 36절 참조.

돌아볼 때, 기쁨과 감사로서 되돌아보며, 여러분에게 경건하고 영예롭고 열렬한 기독교인의 삶을 살도록 첫 토대를 놓는 이런 기회를 허용해주신 하느님께 감사를 드릴 수 있는 피정이 되도록 합시다. 그리고 아마도 혹시 이 자리에 앉아 있는 이 순간에 하느님의 거룩한 은총을 잃어버려 슬픈 죄악에 빠진 표현할 수 없는 불행을 겪고 있는 불쌍한 영혼이 있다면, 이 피정이 그러한 영혼의 삶에서 전환점이 될 수 있기를 나는 열렬히 믿으며 기도합니다. 그러한 영혼은 진실된 회개로 나아가도록, 그리고 올해 성 프란시스 날의 거룩한 성찬식이 하느님과 그 영혼 사이에 영원한 서약이 되도록, 나는 열렬한 종 프란시스 하비에의 덕망을 통해 하느님께 기도하겠습니다. 올바른 자와 올바르지 못한 자, 성인과 죄인 모두에게 이 피정은 기억될 만한 피정이 될 것입니다.

——나를 도우소서, 예수님 안에서 나의 사랑스런 작은 형제들이여. 여러분의 경건한 주의력으로, 여러분 자신의 헌신으로, 겉으로 드러나는 여러분의 행동으로 나를 도우소서. 여러분의 마음에서 모든 세속적 생각을 버리소서. 그리고 오직 최후의 것, 죽음·심판·지옥, 그리고 천국만을 생각하소서. 이것을 기억하는 자는 영원히 죄를 짓지 않으리라, 진도서의 말씀입니다. 최후의 것을 기억하는 자는 항상 그의 눈앞에 이 네 가지를 놓고 행동하며 생각할 것입니다. 그는 선한 삶을 살며 선한 죽음을 맞이하며, 만약 그가 이 세속의 삶

에서 많은 것을 희생한다면, 다가올 삶에선, 영원한 왕국의 삶에선, 백배 천배의 보상이 주어지리라는 걸 믿고 알게 될 것으로——나의 사랑하는 학생들이여, 이는 축복으로, 나는 마음으로부터, 한 사람 한 사람마다, 여러분 모두에게 그런 축복이 내리기를 성부와 성자와 성령의 이름으로 원하노라. 아멘.

그가 말없이 친구들과 집으로 걸어갈 때 두터운 안개가 그의 마음을 에워싸는 듯이 느껴졌다. 그는 마음속에 숨겨놓은 것을 들어올려 드러낼 때까지 마음의 무감각한 상태로 기다렸다. 그는 씁쓸한 입맛으로 저녁을 먹었고, 식사가 끝나 기름에 덮인 접시가 식탁 위에 널브러져 놓여 있자, 그는 일어나 창문으로 가서 입에 남은 두터운 찌끼를 혓바닥으로 닦고 핥았다. 그래서 그는 식사 후 틈새를 핥는 야수의 상태로 추락하였다. 이것이 종말이다. 그리고 공포의 희미한 빛이 그의 마음의 안개를 꿰뚫기 시작했다. 그는 얼굴을 창문 유리에 대고 누르며 어두워져가는 거리를 내다보았다. 형체들이 흐릿한 불빛 속을 이길 저길 지나갔다. 바로 그것이 삶이었다. 더블린이란 이름의 글자가 무겁게 그의 마음을 누르며 서로서로 난폭하게 이곳저곳으로 무지한 시골뜨기 같은 완만한 고집으로 밀고 있었다. 그의 영혼은 살이 쪄 조야한 기름으로 응결되었고, 뭉뚝한 두려움 속에 점차 깊이 위협하는 어두운 땅거미로 빠져들었지만, 그의 육체는 불안하고 치욕에 싸인 채 암울한 눈으로 응시하며, 우신(牛神)[6]이 노려보는 시선 앞에 무기력하고 당혹한 초라한 한 인간으로 서 있었다.

다음날은 죽음과 심판을 다루었으며, 그의 영혼을 그 무기력한 절망에서 천천히 휘저어놓았다. 설교자의 거친 목소리가 죽음을 그의 영혼에 불어넣자, 두려움의 희미한 빛은 영혼의 공포가 되었다. 그는 그 고통을 겪었다. 죽음의 냉기가 사지를 만지며 심장으로 기어들어오는 듯이, 죽음의 막이 두 눈을 덮는 듯이, 뇌수의 밝은 중심이 등불처럼 하나씩 꺼져가는 듯이, 마지막 땀이 죽어가는 손발의 마비라고 할 피부에서 새어나는 듯이, 말이 불분명해지며 횡설수설하며 의미가 통하지 않는 듯이, 심장이 희미하다가 점차 더욱 희미하게 고동치듯이, 그저 모두 멎어버리는 듯이, 숨이, 그 빈약한 숨이, 그 빈약하고 무기력한 인간 정신이 흐느끼며 한숨을 쉬는 듯이, 목에서 걸걸거리며 덜거덕거리는 듯이 그는 느꼈다. 구원은 없어! 구원은 없어! 그, 그 자신, 그가 굴복했던 그의 육체가 죽어가고 있었다. 그것과 함께 무덤 속으로! 나무 관에 집어넣어 못질을 하라, 시체여. 인부의 어깨에 올려 집 밖으로 옮겨라. 사람의 시야에서 벗어나 땅속의 긴 구멍 속으로, 무덤 속으로, 집어던져, 썩어버리고, 기어다니는 벌

---

6) 우신: 고대 이집트의 신(神) 아피스 Apis.

레들의 먹이가 되어 배가 통통한 허둥대는 쥐들에게 삼켜버려지도록 해라.

그리고 친구들이 눈물을 흘리며 침대 곁에 여전히 서 있는 동안 죄인의 영혼은 심판을 받았다. 의식의 마지막 순간에 모든 속세의 삶은 영혼의 시각 앞을 스쳐지났으며, 그리고 숙고를 할 시간을 갖기 전에 육체는 죽고 영혼은 심판대 앞에서 공포에 떨며 서 있었다. 오랫동안 자비하셨던 하느님은 그때 공정하시리라. 그분은 죄 많은 영혼에 탄원하며, 회개할 시간을 주며, 시간은 주되 그러나 잠시 동안만 허용하며, 오래 참아오셨다. 그러나 그 시간은 지나갔다. 죄짓고 즐기던 시간, 하느님과 거룩한 교회의 경고를 비웃던 시간, 그분의 권위에 도전하며, 그분의 명령에 불복종하며, 이웃 사람을 현혹하며, 죄에 죄를 그리고 또 죄를 저지르며, 자신의 타락을 인간의 시야에서 숨기던 시간은 지났다. 이젠 하느님의 차례였다. 그리고 그분은 현혹되거나 속지 않으시게 되어 있었다. 그때 모든 죄는, 신성한 뜻을 어긴 가장 반역스런 죄, 우리의 초라한 타락된 본성에 가장 치욕스런 죄, 가장 사소한 허물들, 그리고 가장 극악무도한 죄, 모두 숨은 곳에서 밖으로 나오게 된다. 그러면 위대한 황제, 위대한 장군, 놀라운 발견가, 학자 중의 가장 위대한 학자가 되었다는 게 무슨 쓸모가 있겠는가? 하느님의 심판대 앞에선 만인이 모두 매한가지. 그분은 선한 자에게 상급을 주고, 사악한 자는 벌하시

리라. 단 한 순간만으로도 한 인간의 영혼을 재판하기에 충
분하였다. 육체의 죽음 후 일순간에 영혼은 저울에 달아진
다. 개별 심판이 끝나면 영혼은 희열의 거주지[7]나 연옥으로
가거나 아니면 지옥으로 비명을 지르며 던져진다.

그것만이 전부는 아니었다. 하느님의 정의는 아직도 인간
들 앞에 증명되어야만 했다. 개별 심판이 끝나면 아직도 일
반 심판이 남아 있다. 최후의 날이 온 것이다. 최후의 날이
닥친 것이다. 하늘의 별들이 바람에 흔들린 무화과나무에서
던져진 무화과 열매처럼 땅에 떨어진다.[8] 우주의 커다란 발
광체인 태양은 말총으로 짠 천[9]처럼 된다. 달도 핏빛으로 변
한다.[10] 하늘은 두르르 말려 사라진 두루마리 같다.[11] 천상
군대의 왕자, 대천사 미카엘은 하늘을 등지고 영광스럽게 그
리고 무시무시하게 나타났다. 한 발은 바다에 그리고 다른
발은 육지에 두고 그는 대천사의 나팔로 찢어지는 듯한 시간
의 죽음을 불어제쳤다. 천사의 세 번의 나팔 소리는 온 우주
를 채웠다. 현재의 시간, 과거의 시간, 그러나 미래의 시간은
아니었다. 마지막 나팔 소리에 우주의 인긴 영혼들이, 부자

---

7) 희열의 거주지: 천국을 의미함.
8) 「요한 계시록」 6장 13절 참조.
9) 말총으로 짠 천: 회개자나 고행자는 깔끄러운 말총 속옷을 입고 자기
   를 괴롭히며 고행을 하였다.
10) 「요한 계시록」 6장 12절 참조.
11) 「요한 계시록」 6장 14절 참조.

와 가난한 자, 점잖은 자와 소박한 자, 현명한 자와 어리석은
자, 선한 자와 사악한 자, 이들 모두 여호사밧 골짜기[12]로 몰
려 내려왔다. 존재했었던 모든 인간의 영혼, 태어날 모든 인
간의 영혼, 아담의 모든 아들과 딸들, 모두 그 지고(至高)의
날에 모였다. 그리고 보라, 지고의 심판이 다가오고 있으니!
더 이상 비천한 하느님의 양[13]이 아니고, 더 이상 온유한 나
사렛 예수가 아니며, 더 이상 슬픔의 인간이 아니고, 더 이상
선한 목자도 아니었으며, 전능하신 하느님, 영원하신 하느
님, 그분은 이제 커다란 권능과 위엄으로, 천사들, 대천사들,
권천사들, 능천사들, 역천사들, 좌천사들, 주천사들, 지품천
사들, 치품천사들, 이들 아홉 계급의 천사 합창단을 대동하
고, 구름을 타고 오시는 게 보였다. 그분이 말씀하신다. 그리
고 그분의 목소리는 심지어 가장 먼 공간의 경계까지, 심지
어 밑이 없는 심연 속에서도 들린다. 지고의 심판관, 그분의
판결에는 어떤 항소도 없으며 있을 수도 없다. 그분은 의로
운 자들을 곁에 부르시고, 그들을 위해 마련한 영원의 지복
인 왕국으로 들어오라 청하신다. 의롭지 못한 자를 그분은
내던지시고, 화가 난 위엄으로 소리치신다. "저주를 받은 자
들아, 나를 떠나 마귀와 그 사자들을 위하여 예비된 영영한

---

12) 여호사밧 골짜기: 「요엘」 3장 2절 참조.
13) 하느님의 양: 예수.

불에 들어가라."[14] 오 그러면 불쌍한 죄인들에게 얼마나 고통일까! 친구는 친구와 흩어지고, 아이들은 부모와 흩어지고, 남편은 아내와 흩어진다. 불쌍한 죄인은 이 속세에서 그에게 귀중했던 자를 향해, 아마도 소박한 신앙심으로 그에게서 조롱받던 그 사람을 향해, 그에게 충고하며 그를 올바른 길로 이끌려고 애쓰던 사람을 향해, 친절한 형제를 향해, 사랑하는 누이를 향해, 그를 아낌없이 사랑하던 어머니와 아버지를 향해, 양팔을 뻗는다. 그러나 때는 너무 늦었다. 이제 모든 눈앞에 끔찍하고 사악한 성품으로 나타나는 비참한 저주받은 영혼으로부터 의로운 자는 돌아선다. 오 너 위선자, 오 너 회칠한 무덤,[15] 오 부드러운 웃는 얼굴을 세상에 내밀면서도 내부의 영혼은 죄의 더러운 구렁텅이인 너, 어떻게 그 끔찍한 날에 너와 함께 지낼 수 있겠어?

그리고 이날이, 죽음의 날과 심판의 날이, 올 것이며, 오게 될 것이며, 반드시 오고 말 것이다. 죽음은, 그리고 죽음 뒤엔 심판이 인간에게 부여된 것이다. 죽음은 확실하다. 오랜 병환이나 어떤 예상치 못한 사고에 의해 시각과 방법은 불확실하지만, 하느님의 아들은 네가 거의 예상치 않을 시각에 찾아온다. 그러므로 네가 어느 순간에 죽을 수도 있다는 걸 알고 항상 준비하라. 죽음은 우리 모두에게 끝이다. 우리의

---

14) 「마태복음」 25장 41절 참조.
15) 회칠한 무덤: 위선자를 말함. 「마태복음」 23장 27절 참조.

첫 부모의 죄로 인해 세상으로 온 죽음과 심판은 우리 속세의 존재를 닫아거는 어두운 문이며, 알 수 없는 그리고 보이지 않는 세계로 열어가는 문으로, 이곳을 통해 모든 영혼이 홀로, 자신의 선행에 의하지 않고는 도움을 받지 못하며, 친구나 형제나 부모 또는 도와줄 선생도 없이, 홀로 떨면서, 지나가야만 한다. 그러한 생각을 우리의 마음 안에 영원히 지니고 있으면 그때 우리는 죄를 지을 수가 없다. 죄인에게 공포의 원인이던 죽음은 올바른 길을 가는 사람에게 삶에서 그의 의무를 완성할 수 있는, 새벽 기도와 저녁 기도에 참석할 수 있는, 신성한 성찬식에 자주 다가갈 수 있으며 선하고 자비로운 일을 이룰 수 있는 축복의 순간이다. 경건하고 믿는 신자에게, 의로운 사람에게, 죽음은 공포의 원인이 아니다. 자신의 임종시 어떻게 기독교인이 최후를 맞이할 수 있는지를 보게끔 워릭의 사악한 젊은 백작을 보낸 사람은 위대한 영국 작가인 애디슨이 아니었는가? 바로 그였으며, 그의 가슴에 다음과 같이 말할 수 있는 사람은 경건하고 믿음 있는 기독교인 그 혼자였다.

오 무덤이여, 어디에 당신의 승리가 있는가?
오 죽음이여, 어디에 당신의 가시가 있는가?[16]

---

16) 「고린도 전서」 15장 55절 참조.

위의 모든 말이 그를 향한 것이었다. 그의 더럽고 은밀한 죄에 대해 하느님의 온 분노가 몰려 있었다. 설교자의 비수가 그의 병든 양심을 깊이 파헤쳤고 그는 이제 그의 영혼이 죄로 곪고 있는 것을 느꼈다. 그래, 설교자가 옳았어. 하느님의 차례가 온 거야. 굴속에 들어 있는 짐승처럼 그의 영혼은 자신의 오물을 뒤집어쓰고 누워 있었지만 천상의 나팔 소리가 그를 죄의 어둠에서 빛으로 몰아내었어. 천상에 의해 외쳐진 운명의 말들이 한 순간에 그의 오만에 찬 평화를 부서뜨렸다. 최후의 날의 바람이 그의 마음을 꿰뚫어 불었고, 보석 같은 눈을 가진 창녀들이라고 상상했던 그의 죄는 태풍 앞에서 도망치며, 공포 속에 빠져 말갈기 아래 웅크린 쥐들처럼 찍찍거렸다.

그가 광장을 가로질러 집으로 걸어갈 때, 어떤 소녀의 가벼운 웃음이 그의 화끈거리는 귀에 들렸다. 그 가냘픈 흥겨운 소리는 나팔 소리보다 더 강하게 그의 가슴을 내리쳤고, 감히 그는 눈을 들지 못하고, 옆으로 돌아섰으며, 걸어가면서 엉킨 관목의 그림자만 응시했다. 수치심이 그의 부서진 가슴에서 솟아올라 그의 전존재를 덮쳤다. 에마의 영상이 그 앞에 나타났으며, 그녀의 눈길 밑에서 부끄러움의 홍수가 새롭게 그의 가슴에서 몰려나갔다. 그의 마음이 누구에게 매여 있었는지를 또는 그의 야수 같은 욕정이 그녀의 순결을 어떻게 갈가리 찢고 짓밟았는지를 그녀가 만약 알았다면! 그것이 어린 소년의 사랑이었는가? 그것이 기사도 정신이었는가? 그것이 시켰는가? 그가 지낸 방탕의 더러운 세부 사항들이 바로 그의 코 아래서 악취를 풍겨, 그을음이 덮인 사진 다발을 난로 연통에 숨겼으며, 이 사진의 뻔뻔스러움과 수줍어하는 음탕함을 앞에 두고 그는 사고와 행동에서 죄를 지으며 몇 시간이고 누워 있었으며, 원숭이 같은 인간과 보석같이 반짝이는 눈을 지닌 창녀들로 가득한 그의 괴물 같은 끔찍한 꿈, 그는 죄를 고백하는 기쁨으로 입에 담지 못할 긴 편지를 써서 며칠 동안 비밀리에 가지고 다니다 밤에 몰래 들판의 구석 풀숲이나 또는 돌쩌귀가 없는 어떤 문 아래에 아니면 울타리의 어떤 움푹한 곳에 던져버렸는데, 그곳을 어떤 소녀가 지나치다가 발견하게 되면 그 편지들을 은밀히 볼 수 있었을 것이다. 미친 짓이었어! 미친 짓! 그가 이런 것들을 했었다는 게 가능했을까? 추악한 기억들이 그의 뇌리에 응집될 때, 식은땀이 그의 앞이마에 맺혔다.

치욕의 고통이 그에게서 지나갔을 때 그는 그 비참한 무기력 상태에서 그의 영혼을 일으키려고 애썼다. 하느님과 성 동정녀는 그에게서 너무 멀리 있었다. 하느님은 너무 엄청나시고 엄격하시며, 성 동정녀는 너무 순수하고 거룩하였다. 그러나 그는 넓은 땅에서 에마 옆에 서서, 겸손하게 그리고 눈물을 흘리며, 허리를 굽혀 그녀의 옷소매에 입을 맞추었다고 상상했다.

부드러운 맑은 저녁 하늘 아래 넓은 땅에, 창백한 푸른 천상의 바다 한가운데서 구름이 서쪽으로 떠가고, 그들은, 실수를 저지른 어린이로서, 함께 서 있었다. 그들의 실수는 하느님의 위엄을 깊이 손상시켰지만, 그것은 두 어린이의 실수였다. 그렇지만 그것은 마리아의 위엄을 손상시킨 것은 아니었으며, 마리아의 아름다움은 "바라보기에 위험한 세속적인 미와 같지 아니하고, 그 상징이 빛나고 음악적인 새벽별과 같았다." 그들을 돌아보는 그분의 두 눈은 성이 나 있지도 꾸짖지도 않았다. 그분은 그들의 손을 서로서로 마주잡게 하고 그들의 가슴에 말씀을 하셨다,

— 손을 잡아라, 스티븐과 에마야. 천국은 지금 아름다운 저녁이다. 너희들은 실수를 저질렀지만 그래도 항상 나의 자식이도다. 서로를 사랑하는 마음이니, 나의 사랑하는 자식들이여, 서로 손을 잡아라, 그러면 너희들은 함께 행복할 것이고 너희들의 가슴은 서로를 사랑할 것이니라.

성당은 낮게 드리워진 블라인드 틈을 통해 걸러진 흐릿한 주홍색 불빛으로 가득하였고, 마지막 블라인드 끝과 창틀 사이의 틈새를 통해 파리한 빛줄기가 창날처럼 들어와 제단 위의 조각된 놋쇠 촛대에 머물러 천사들의 전쟁으로 닳은 쇠미늘 갑옷처럼 빛났다.

비가 성낭에, 정원에, 학교 교정에 내리고 있었다. 비가 소리없이 영원히 내리리라. 수면이 조금씩조금씩 올라가 잔디

와 관목을 덮고, 나무와 집을 덮고, 기념비와 산 정상을 덮으
리라. 새·인간·코끼리·돼지·아이들, 모든 생명이 소리
없이 질식될 것이며, 시체들이 소리없이 세상의 파편 쓰레기
가운데 떠다니리라. 40일 낮과 40일 밤 동안 비가 내려 물이
지구 표면을 덮으리라.

그럴 거야. 왜 안 그렇겠어?

——"지옥은 영혼을 확대시켜 그 입을 무한히 열었도다."
——예수 그리스도 안에 나의 사랑하는 작은 형제들이여, 이
것은 「이사야」 5장 14절 말씀입니다. 성부와 성자와 성령의
이름으로. 아멘.

설교자는 줄이 없는 시계를 사제복 주머니에서 꺼내, 잠시
동안 말없이 시계바늘을 주시하다 책상 위에 조용히 놓았다.

그는 조용한 어조로 말하기 시작했다.

——나의 사랑하는 학생들이여, 여러분도 알다시피, 아담
과 이브는 우리의 첫 부모이시며, 천국의 자리가 사탄의 몰
락으로 비게 되었고, 반역한 사탄의 천사들이 다시 대치되도
록 아담과 이브는 하느님에 의해 창조되었다는 걸 기억할 겁
니다. 사탄은 새벽신(神)의 아들로 광채나는 힘이 센 천사였
다고 합니다. 그러나 그는 파멸했습니다. 그는 몰락했고, 그
와 함께 천국 군대의 삼분지 일이 몰락했습니다. 그는 몰락
해서 그의 반역 천사들과 같이 지옥으로 내던져졌습니다. 그
의 죄가 무엇인지 우리는 말할 수 없습니다. 신학자들의 고

찰에 따르면 그것은 오만의 죄로, '나는 섬기지 않겠어'라고 일순간 품었던 죄스런 생각이었습니다. 그 순간이 그의 멸망이었습니다. 그는 한 순간의 죄스런 생각으로 하느님의 위엄을 손상시켰고, 하느님은 그를 천국에서 지옥으로 영원히 던져버렸습니다.

　——아담과 이브는 그때 하느님에 의해 창조되어 다마스커스 평원의 에덴 동산에서 살았으며, 그 사랑스런 동산은 햇빛과 색깔로 넘치고, 울창한 초목으로 풍성하였습니다. 과일이 넘치는 대지는 그들에게 선물을 주었고, 짐승과 새들은 스스로 그들의 하인이 되었으며, 그들은 우리의 육체가 병과 가난과 죽음으로 이어받은 병환을 알지 못해서, 위대하신 자비로운 하느님께서 그들을 위해 하실 수 있는 것은 모두 이루어졌습니다. 그러나 하느님에 의해 그들에게 부여된 하나의 조건이 있었으니 하느님의 말씀에 대한 복종이었습니다. 그들은 금지된 나무 열매를 따먹지 말아야 했습니다.

　——아, 나의 사랑스런 학생들이어, 그늘도 또한 추락했습니다. 한때는 빛나는 천사, 새벽신(神)의 아들이었지만 현재는 더러운 마귀인 악마가 들판의 모든 짐승 중에 가장 교활한 뱀의 모양으로 들어왔습니다. 그는 그들을 시기했습니다. 타락한 위대한 천사인 그는 진흙의 존재인 인간이 그가 죄로 인해 영원히 상실한 유산을 대신 소유한다는 생각을 참을 수가 없었습니다. 그는 여인에게 다가와, 만약 그녀와 아담이

금지된 과일을 먹으면 그들이 신들처럼 아니 하느님 자신처럼 되리라고 그녀에게 약속하면서——오, 그 불경한 약속! ——그녀의 귀에 능변의 독을 부었습니다. 이브는 유혹자의 간계에 굴복했습니다. 그녀는 사과를 따먹었고, 또한 그녀를 거절할 정신적 용기를 갖고 있지 못한 아담에게도 사과를 주었습니다. 사탄의 독 묻은 혀가 일을 저질렀습니다. 그들은 추락했습니다.

——그러자 그때 하느님의 창조물 인간에게 해명하라고 부르는 하느님의 목소리가 그 정원에 들렸습니다. 그리고 천국 군대의 왕자 미카엘이 손에 불꽃 검을 들고 죄를 진 두 사람 앞에 나타나 그들을 에덴에서 세상으로, 병과 노력의 세상으로, 잔혹함과 실망의 세상으로, 출산과 역경의 세상으로, 그들을 내몰아, 이마에 땀을 흘리며 빵을 구하도록 하였습니다. 그러나 그때조차도 하느님은 얼마나 자비로우신지요! 그분은 우리의 불쌍한 타락한 부모들을 불쌍히 여겨, 때가 차면 그분께서 천국에서 외아들을 보내서, 그들을 구속(救贖)하시고 그들을 다시 한번 하느님의 자식으로 그리고 천국의 상속자로 만드셨습니다. 타락한 인간의 구세주이신 그분은 하느님의 외아들이시며, 성삼위의 성자이시며, 영원한 말씀이셨습니다.

——그분은 오셨습니다. 그분은 순결한 성처녀, 마리아 동정녀에게서 태어나셨습니다. 그분은 유대의 초라한 말구유

에서 태어나 삼십 년 동안 가난한 목수로 살다가 그분의 임무를 다 끝마치셨습니다. 그리고 그때, 인간에 대한 사랑으로 가득 차, 그분은 나가셔서 새로운 복음을 듣도록 인간을 부르셨습니다.

　——인간은 들었습니까? 예, 그들은 그저 들었지 경청하려 들지 않았습니다. 그분은 사로잡히셔 일반 죄인처럼 묶이고, 바보처럼 조롱받았으며, 무시당하여 소문난 도둑에 자리를 내주시고, 오천 대의 채찍을 맞으셨으며, 가시 면류관을 쓰신 채 유태인 폭도들과 로마 병정들에 이끌려 거리로 밀쳐 나셨고, 옷을 벗기우시고 십자가에 달리셨으며, 그분의 옆구리는 창으로 꿰뚫리시고 우리 주님의 상처난 몸에서 물과 피가 끊임없이 쏟아졌습니다.

　——그러나 그때, 그런 극도의 고통스런 순간에도, 우리의 자비로우신 구세주께서는 인간을 불쌍히 여기셨습니다. 심지어 그곳, 골고다 언덕에서도, 그분은 거룩한 카톨릭 교회를 세우시고, 그곳에는 지옥의 문이 번성하지 못할 것이라고 약속하셨습니다. 그분은 그것을 영원한 반석 위에 세우셨으며 그것에 그분의 은총을, 성체와 희생을 부여하시고, 만약 인간이 그분 교회의 말씀에 복종한다면 인간은 아직도 영생으로 들어갈 수 있지만, 만약 그들을 위해 모든 것이 행해졌는데도 그들이 자신의 사악함으로 여전히 고집한다면 그들에겐 영원한 고통, 지옥만이 남아 있으리고 약속하셨습니다.

설교자의 목소리가 가라앉았다. 그는 말을 멈추고 손바닥을 잠시 대었다가 서로 떼었다. 그런 다음 그는 다시 시작했다,

——이제 우리는 잠시 동안 손상받은 하느님의 정의가 죄인들을 영원히 벌하시러 존재케 한 저주받은 자들의 거주지가 지닌 본성을, 우리가 할 수 있는 한, 살펴보도록 합시다. 지옥은 좁고, 깜깜하며, 악취가 나는 감옥이며 악마와 추락한 영혼들의 거주지로 불과 연기로 꽉차 있습니다. 이 감옥이 좁은 것은 하느님의 규율에 제한되기를 거부하는 자들을 벌하기 위해 그분께서 일부러 고안하신 겁니다. 세상의 감옥에는 불쌍한 죄인이 감방의 네 벽 안에서 또는 감옥의 음울한 마당에서 적어도 어느 정도 움직일 수 있는 자유를 갖고 있습니다. 지옥에선 그렇지 못합니다. 그곳에선, 저주받은 자의 엄청난 숫자로 인해, 죄수들이 끔찍한 감옥에 서로 포개져 쌓여 있고, 네 벽은 두께가 사천 마일이나 된다고 합니다. 그리고 저주받은 자들은 철저히 묶여 있고 어찌할 수도 없어, 축복의 성인이신 성 안셀름께서 비유에 대한 책에서 쓰신 것처럼, 그들은 눈을 파먹는 벌레를 눈에서 떼낼 수조차도 없습니다.

——그들은 암흑의 바깥 세계에 누워 있습니다. 왜냐하면, 기억하십시오, 지옥불은 아무런 빛도 내지 않습니다. 하느님의 명에 따라 바빌론의 풀무가 그 빛이 아니라 그 열기를 잃

은 것처럼,[17] 하느님의 명에 따라 지옥불은 열기의 강도를 갖고 있지만 영원히 암흑 속에서 타오릅니다. 이것은 캄캄한 불꽃과 타오르는 캄캄한 유황 연기로 채워진 암흑의 결코 끝이 없는 폭풍우이며, 그 가운데에는 육체들이 한 움큼의 공기조차도 없이 차곡차곡 쌓여 있습니다. 파라오의 땅에 내리친 모든 역병 중에서도 이 역병, 어둠의 역병, 만이 끔찍스럽다고 하겠습니다. 그러면, 우리는 삼 일 만이 아니라 영원토록 지속될 이 지옥의 암흑에 어떤 이름을 지을까요?

　——이 좁고 캄캄한 감옥의 공포는 그 끔찍한 악취로 증가됩니다. 최후의 날 끔찍한 대화재가 세상을 멸망시킬 때, 세상의 온갖 오물, 세상의 온갖 쓰레기와 찌꺼기가 거대한 시궁창처럼 그곳을 흐른다고 합니다. 그곳에서 그처럼 엄청난 양으로 타오르는 유황으로 역시 참을 수 없는 악취가 온통 지옥을 채우며, 저주받은 자들의 몸은 그런 역병을 옮기는 냄새를 들이마셔 성 보나벤투어가 말하듯이 그들 중에 오직 한 사람만으로도 전세상을 오염시키기에 충분할 겁니다. 순수한 성분인 이 세상의 공기는 오래 갇혀 있으면 더럽고 마실 수가 없어집니다. 그러면 지옥의 공기가 얼마나 더러울 것인지를 생각해봅시다. 무덤에서 썩어 부패헤기는 이띤 고약하고 부패한 시체, 부패해서 물이 줄줄 흐르는 젤리 같은

덩어리를 상상해보십시오. 그런 시체가 불꽃의 먹이가 되어, 타오르는 유황불에 삼켜져 숨을 질식시키는 혐오스럽고 역겨운 부패의 짙은 연기를 내뿜어내는 걸 상상해보십시오. 그리고 이 메스꺼운 악취는 고약한 냄새가 나는 암흑 속에 함께 쌓인 수백만의 고약한 시체들로 인해 썩어가는 엄청난 인간 곰팡이로부터 수백만 배나 증가되는 걸 상상해보십시오. 이 모든 걸 상상해보면 여러분은 지옥의 악취가 갖는 공포의 의미를 이해하게 될 겁니다.

　——그러나 이 악취는 비록 끔찍하지만 저주받은 자들이 겪어야 하는 가장 심한 육체적 고통은 아닙니다. 불의 고통은 폭군이 그의 백성들을 복종시키는 가장 엄청난 고통입니다. 여러분의 손가락을 잠시 촛불에 대어보십시오. 그러면 불의 고통을 느낄 겁니다. 그러나 우리 속세의 불은 인간의 편의를 위해 하느님께서 창조하신 것으로, 인간에게 삶의 불꽃을 유지시켜주며 유용한 기술로 인간을 도와주지만, 지옥의 불은 다른 특성으로 이루어져 회개하지 않는 죄인을 벌하고 고통을 심어주려고 하느님이 창조하신 겁니다. 우리 속세의 불은 또한 그것이 태우는 물건에 따라 정도의 차이는 있지만 비교적 쉽게 꺼져서, 인간의 영리함은 심지어 불의 작용을 조절하거나 멈추게 하는 화학제를 발견하는 데 성공하였습니다. 그러나 지옥에서 타는 지옥불의 유황은 말로 표현할 수 없는 분노로 영원히 영원히 타오르도록 특별히 고안된

물질입니다. 더군다나 우리 속세의 불은 그것이 타는 동시에 사그라들기 때문에 불이 강할수록 그 지속 기간은 더 짧습니다. 그러나 지옥불은 특별한 속성을 갖고 있어 그것이 태우는 것을 지속시키며, 그것이 믿을 수 없을 정도로 강렬하게 맹위를 떨쳐도 그것은 영원히 계속됩니다.

——우리 속세의 불은 또한 아무리 사납고 광범위할지라도 항상 제한된 범위에 그치지만, 그러나 지옥에서 불의 연못[18]은 경계선이 없고, 해안이 없으며, 밑이 없습니다. 악마 자신도, 어떤 군인에게 질문을 받았을 때, 온 산이 지옥의 타오르는 대양에 집어넣는다 해도 일순간에 한 덩이 밀납처럼 타오를 거라는 걸 고백하지 않을 수가 없었다고 기록에 남아 있습니다. 그리고 이 끔찍한 불은 저주받은 자의 육체를 단지 외부로부터는 태우지 않지만 추락한 각 영혼은 스스로 지옥이 되어 한계를 모르는 불이 그 오장육부에서 맹위를 떨칠 겁니다. 오, 그 비참한 존재들의 운명은 얼마나 끔찍한가요! 피가 혈관에서 끓어오르고, 뇌수는 머리에서 비등하며, 심장은 가슴에서 빛을 내며 디지고, 내상은 펄펄 붉게 타오르는 펄프 덩어리가 되고, 부드러운 두 눈은 녹은 공처럼 불꽃을 냅니다.

——그러나 이 불의 힘과 특성 및 무한성에 대해 내가 한

말은 그 강도에, 영육을 똑같이 벌하시려는 신성한 의도로 선택된 도구로서 그 불이 갖고 있는 강도에 비하면 아무것도 아닙니다. 이것은 하느님의 분노에서 직접 나온 불로서, 그 자체의 활동으로가 아니라 신성한 징벌의 도구로서 타오르는 것입니다. 세례의 물이 몸체를 지닌 영혼을 정제시키듯이 징벌의 불은 육체를 지닌 정신을 괴롭힙니다. 육체의 모든 감각은 고통을 받으며 영혼의 모든 기능도 그것과 같습니다. 즉 눈은 들여다볼 수 없는 완벽한 암흑으로, 코는 불쾌한 냄새로, 귀는 고함과 울부짖음과 저주로, 맛은 구역질나는 물체와 나병 같은 부패 그리고 뭔지 알 수는 없는 질식할 것 같은 오물로, 촉감은 뜨거운 막대기와 대못, 그리고 잔혹한 불꽃으로. 그리고 감각의 몇 가지 고통을 통해 불멸의 영혼은 영원히 천길 만길 심연에서 타오르는 빛을 뿜는 불 한가운데 바로 그 핵심에서 전지전능한 하느님의 손상받은 위엄에 의해 고통받으며 그리고 신성의 분노한 숨에 영원히 점점 더 증가되는 분노로 부채질됩니다.

—마지막으로 이러한 지옥의 고통은 저주받은 자들 자신의 집단에 의해 증가된다는 것을 생각해보십시오. 세상의 악한 무리는 너무 사악해서 식물조차도 마치 본능에 의한 듯, 그들에게 치명적이거나 해로운 무리로부터는 그 무엇이든 물러납니다. 지옥에선 모든 법칙이 뒤바뀝니다. 어떠한 가족이나 조국에 대한 생각, 혈연이나 친척에 대한 생각은 없습

니다. 저주받은 자들은 서로서로 울부짖으며 비명을 지르고, 그들과 같이 고통받고 미쳐가는 존재들을 앞에 바라봄으로써 그들의 고통과 광란은 더욱 심화됩니다. 모든 인간성은 잊혀집니다. 고통받는 죄인들의 고함은 거대한 심연의 가장 먼 곳 구석까지 채워집니다. 저주받은 자들의 입은 하느님에 대한 불경으로 그리고 고통받는 이웃 사람들에 대한 미움으로, 죄를 공모하였던 자의 영혼에 대한 저주로 가득 차 있습니다. 옛날에는 부친 살해자, 아버지께 살해의 손을 들어올린 자를 수탉·원숭이·뱀과 함께 자루에 집어넣어 바다 깊숙이 던져 벌하는 것이 관습이었습니다. 오늘날에는 잔인한 것처럼 보이는 그러한 법률을 만든 법률가들의 의도는 범죄자를 증오스런 해로운 짐승과 함께 벌하려는 것입니다. 그러나 지옥의 저주받은 자들이 죄를 짓는 일에 그들을 돕고 선동했던 동료들, 그들의 마음속에 사악한 생각과 사악한 말의 첫 씨앗을 뿌렸던 동료들, 그 눈으로 그들을 미덕의 길에서 유혹하며 미혹시켰던 동료늘이 함께 비참한 상태에 있는 것을 바라볼 때, 그들의 바싹 마른 입술과 쓰라린 목구멍에서 터져나오는 저주의 분노와 비교해보면, 그와 같이 말하지 못하는 짐승들의 분노는 어떠하겠습니까? 그들은 그 공모자들을 돌아보고 비방하며 저주합니다. 그러나 그들은 어쩌지도 못하며 희망도 없습니다. 이제 후회하기에 너무 늦었습니다.

　──마지막으로 악마들과 사귀던 그 저주받은 영혼들, 유

혹자와 유혹에 넘어간 자 모두에 대한 소름끼치는 고통을 생각해봅시다. 이들 악마는 저주받은 자들에게 직접 나타나거나 그들을 비난하는 식의 두 가지 방식으로 괴롭힐 것입니다. 이 악마들이 얼마나 끔찍할지는 아무도 모릅니다. 시에나의 성 캐서린[19]은 한번 악마를 보았는데 그처럼 흉측한 괴물을 한 순간이라도 다시 보기보다는 차라리 생애의 끝까지 붉은 석탄 궤도를 따라 걷는 편이 낫다고 쓰고 있습니다. 한때는 천사였던 이들 악마는 그들이 한때 아름다웠던 것만큼 사악하고 추해졌습니다. 그들은 파멸하도록 끌어내린 추락한 영혼들을 조롱하고 놀려댑니다. 지옥에서 양심의 목소리가 만들어진 것은 바로 그들, 추악한 악마들입니다. 왜 당신은 죄를 지었는가? 왜 당신은 악마의 유혹에 귀를 기울였는가? 왜 당신은 경건한 습관과 선한 일에서 옆으로 벗어났는가? 왜 당신은 죄의 경우를 피하지 않았는가? 왜 당신은 악한 친구를 떠나지 않았는가? 왜 당신은 고해 신부의 충고를 듣지 않았는가? 왜 당신은 처음 또는 두번째 또는 세번째 또는 네번째 또는 백번째나 타락한 후에라도 사악한 너의 길을 후회하고 너의 죄를 사면하기 위해 너의 회개만을 기다리셨던 하느님께 돌아서지 않았는가? 이제 회개의 시간은 지나갔어. 현재, 과거, 그러나 미래는 안 돼! 은밀히 죄를 지었

___

19) 시에나의 성 캐서린: 14세기 이탈리아 수녀.

던, 태만과 오만에 탐닉하던, 불법적인 걸 탐내던, 너의 비천한 성품의 유혹에 굴복하던, 들판의 야수처럼 살던, 아니 적어도 들판의 야수는 야수이고 그들을 이끌 이성이 결여되어 있으니 오히려 그들보다 더 야수같이 살던, 그 시간들은 과거였지만, 그러나 미래에는 더 이상 안 돼. 하느님은 너에게 그처럼 여러 목소리로 말하였지만 너는 들으려고 하지 않았어. 너는 마음속의 그 오만과 분노를 부수려고 하지 않았으며, 불의로 얻은 재물을 되돌려놓으려 들지 않았고, 거룩한 교회의 계명을 복종하거나 종교적 의무에 참석하려 들지 않았으며, 그 사악한 친구들을 포기하려 들지 않았고, 그 위험한 유혹들을 피하려 들지도 않았어. 그런 것이 그 괴롭히는 악마의 말이며 조롱과 꾸짖음과 미움과 그리고 혐오의 말들인 것입니다. 그래요, 혐오의 말들! 왜냐하면 그들도, 바로 그 악마들도, 죄를 지을 때는 혼자의 죄를 짓기 때문에 지성의 반역자도 그러한 천사 같은 본성과 양립할 수 있는 것입니다. 그리고 그들은, 그들조자도 반감을 갖고 역해져서 타락한 인간이 거룩한 영혼의 사원[20]을 모욕하고 더럽히는, 그 말로 표현할 수 없는 죄를 숙고하려는 데에서 피해버립니다.

　——오, 예수님 안에서 나의 사랑하는 어린 형제들이여, 그 말을 듣는 것이 결코 우리의 운명이 되지 않기를! 그것이 결

---

20) 거룩한 영혼의 사원: 육체를 일컬음. 「고린도 전서」 6장 19절 참조.

코 우리의 운명이 되지 않기를! 낱낱이 계산하는 그 끔찍한 최후의 날에 오늘 이 성당에 모인 여러분 중의 어느 한 영혼도 위대한 심판자의 눈앞에서 영원히 떠나가라고 그분께서 명령하실 그 비참한 존재 가운데에서 발견되지 않기를, 그리고 우리 중의 어느 누구도 그 무시무시한 거절의 판결, "너 저주받은 자여, 나에게서 떠나 악마와 악마의 천사들을 위해 마련된 영원히 지속되는 불길로 들어가라"라는 심판이 귀에 울리는 걸 듣지 않을 수 있기를 나는 하느님께 간절히 기도합니다.

그는 성당 복도를 따라 내려갈 때, 다리는 후들후들 떨렸고 머릿가죽은 유령의 손가락이 건드리기나 한 듯이 떨렸다. 그는 층계를 걸어올라가 외투와 비옷이 교수형을 당한 죄수처럼 머리가 없이 물방울을 뚝뚝 흘리며 모양 없이 매달린 벽을 따라 복도를 지났다. 그리고 발걸음마다 그는 이미 죽은 것이 아닌가, 그의 영혼이 육체의 껍질에서 비틀려 떨어진 것은 아닌가, 그가 공간을 거꾸로 곤두박질하고 있는 것은 아닌가 두려웠다.

그는 두 발로 마루에 서 있을 수가 없어서, 몸이 무거운 듯이 책상 앞에 앉아 책 하나를 아무렇게나 펼쳐들고 곰곰이 생각하였다. 모두 그에게 향한 말이야! 모두 사실이야. 하느님은 전능하셨어. 하느님이 이제 그를 부르실 수 있어. 책상에 앉아 있을 때, 소환을 깨닫기도 전에, 그를 부르실 수 있

어. 하느님이 이미 부르셨어. 그래? 무얼? 그래? 그의 육체
는 불꽃의 탐욕스런 혓바닥이 다가오는 것을 느낀 듯 오그라
들었으며, 주위에 질식시키는 공기의 소용돌이를 느낀 듯이
말라붙었다. 그는 죽었던 것이다. 그래. 그는 심판을 받았던
것이다. 불의 물결이 그의 몸을 휩쓸고 지나갔다. 첫번째. 또
다시 물결이. 그의 뇌수가 불타오르기 시작했다. 또 한 번.
뇌수가 머릿가죽의 갈라진 집 내부에서 거품을 내며 부글부
글 끓어올랐다. 불꽃이 두개골에서 화관처럼 터져나와 목소
리같이 비명을 울렸다.
　—지옥! 지옥! 지옥! 지옥! 지옥!
목소리는 그 곁에서 나왔다.
　—지옥에.
　—내 생각엔 그분이 그걸 자꾸 말해 머릿속에 심어주었
어.
　—맞았어. 그분은 우릴 겁내게 만들었어.
　— 그게 바로 학생들이 원하는 거야. 자꾸 말해 작동시키
는 거지.
　그는 책상에 힘없이 등을 기댔다. 그는 죽은 것이 아니었
다. 하느님은 그를 아직도 용서하셨다. 그는 아직도 학교의
낯익은 세계에 있었다. 테이트 선생님과 빈센트 헤론이 창문
에 서서, 이야기를 나누며, 농담하며, 음산히 내리는 비를 응
시하며, 머리를 움직였다.

──날씨가 개었으면 좋은데. 매러하이드 근처를 친구들과 자전거로 한바퀴 돌기로 약속했거든. 그러나 길이 틀림없이 무릎까지 빠질 거야.

──갤지도 몰라요, 선생님.

그가 잘 알던 목소리들, 일상적 말들, 교실의 정적이 그의 쓰라린 영혼을 달래주었다. 이야기 소리가 멈추자, 마치 다른 아이들이 점심을 조용히 씹어대듯이, 가축이 살살 풀을 뜯는 소리만이 정적을 깨뜨렸다.

아직도 시간은 있었다. 오 마리아여, 죄인들의 피난처여, 저를 중재해주시옵소서! 오 순결한 성모님이시여, 저를 죄의 심연에서 구해주시옵소서!

영어 수업은 역사 강의로 시작되었다. 왕가의 인물들, 총신들, 음모가들, 주교들이 벙어리 유령처럼 이름의 베일 뒤를 스쳐지나갔다. 모두 죽은 사람들이었다. 모두 심판을 받은 사람들이었다. 만약 사람이 자기의 영혼을 잃었다면, 온 세상을 얻는다 해도 무슨 소용이 있었을까? 마침내 그는 이해했다. 그리고 인간의 삶이 그 주위에 놓여 있었다. 평화의 들판으로, 거기엔 개미 같은 인간들이 형제애로 노동하며, 죽은 자들은 조용한 무덤 아래에서 잠들어 있었다. 친구의 팔꿈치가 그에게 닿자 그의 심장이 닿는 듯했다. 그는 선생님의 질문에 답을 하면서 겸손과 자책의 평정함으로 가득 찬 자신의 목소리를 들었다.

그의 영혼은 자책의 심연 속으로 평화를 더욱 깊이 가라앉혔으며, 더 이상 공포의 고통을 참아낼 수 없어 영혼이 가라앉자 희미한 기도가 나왔다. 아 그렇습니다. 그는 아직도 용서받을 수 있습니다. 그는 마음속으로 회개할 거며 용서받을 겁니다. 그러면 그때 그가 과거를, 전생애를, 생활의 매시간을 보상하기 위해 무엇을 하려고 드는지를 저 위에 계신 천국의 사람들이 보실 수 있을 겁니다. 오직 기다려주십시오.

——모두, 하느님! 모두, 모두를!

한 심부름꾼이 문 앞에 와서 성당에서 곧 신앙 고백이 있겠다고 전했다. 네 명의 학생들이 방을 떠났고 그는 다른 학생들이 복도를 내려가는 소리를 들었다. 작은 바람같이 약한 전율의 냉기가 그의 가슴 주위에 불어왔다. 그러나 조용히 들으며 고통을 인내하는 그의 모습은 자신 가슴의 근육에 귀를 기울여 그것이 닫히고 움츠리는 것을 느끼며, 심실의 팔딱이는 소리를 듣고 있는 것처럼 보였다.

피할 길은 없이. 고백을 해야 해, 하나씩 죄를 저지르고 생각했었던 바를 말로 그게 털어놓아야만 해. 어떻게? 어떻게?

——신부님, 저는……

고백해야 한다는 생각이 차갑게 빛나는 비수처럼 그의 연한 살을 파고들었다. 그러나 그곳, 학교 성당에서는 안 돼. 모든 것을, 행위와 사고의 모든 죄를 진정으로 고백하겠어,

그렇지만 학교 친구들이 있는 그곳에선 안 돼. 그곳에서 멀리 떨어진 어느 어두운 곳에서 자신의 부끄러움을 나지막이 털어놓겠어. 그리고 학교 성당에서 감히 고백하지 않았다고 해도 하느님께서 그에게 화를 내시지 않기를 겸손히 간구하였다. 완전히 풀이 죽어 그는 주위 어린 학생들의 말없는 용서를 갈망하였다.

시간이 지났다.

그는 다시 성당의 앞의자에 앉았다. 바깥의 하루 해가 이미 저물고 있었으며, 흐릿한 붉은 블라인드를 통해 빛이 천천히 기울자, 최후의 날에 보는 태양이 떨어지며 모든 영혼이 심판을 받으러 모이고 있는 듯싶었다.

——"저는 당신의 시선에서 벗어나 던져졌나이다,"「시편」 30장 23절 말씀입니다, 예수님 안에서 나의 사랑하는 어린 형제들이여. 성부와 성자와 성령의 이름으로. 아멘.

설교자는 조용히 친근한 어조로 말하기 시작했다. 그의 얼굴은 친절하였고 우아하게 두 손의 손가락을 서로 깍지끼며, 손가락 끝을 서로 합쳐 동그랗게 공간을 만들었다.

——오늘 아침 우리는 지옥에 대한 명상에서 우리의 거룩한 설립자께서 장소의 구성이라고 심령수양서에서 일컫는 바를 만들려고 노력했습니다. 즉 마음의 감각을 사용해서, 우리의 상상력 속에, 무시무시한 장소의 물질적 성격과 지옥에 있는 모든 사람들이 견디는 육체적 고통의 물질적 성격을

상상해보려고 노력했습니다. 오늘 저녁 우리는 얼마 동안 지옥에서의 정신적 고통의 본성을 생각해보겠습니다.

　—죄란 두 배의 대죄라는 걸 기억하십시오. 그것은 우리의 타락된 본성의 충동에, 저급한 본능에, 조잡하고 짐승 같은 것에 대한 저열한 동의입니다. 그리고 그것은 또한 우리의 고귀한 본성의 충고로부터, 순수하고 거룩한 모든 것으로부터, 거룩한 하느님으로부터 피해 돌아서는 일입니다. 이런 이유로 죄는 지옥에서 육체적 처벌과 정신적 처벌이란 두 가지 다른 형태로 벌을 받습니다.

　—이제 모든 정신적 고통 중에서 가장 커다란 것은 단연코 상실의 고통으로, 이것은 사실 너무나 엄청나서 그 자체로는 다른 모든 것보다 더 커다란 고통이 됩니다. 천사의 의사라고 불리는 교회의 가장 위대한 의사 성 토머스께서 말씀하시기를, 인간의 이해는 신성한 빛을 완전히 상실하였으며 인간의 애착은 하느님의 선에서 완고하게 돌아서버렸다는 점에 최악의 저주가 놓여 있다는 것입니다. 하느님은 무한히 선한 존재이며, 따라서 그런 존재의 상실은 무한히 고통스런 상실임에 틀림없다는 걸 기억하십시오. 이 세상을 살아갈 때 우리는 그런 상실이 어떤 것인지에 대해 매우 명확한 생각을 갖고 있지 않지만, 그러나 지옥의 저주받은 자들은 그들의 엄청난 고통으로 그들이 상실했던 것에 대해 충분히 이해하며, 그리고 그것을 자신들의 죄 때문에 상실하였고 그것을

영원히 상실하였다는 것을 이해하고 있습니다. 죽음의 바로 그 순간에 육체의 끈들은 끊어져 흩어지고 영혼은 즉시 하느님에게로 날아갑니다. 영혼은 자기 존재의 중심으로 향하듯이 하느님에게로 향합니다. 기억하십시오, 나의 사랑하는 작은 소년들이여, 우리는 하느님께 속해 있습니다. 우리는 그분의 것, 절대적으로 그분의 것입니다. 하느님은 신성한 사랑으로 모든 인간 영혼을 사랑하시며 모든 인간 영혼은 그 사랑 속에 살고 있습니다. 어떻게 달리 될 수가 있겠습니까? 우리가 숨쉬는 모든 호흡, 우리 뇌수의 모든 생각, 삶의 모든 순간은 하느님의 무한하신 선에서 나옵니다. 그리고 만약 어머니가 자식과 헤어지는 것, 사람이 집과 고향을 떠나 망명을 하는 것, 친구가 친구와 떨어지는 것이 고통이라고 한다면, 불쌍한 영혼이 지고의 선에서 추방당하고, 그 영혼을 무에서 존재케 명하시며 그것을 생명으로 유지시키고 그것을 무한한 사랑으로 사랑하신 우리의 사랑하는 창조자로부터 추방당하는 것이 얼마나 고통스럽고, 얼마나 괴로운 것일지를, 오, 생각하십시오. 이것은, 가장 위대하신 선, 하느님과 영원히 분리되는 것이며, 그 분리가 변할 수 없다는 걸 충분히 알고 그 분리의 아픔을 느끼는 것이며, 이것은 창조된 영혼이 상실의 고통을 참아낼 수 있는 가장 커다란 고통입니다.

　──지옥에서 저주받은 자들의 영혼을 괴롭히는 두번째 고

통은 양심의 고통입니다. 죽은 몸에서 벌레가 부패하며 생기듯이, 추락한 자들의 영혼에서도 죄의 부패에서 끝없는 후회가, 양심의 가책이, 교황 이노센트 3세가 일컫듯이, 삼지침(三枝針)의 벌레가 생겨납니다. 이 잔인한 벌레가 괴롭히는 첫번째 침은 과거 쾌락에 대한 기억이 되겠습니다. 오, 그것은 얼마나 무시무시한 기억인가! 모든 것을 삼켜버리는 불꽃의 호수에서 오만한 왕은 궁전의 화려함을 기억할 것이며, 현명하지만 사악한 자는 도서관과 연구의 기구들을, 예술적 쾌락을 사랑하는 자는 대리석과 그림과 다른 예술상의 귀중품들을, 식탁의 쾌락에 탐닉했던 자는 화려한 향연, 향연의 진미를 준비한 음식들, 귀한 포도주를, 인색한 자는 쌓인 황금을 기억할 것이며, 도둑질을 한 자는 불법으로 얻은 재산을, 화나고 복수심에 찬 무자비한 살인자는 피와 폭력의 행위로 주연을 베풀었던 일을, 불순하고 간통한 자는 기쁨을 가졌던 말로 표현할 수 없는 더러운 쾌락을 기억할 겁니다. 그들은 이 모든 것을 기억하며 자신과 그들의 죄를 혐오할 겁니다. 왜냐하면 이 모든 쾌락들은 지옥불에 수십 년이고 무한히 고통을 겪도록 저주받은 영혼들에게 너무나 비참하게 보이기 때문입니다. 지상의 찌꺼기 때문에, 몇 푼의 금전 때문에, 헛된 명예 때문에, 육체의 안락 때문에, 신경의 흥분 때문에, 천국의 기쁨을 상실하였다고 생각하면 그들은 너무나 분노하고 노여워할 겁니다. 그들은 정말로 후회할 겁니다. 그리고 이것이 양심의 벌레가 갖는 두번째 침으로 저지른 죄에 대한 때늦은 결실 없는 슬픔입니다. 신성한 정의는 그 가련한 비참한 자들의 이해가 그들이 죄의식을 갖는 그 죄에 끊임없이 집중되어야 한다고 주장하며, 더군다나, 성 어거스틴이 지적하듯이, 하느님은 그들에게 죄에 대한 그분 자신의 지식을 나누어주어 죄가 하느님 자신의 눈에 비치는 대로 죄가 그 모든 해로운 악의 속에서 그들에게 나타나게 할 겁니다. 그들은 그 모든 더러움 속에서 그들의 죄를 보고 회개하게 될 것이지만 그러나 그건 너무 늦어 그들은 게을리 했던 좋은 기회를 울며 슬퍼할 것입니다. 이것이 양심의 벌레가 갖는 마지막이자 가장 깊은 그리고 가장 잔인한 침입니다. 양심은 다음과 같이 말할 겁니다. 너는 시간과 회개할 기회가 있었지만 하지 않았도다. 너는 부모님에 의해 신앙적으로 길러졌도다. 너는 너를 도와줄 교회의 성사(聖事)와 은총과 사면이 있었도다. 너는 설교해줄, 네가 정도에서 벗어났을 때 다시 불러줄, 네가 아무리 여러 번, 아무리 혐오스런 죄를 저질렀다 하더라도, 네가 고백하고 회개만 했다면 너의 죄를 용서해줄 하느님의 사제가 있었도다. 안 돼. 너는 하려 들지 않았도다. 너는 거룩한 종교의 사제들을 비웃었고, 고해실에 등을 돌렸으며, 죄의 수렁에 더욱 깊이 깊이 빠져들었도다. 하느님이 돌아오라고 너에게 호소하고, 위협하고, 간청했도다. 오, 얼마나 부끄럽고, 얼마나 비참한고! 우주의

통치자가 진흙의 피조물인 너에게 너를 만드신 그분을 사랑하고 그분의 율법을 지키도록 간청했도다. 안 돼. 너는 하려고 들지 않았어. 그리고 네가 이제라도 울어서 눈물로 온 지옥을 넘치게 하려고 해도, 이 인간 세상에서 진정한 회개의 눈물 단 한 방울이면 너에게 얻어주었을 구원을 이제는 회개의 눈물로 온 바다를 덮어도 너는 구할 수 없을 것이도다. 너는 이제 회개를 할 수 있었던 속세의 삶의 한 순간을 한탄하지만, 소용없도다. 때는 지났도다, 영원히 지났도다.

—이것이 양심의 세번째 침으로, 지옥에 있는 비참한 자들의 바로 심장 한가운데를 파먹고 있는 독사이어서, 지옥 같은 분노로 가득 찬 그들은 자신들의 어리석음을 스스로 저주하며 그들을 그런 파멸로 끌고 간 사악한 동료들을 저주하고 이 세상에서 그들을 유혹했던 악마들을 저주하면서, 이제 그들을 조롱하고, 그들을 영원히 괴롭히고, 지고하신 존재의 선과 인내를 경멸하고 무시했던 그들이 심지어 그분을 비방하고 저주하지만, 그러나 그분의 정의와 권능을 그들은 피할 수가 없습니다.

—저주받은 자들이 종속된 정신적 고통의 다음은 확대의 고통입니다. 인간은 속세의 삶에서 많은 악을 행할 수 있지만, 이것을 한 번에 할 수는 없습니다. 왜냐하면 하나의 독이 다른 독을 자주 교정하듯이 하나의 악은 다른 악을 교정하고 방해하기 때문입니다. 그와는 반대로 지옥에선 하나의 고통

이 다른 고통을 방해하는 대신에 더 커다란 힘을 부여하며, 더군다나 내적 기관이 외적 감각보다 더 완벽한 것처럼 내적 기관이 더 고통을 받을 수 있습니다. 모든 감각이 적합한 고통으로 괴롭혀지듯이 모든 정신적 기관도 마찬가지라서, 끔찍한 이미지를 갖춘 환상, 갈망과 분노가 서로 교차하는 민감한 기관, 그 무시무시한 감옥을 지배하는 외적 암흑보다 심지어 더욱 끔찍한 내적 암흑을 지닌 마음과 이해가 됩니다. 악의는 비록 무기력하지만 이러한 악마의 영혼을 가지고 있어 무한히 경계선이 없이 확장되는 악이며, 한계가 없는 지속의 악이고, 우리가 마음속에 죄의 거대함과 죄에 대해 하느님이 갖는 미움을 담고 있지 않다면 우리가 거의 깨달을 수 없는 두려운 사악함의 상태입니다.

　──이러한 확장의 고통에 대립하여, 그러면서도 그것과 상호 병존하여, 우리는 강렬함의 고통을 갖습니다. 지옥은 악의 중심지이며, 여러분도 알다시피, 사물은 그 중심이 먼 바깥쪽 지점보다 더욱 강렬합니다. 지옥의 고통을 최소한 경감시키거나 약화시키는 형태의 어떤 정반대 물질이나 혼합물이 없습니다. 아니, 그 자체로 선한 것은 지옥에서 악한 것이 됩니다. 다른 곳에서는 괴롭힘을 받는 자에게 위안의 원천이 되는 친구들이 그곳에선 끊임없는 고통이 될 겁니다. 지성의 주요 선(善)으로 그처럼 많이 갈망되는 지식은 그곳에서 무지보다 더 심하게 미움을 받을 것이고, 창조주로부터

숲속의 가장 초라한 식물에 이르기까지 모든 창조물이 몹시
도 갈망하는 빛은 강하게 혐오를 받을 것입니다. 이 세상에
서 자연은 우리의 슬픔을 습관으로 극복하거나 또는 슬픔의
무게에 짓눌려 슬픔에 끝을 내기 때문에 우리의 슬픔은 매우
길거나 매우 크지도 않습니다. 그러나 지옥에선 고통이 습관
으로 극복될 수는 없습니다. 왜냐하면 고통들은 끔찍이도 강
하기 때문에, 그것들은 동시에 끊임없이 다양해서, 개개의
고통은, 말하자면, 다른 고통에서 불을 받아 여전히 더욱 사
나운 불길로 불을 일으키도록 다시 보태기 때문입니다. 영혼
은 악에서 유지되고 보존되어 그 고통이 더욱 클 수 있기 때
문에 자연은 이러한 강하고 다양한 고문에 굴복함으로써 이
들 고문에서 벗어날 수 없습니다. 고통의 무한한 확장, 고난
의 엄청난 강렬함, 고문의 끝이 없는 다양성 ─ 이것이 바로
죄인들에 분노한 신성한 위엄이 요구하는 바이며, 이것이 바
로 타락된 육체의 음탕한 저급스러 쾌락으로 무시되고 옆으
로 밀려난 천국의 거룩함이 요구하는 바이며, 이것이 바로
죄인들의 속죄를 위해 흘리시고 악 중에 가장 악한 자들에
의해 짓밟힌 순수한 하느님의 양의 피가 주장하는 것입니다.
　─ 그 무시무시한 곳의 모든 고문 중에 마지막 최악의 고
문은 지옥의 영원함입니다. 영원! 오, 무섭고도 끔찍한 말.
영원! 인간들이 어떻게 그걸 이해할 수 있을까요? 그리고 그
것은 고통의 영원함이라는 걸 기억하십시오. 비록 지옥의 고

통들이 현재처럼 그렇게 끔찍하지 않더라도, 그것이 영원히 지속될 운명일 것이라면 그 고통은 무한한 것입니다. 그러나 그 고통이 무한한 동안, 여러분도 알다시피, 그것은 동시에 참을 수 없이 강렬하며, 견딜 수 없이 광범위합니다. 벌레가 찌르는 것을 영원히 참는 것도 끔찍스런 고통이 될 겁니다. 그렇다면 지옥의 무수한 고문을 영원히 견딘다는 것이 어떠하겠습니까? 영원히라고! 영원히! 일 년도 아니고 한 세기도 아니고 영원히. 이 무시무시한 의미를 상상해보십시오. 여러분은 해안에서 모래를 자주 봅니다. 그 작은 알갱이가 얼마나 멋이 있습니까! 그리고 한 어린애가 장난을 하러 작은 손에 쥐는 한 움큼을 이루기 위해 그 조그만 작은 모래알이 얼마나 많이 필요합니까? 이제 모래산을 상상해보십시오. 땅에서 높고 높은 천국까지 수백 마일의 높이에, 가장 먼 곳까지 뻗치는 수백 마일의 넓이에, 두께가 수백 마일이나 되는 모래산을. 그리고 그처럼 무수한 모래알의 엄청난 더미가 숲속의 나뭇잎이나 거센 대양의 물방울이나, 새의 깃털이나, 고기의 비늘이나, 동물의 털이나, 거대한 공중의 원자만큼이나 자주 배가됩니다. 그리고 수백만 세월의 마지막에는 한 작은 새가 그 산에 가서 부리로 작은 모래 알갱이를 물어간다고 상상해보십시오. 그 새가 심지어 한 평방의 산을 옮기는 데에도 얼마나 많은 수백만 년의 세월이 걸릴 것인지, 그 새가 모든 모래 알갱이를 옮기는 데 얼마나 영구한 세월이 걸릴 것인지. 그러나 거대한 시간의 흐름이 지난 끝에도 영원의 한 순간이 끝이 났다고조차 말할 수 없습니다. 수백 년이 그리고 수억 년이 지나도 영원은 시작조차 아니 한 것입니다. 그것이 모두 옮겨진 후 산이 다시 솟아난다면 그리고 그 새가 다시 와서 그것을 다시 알갱이 하나씩 옮겨간다면, 그리고 하늘의 별처럼, 공기 속의 원자처럼, 바다의 물방울처럼, 나무의 잎사귀처럼, 새의 깃털처럼, 고기의 비늘처럼, 동물의 털처럼, 무수히 거대한 산들이 무수히 솟고 가라앉은 끝에 또다시 산이 솟고 가라앉는다 할지라도 단 한 순간의 영원도 끝이 났다고 말할 수 없을 것입니다. 그런 시기의 끝조차도, 생각만 해도 바로 머리가 어질어질한 영구한 시간이 지난 후에도, 영원은 좀처럼 시작되지 않았다고 하겠습니다.

　──어느 거룩한 성인께서(우리들의 신부님 중의 한 분이었다고 나는 믿는데) 언젠가 지옥의 영상을 허락하셨습니다. 그 분은 커다란 시계의 초침 소리 외에는 조용하고 어두운 큰 현관 한가운데에 서 있었던 것처럼 보였습니다. 째깍거리는 소리는 쉬지 않고 계속됐습니다. 그리고 이 성인께 초침 소리는 끊임없는 말의 반복인 것처럼 보였습니다. 가능·불가능; 가능·불가능. 지옥에선 가능하지만 천국에선 불가능하고, 하느님의 면전과의 차단이 가능하지만 기쁨에 넘치는 비전을 즐기는 건 불가능하고, 불꽃에 삼켜지고 해충에 파먹히

며 타오르는 막대기로 찔리는 것은 가능하지만 그러한 고통
에서 자유로운 것은 불가능하고, 양심이 꾸짖게 하고 기억이
분노케 하며 마음이 어둠과 절망으로 채우게 하는 것은 가능
하지만 피하는 건 불가능하고, 악마에 농락당한 인간들의 비
참함을 악마답게 조롱하는 사악한 악마들을 저주하고 비방
하는 것은 가능하지만 축복받은 영혼의 빛나는 옷을 바라보
기는 불가능하고, 불의 심연에서 그런 무시무시한 고통에서
한 순간, 단 한 순간만 유예받아 하느님께 외치기는 가능하
지만 하느님의 용서를 일순간이라도 받기는 불가능하고, 고
통을 받는 것은 가능하지만 즐기기는 불가능하고, 저주받기
는 가능하나 구원받기는 불가능하고, 가능 · 불가능 · 가능 ·
불가능. 오, 얼마나 끔찍스런 벌인가! 한 줄기 희망도 없이,
한 순간의 중지도 없이, 무한한 고통의 영원함, 무한한 육체
적 그리고 정신적 고통의 영원함, 범위에서 끝이 없는, 강렬
함에서 끝이 없는 고통의 영원함, 무한히 지속되는, 무한히
다양한 고통의 영원함, 그것이 영원히 삼키는 것을 영원히
유지시키는 고통의 영원함, 육체에 고통을 주지만 정신을 영
생토록 먹이로 삼는 고통의 영원함, 그 영원의 매순간 자체
가 영원이고, 그 영원은 비애의 영원함입니다. 그런 것이 이
세상의 죄를 저지르고 죽은 사람들에게 전능하시고 의로우
신 하느님께서 선포하신 끔찍한 징벌입니다.

　　―그렇습니다, 의로우신 하느님! 항상 인간으로서 추론

하는 인간은 하느님께서 단 하나의 한탄할 죄로 인해 지옥의 불길 속에서 영원히 끝없는 징벌을 내리셨다는 데에 깜짝 놀라워합니다. 그들은 육체의 야비스런 환상과 인간 이성의 어두움에 눈이 멀어, 인간 죄의 사악한 악의를 이해할 수 없기 때문에 잘못 판단합니다. 가벼운 죄조차도 그처럼 더럽고 사악한 본성을 갖고 있다는 것을 이해할 수 없어서, 그리고 전지전능한 창조자께서 단 하나의 가벼운 죄를, 거짓말을, 성난 눈초리를, 한 순간의 고의적인 태만을 벌받지 않고 지나치도록 허용할 수 있다는 조건하에서 그분께서 모든 악과 불행을 세계에서, 전쟁에서, 병에서, 도적질에서, 범죄에서, 죽음에서, 살인에서 없앨 수 있어도, 생각이나 행위에서 죄는 그분의 법을 어기는 것이고 그리고 그가 어긴 죄를 징벌하지 않으면 하느님은 하느님이 아니시기 때문에, 그분, 위대하신 전지전능한 하느님께서는 그렇게 할 수가 없다는 것을 이해할 수 없어서 그들은 잘못 판단합니다.

　──죄는 지성의 반항적 오만의 순간으로 악마와 천사 무리들의 삼분지 일 가량이 그들의 영광에서 추락하도록 이끌었습니다. 죄는 일순간의 어리석음과 나약함으로 아담과 이브를 에덴 동산에서 몰아냈으며 세상에 죽음과 고통을 가져왔습니다. 그러한 죄의 결과를 되돌리기 위해서 하느님의 유일자께서 이 땅에 내려오셔서, 살다가 고난을 받으시고, 십자가에 세 시간 동안 매달리시다 가장 고통스런 죽음을 맞이

하셨습니다.

　──오, 예수 그리스도 안에서 나의 사랑하는 형제들이여, 그러면 우리들은 선하신 구세주를 화나게 만들며 그분의 분노를 일으키게 만들렵니까? 우리는 다시금 그 찢어지고 상처난 유해를 짓밟으렵니까? 우리는 슬픔과 사랑에 가득 찬 그 얼굴에 침을 뱉으렵니까? 잔혹한 유태인과 야만스런 병정들처럼 무시무시한 슬픔의 포도주 틀[21]을 우리를 위해 홀로 밟으셨던 그 인자하시고 자비로우신 구세주를 우리도 또한 조롱하렵니까? 죄가 되는 모든 말은 그분의 부드러운 옆구리에 주는 상처입니다. 죄스런 모든 행동은 그분의 머리를 찌르는 가시입니다. 계획적으로 짜낸 순결하지 못한 모든 생각은 그 성스럽고 사랑스런 심장을 가로찌르는 날카로운 창입니다. 안 됩니다, 안 돼. 어떤 인간도 신성한 위엄에 그처럼 깊이 상처를 주는 일을, 영원한 고통으로 벌받을 일을, 하느님의 아들을 다시 십자가에 못박아 그분을 조롱하는 일을 하는 것은 안 됩니다.

　──나의 빈약한 말들이 오늘 은총의 상태에 있는 자들을 거룩함으로 확인시키는 데, 흔들리는 자들을 강건하게 만드는 데, 길에서 벗어난 불쌍한 영혼을, 여러분 중에 만약 그런 사람이 있다면, 은총의 상태로 다시 되돌리게 하는 데 도움

---

21) 슬픔의 포도주 틀: 「이사야」 63장 3절 참조.

이 되었기를 나는 하느님께 기도합니다. 우리가 우리의 죄를 회개하도록 나는 하느님께 기도드리고, 여러분도 나와 함께 기도를 드립시다. 이제 여러분 모두가 이 겸허한 성당 이곳에서 하느님 면전에 무릎을 꿇고, 나를 따라 참회의 기도문을 따라하도록 합시다. 그분은 고통받는 자들을 위로할 준비가 되어, 인류에 대한 사랑으로 타오르는 감실 저곳에 계십니다. 두려워 마십시오. 아무리 여러 번, 아무리 더러운 죄를 저질렀어도, 여러분이 회개만 한다면, 그 죄는 용서받게 될 겁니다. 세상의 부끄러움으로 여러분을 뒤로 물러서게 하지 마십시오. 하느님은 여전히 자비로우신 주님이시어 죄인들의 영원한 죽음을 원하지 않으시고 죄인이 회개하여 살기를 원합니다.

　──그분은 여러분을 다 그에게로 부르십니다. 여러분은 그분의 자녀입니다. 그분은 여러분을 무에서 만드셨습니다. 오직 하느님만이 하실 수 있는 사랑을 여러분께 주셨습니다. 비록 여러분이 그분께 죄를 지질렀어도 그분은 여러분을 맞으러 두 팔을 벌리고 계십니다. 불쌍한 죄인이여, 그분께 나오라, 불쌍하고 헛되이 잘못을 저지른 죄인이여. 지금이 은혜의 때[22]이니라. 지금이 바로 그 시간이로다.

　사제는 일어서서 제단을 향해 돌아서며 어둠이 내려앉은

---

22) 「이사야」 49장 8절 참조.

감실 앞 층계에 무릎을 끓었다. 그는 성당의 모든 사람들이
무릎을 끓고 조그만 소리도 모두 잠잠해질 때까지 기다렸다.
그러자 고개를 들고, 그는 참회의 기도문을 구절 하나씩 열
렬히 반복했다. 아이들도 구절마다 일일이 응답했다. 스티븐
은 입천장에 혀가 갈라진 채, 머리를 숙이고 온 마음을 다해
기도드렸다.

—오 나의 하느님!—
—오 나의 하느님!—
—저는 진정으로 사죄하나이다—
—저는 진정으로 사죄하나이다—
—당신의 마음을 아프게 한 것을—
—당신의 마음을 아프게 한 것을—
—그리고 저의 죄를 증오하나이다—
—그리고 저의 죄를 증오하나이다—
—다른 모든 악보다—
—다른 모든 악보다—
—그것이 당신을 슬프게 하였기에, 나의 하느님—
—그것이 당신을 슬프게 하였기에, 나의 하느님—
—나의 모든 사랑을—
—나의 모든 사랑을—
—받으시기에 합당하신 당신이시기에—

—받으시기에 합당하신 당신이시기에—

—그리고 저는 단호히 결심하였나이다—

—그리고 저는 단호히 결심하였나이다—

—당신의 거룩한 은총으로—

—당신의 거룩한 은총으로—

—다시는 당신의 마음을 아프지 않게 할 것을—

—다시는 당신의 마음을 아프지 않게 할 것을—

—그리고 나의 삶을 고칠 것을—

—그리고 나의 삶을 고칠 것을—

＊　　＊　　＊

그는 저녁 식사 후 그의 영혼과 홀로 있기 위하여 자기 방으로 올라갔다. 그리고 발걸음마다 그의 영혼은 한숨을 쉬는 듯했고, 발걸음마다 그의 영혼은 발과 함께 오르면서 한숨을 쉬며 끈적이는 어둠의 지역을 지나 올라갔다.

그는 문 앞의 층계참에서 멈췄다. 그리고 자기로 만든 손잡이를 잡으며 문을 급히 열었다. 그의 영혼은 내부에서 갈망하며, 그가 문지방을 넘을 때 죽음이 그의 이마를 건드리지 않기를 조용히 기도하며, 어둠에 거주하는 악마에게 그를 능가하는 힘이 주어지지 않기를 조용히 기도하며, 그는 두려움 속에서 기다렸다. 그는 어떤 어두운 동굴의 입구에 서 있는 것처럼 문지방에서 여전히 기다렸다. 얼굴이 거기에 있었다. 눈이. 그들은 기다리며 지켜보고 있었다.

——우리는 물론 너무나 잘 알고 있었어. 비록 죄악이 어차피 세상에 밝혀지게 되어 있다 할지라도, 영적 절대자를 확신시키려는 노력을 하도록 스스로를 유도하게 하는 데 그가 상당한 어려움을 발견하리라는 것을. 그래서 우리는 물론 그걸 너무나 잘 알고 있었어……

속삭이는 얼굴들이 기다리며 지켜보고 있었다. 속삭여대는 목소리가 동굴의 어두운 내부를 채우고 있었다. 그의 정신과 육체 모두 강렬한 공포를 느꼈으나, 그는 머리를 용감히 들고, 마음을 단단히 먹으며 방으로 걸어들어갔다. 문간, 방, 똑같은 방, 똑같은 창문. 어둠으로부터 중얼거리며 솟아나는 것처럼 보이는 이러한 말들은 절대적으로 아무 의미가 없는 것들이라고 스스로에게 조용히 타일렀다. 그것은 단지 문을 열어놓은 방에 지나지 않는다고 스스로에게 말했다.

그는 문을 닫았다. 그리고 재빨리 침대로 걸어가, 그 옆에 무릎을 꿇고 두 손으로 얼굴을 감쌌다. 그의 손은 차가웠고 축축했으며 그의 사지는 냉기로 쑤셨다. 육체상의 불안과 냉기와 그리고 피로가 그를 엄습해서 그는 생각을 할 수 없었다. 왜 그는 저녁 기도를 드리며 어린애처럼 그곳에 무릎을 꿇고 있는가? 그의 영혼과 홀로 있기 위해, 그의 양심을 검토하기 위해, 정면으로 그의 죄와 맞부딪치기 위해, 그들의 때와 방법과 환경을 되새겨보기 위해, 그것들을 한탄하기 위해. 그는 눈물을 흘릴 수 없었다. 그는 그것들을 그의 기억으로 되살릴 수 없었다. 그는 지쳐 마비되어, 오직 영혼과 몸의, 온 존재의, 기억의, 의지의, 이해의, 그리고 육체의 고통만을 느꼈다.

비겁한 그리고 죄악에 타락된 육체의 입구에서 그를 공격하며, 그의 생각을 흐트러뜨리고 그의 양심을 흐리게 하는 것은 악마의 농간이었다. 그리고 그의 심약함을 용서해달라고 부끄러워하며 하느님께 기도드리고 그는 침대로 기어올라가, 이불로 그를 꼭 감싸며 얼굴을 양손에 다시 파묻었다. 그는 죄를 저질렀던 것이다. 그는 천국에 등을 지고 하느님 면전에서 너무도 깊이 죄를 저질렀기에 그는 하느님의 자식이라고 불릴 가치도 없었다.

스티븐 디덜러스, 그가 그러한 것들을 범했다는 게 있을 수 있었는가? 그의 양심이 대답으로 한숨을 쉬었다. 그래, 그는 은밀히, 불결하게, 여러 번 그것들을 저질렀으며, 그리고 뻔뻔스럽게도 죄로 가득 차 마음이 굳어진 채, 그의 내부 영혼은 살아 있는 타락의 덩어리이면서도 그는 감히 감실 앞에서 성스러움의 가면을 쓰고자 했었던 것이다. 하느님이 그를 죽음으로 내리치지 않았다니 어쩐 일일까? 문둥병 같은 그의 죄덩어리가 그 주위를 에워싸고, 사방에서 그를 굽어보며 그에게 입김을 불어넣고 있었다. 그는 사지를 더욱 꼭 오

그리며 눈을 내리감고 기도의 행위로 이들 죄를 잊으려고 발버둥쳤지만, 그러나 영혼의 감각은 묶여 있지 않으려고 해서, 그의 두 눈은 비록 꼭 닫혀 있어도 그가 죄지은 곳을 보았고, 비록 그의 두 귀를 꽉 막아도 그는 들었던 것이다. 그는 온갖 의지로 듣지 않고 보지 않기를 갈망했다. 갈망의 긴장 탓으로 그의 몸체가 덜덜 떨릴 때까지, 그리고 영혼의 감각이 닫힐 때까지 그는 갈망하였다. 그것들은 잠시 닫혔지만 이내 열렸다. 그는 보았다.

뻣뻣한 잡초와 엉겅퀴 그리고 잔디가 덮인 쐐기풀 다발의 들판. 무성하고 뻣뻣하게 자란 잡초 사이에 빽빽히 찌그러진 깡통과 똥덩어리 그리고 사리를 튼 딴딴한 배설물이 널려 있었다. 습지의 희미한 빛이 온갖 오물에서 위쪽으로 빳빳이 곤두선 회초록빛의 잡초 틈을 비집으며 비쳤다. 빛처럼 희미하고 더러운 사악한 냄새가 깡통에서 그리고 메말라 부서진 썩은 똥으로부터 천천히 위로 휘돌며 올라왔다.

동물들이 들판에 있었다. 하나, 셋, 여섯. 동물들이 들판에서 이곳저곳으로 움직이고 있었다. 뿔 달린 이마에, 탄성고무 같은 회색빛의 수염을 가볍게 달고, 인간 얼굴 모양의 염소 같은 동물들. 그것들이 뒤에 달린 긴 꼬리를 질질 끌며 이리저리 움직일 때, 단단한 눈에서 악의가 번뜩였다. 잔인한 악의를 띤 입이 말라빠진 늙은 얼굴을 음침하게 밝히었다. 어느 한 동물은 늑골을 찢어진 플란넬 외투로 꼭 죄고 있었

으며, 다른 한 동물은 수염이 잔디 덮인 잡초에 걸려 있어 단
조롭게 불평을 털어놓고 있었다. 그들이 들판을 빙글빙글 맴
돌며 천천히 원을 그려 돌면서, 이곳저곳 잡초 사이를 감돌
면서, 그리고 덜거덕거리는 양철통 사이로 긴 꼬리를 끌며
다닐 때, 달콤한 말이 그들의 메마른 입술에서 터져나왔다.
그들은 느리게 원을 그리며 움직이다가, 점점 가까이 원을
그리며 에워싸고, 에워싸고, 달콤한 말이 입술에서 터져나오
면서, 빙 도는 긴 꼬리를 썩은 똥에 묻히며, 무시무시한 얼굴
을 위로 밀어제쳤다……

구해줘요!

그는 미친 듯이 이불을 벗어던져 얼굴과 목을 자유롭게 만
들었다. 그것이 그의 지옥이었다. 하느님은 그의 죄를 위해
남겨논 지옥을 그가 보도록 허용했었다. 고약한 냄새에, 짐
승 같고, 악의에 찬, 음탕한 염소 같은 악마의 지옥. 그를 위
해! 그를 위해!

그는 침대에서 벌떡 일어났다. 악취가 목구멍을 타고 쏟아
져나오며 그의 창자를 메워 뒤집어놓고 있었다. 공기를! 천
상의 공기를! 그는 신음하며 메스꺼움에 거의 기절할 듯 비
틀거리며 창문으로 걸어갔다. 세면대에서 내부의 경련이 그
를 휘감아, 그는 싸늘한 앞이마를 거칠게 꼭 잡으며 괴로워
하면서 심하게 토했다.

발작이 소진되자 그는 맥없이 창문으로 걸어가 창살을 들

어올리고, 창벽의 한 귀퉁이에 앉아 창턱에 팔꿈치를 기댔다. 비는 이미 멈추었고, 이곳저곳에 빛이 내리쪼이며 피어오르는 아지랑이 사이로 매끈한 고치 모양의 누르스름한 안개가 도시의 주위에 감돌고 있었다. 천국은 고요하고 어렴풋이 빛나고 있었으며, 대기는 소낙비로 푹 젖은 숲속에서처럼 숨을 들이쉬기에 감미로웠다. 그리고 평화와 가물거리는 빛과 조용한 향기 속에서 그는 진정으로 맹세했다.

그는 기도했다.

—그분께서는 천상의 영광으로 지상에 내려오기를 한번 뜻했지만 그러나 우리는 죄를 범했습니다. 그리고 그때 그분께서는 안전히 우리를 방문할 수 없어, 그분은 하느님이시기에, 존엄성을 가리시고 빛을 흐리게 한 후 찾아오셨습니다. 그래서 그분은 권력으로서가 아니라 연약한 채 직접 오셨으며, 그리고 그분은 그분 대신에 창조물인 당신을 우리의 상태에 알맞는 창조물의 아름다움과 광채와 함께 보내셨습니다. 그리고 이제 당신의 그 얼굴과 형체는, 귀한 어머니시여, 우리에게 영원에 대해 말씀해주시고, 바라보기에 위험한 세속적 미가 아니고 당신의 상징인 밝고 음악처럼 낭랑한 새벽별같이 순수를 들이마시며, 천국과 불어넣어주시는 평화에 대해 말씀하셨습니다. 오, 낮의 선구자이시여! 오, 순교자의 빛이시여! 당신께서 이끄셨던 것처럼 우리를 여전히 인도하

시옵소서. 어두운 밤에는 황량한 황야를 건너 우리를 우리의 구세주 예수님께 이끄사, 우리를 고향으로 인도하소서.[23]

그의 두 눈은 눈물로 흐려졌고, 겸손히 천국을 바라보며, 그는 잃어버린 순수를 안타까워하며 울었다.

저녁이 되자 그는 집을 떠났고, 축축한 어두운 대기와 문이 닫히면서 문밖의 소음을 처음 접하자 그의 기도와 눈물로 누그러졌던 그의 양심을 다시금 아프게 했다. 고해성사를 해야지! 고해성사를! 양심을 눈물과 기도로 달래는 것만으론 충분치 않아. 성령의 사제 앞에 무릎을 꿇고 감추었던 죄악들을 진실되게 그리고 회개하며 고백해야만 해. 들어가도록 문이 열릴 때 문간의 발판에서 나는 소리를 문지방 너머 듣기 전에, 부엌의 식탁에 저녁이 차려지는 것을 다시 보기 전에 무릎을 꿇고 고해를 하겠어. 그것은 아주 간단해.

양심의 고통은 멈췄고 그는 재빨리 어두운 거리를 따라 앞으로 걸어나갔다. 그 거리의 보도에는 너무도 많은 판석이, 그 거리에는 너무도 많은 거리가, 그리고 세상에는 너무도 많은 도시가 널려 있었다. 그러나 영원은 끝이 없었다. 그는 치명적인 죄에 빠져 있었다. 아무리 한 번이었다 해도 치명적인 죄가 될 수 있었다. 그것은 일순간에 일어날 수 있었다.

---

23) 헨리 뉴먼의 「마리아의 영광」에서 인용한 구절임.

그러나 어떻게 그리 빨리 일어날 수가? 봄으로써 아니면 본다고 생각함으로써. 눈이란 먼저 보기를 원하지 않았어도 사물을 보게 된다. 그러면 일순간에 그런 일은 발생하는 것이다. 그러나 육체의 그 부분이 이해한다는 말인가, 아니 이해한다면 무엇을? 그것은 뱀이야, 들판의 가장 음흉한 짐승. 그것이 일순간 갈망할 때 그것은 이해할 것임에 틀림없어. 그리고 그때 순간순간마다 죄악으로 넘치며 자신의 욕망을 연장해가지. 그것은 느끼고 이해하며 갈망하지. 얼마나 끔찍한 일인가! 육체의 짐승 같은 부분이 짐승처럼 이해하고 짐승처럼 갈망할 수 있도록 누가 그렇게 만들었을까? 그러면 그것은 그 자신인가 아니면 자신의 영혼보다 한층 낮은 영혼에 의해 움직이는 비인간적 물체인가? 그의 삶의 부드러운 정수로부터 스스로를 먹여 키워 욕정의 점액을 살찌우는 둔감하고 교활한 삶에 대한 생각에 그의 영혼은 메스꺼웠다. 오, 왜 그러할까? 오, 왜?

그는 모든 사물과 모든 인간을 창조하신 하느님에 대한 경외심으로 스스로를 비하하며, 사고의 그림자 속에서 몸을 움츠렸다. 미친 거야. 누가 그런 사고를 생각할 수 있었을까? 그리고, 암흑 속에서 몸을 움츠리며 비참하여, 그의 수호천사께서 뇌수에 속삭이는 악마를 단검으로 몰아내주기를 그는 말없이 기도했다.

속삭임은 멈추었으며, 그때 그는 자신의 영혼이 사고와 말

과 행동에서 그의 육체를 통해 고의적으로 죄를 범했다는 걸
명확히 알았다. 고백해야지! 그는 모든 죄를 고백해야만 했
다. 그가 행한 일을 어떻게 말로써 신부에게 말할 수 있을
까? 해야만 돼, 반드시. 어떻게 죽고 싶은 수치심도 없이 설
명할 수 있을까? 어떻게 부끄러워하지도 않고 그런 일을 행
할 수 있었을까? 미쳤어, 끔찍스럽도록 미쳤어! 고백해야
돼! 오 정말로 다시 자유롭고 죄에서 벗어나게 될 거야! 아
마도 신부님은 아실 거야. 오 사랑하는 하느님!

그는 제대로 불이 켜 있지 않은 거리를 지나, 그를 기다리
고 있는 일에서 움츠리는 것으로 보일까봐 잠시도 가만히 서
있기를 두려워하며, 아직도 돌아서 도망가려는 갈망에 이끌
릴까봐 두려워하며, 계속 걸어갔다. 하느님이 사랑으로 한
영혼을 바라볼 때 은총의 상태에 있는 그 영혼은 얼마나 아
름다울까!

단정치 못한 소녀들이 보도에 바구니를 앞에 두고 앉아 있
었다. 그들의 우중충한 머리털이 이미 위에 흘러내렸다. 그
들은 마치 진흙탕에 웅크리고 있는 것처럼 예쁘게 보이지 않
았다. 그러니 그들의 영혼은 하느님이 보고 있으며, 그리고
만약 그들의 영혼이 은총의 상태에 있으면 그들은 광채가 나
도록 보일 거며, 하느님도 그들을 사랑하사 그들을 보실 거
다.

고갈시키는 수치심의 바람이 그의 영혼에 황량하게 불어

와 얼마나 그가 추락했는지를 생각하게 했으며, 하느님께 그들의 영혼이 그의 영혼보다 훨씬 값지다고 느끼게 했다. 바람은 불어와 그를 휘덮고 다른 수많은 영혼들에게로 지나쳤으며, 이 수많은 영혼들에게 하느님의 총애가 때로는 많이 때로는 적게 비추며, 별들도 때로는 밝게 때로는 흐리게 지속되고 또한 수그러들었다. 그리고 명멸하는 영혼은 사라졌다가, 지속되다가, 수그러들면서 움직이는 바람에 통합되었다. 하나의 영혼, 하나의 조그만 영혼, 그의 영혼이 떨어진 것이다. 그것은 한번 반짝이다 벗어나, 잊혀지고, 사라진 것이다. 종말, 그것은 암흑의 싸늘한 텅 빈 소멸.

장소에 대한 의식이 불 꺼진, 무감각의, 생명 없는 시간의 거대한 궤도를 타고 그에게 천천히 되돌아 밀려왔다. 초라한 장면이 그의 주위를 둘러쌌다. 평범한 발음, 상점의 타오르는 가스불, 생선과 술과 젖은 톱밥들의 냄새, 왔다갔다하는 남녀들. 어느 노파 한 분이 기름통을 손에 쥐고 길거리를 건너고 있었다. 그는 허리를 굽혀 근처에 성당이 있냐고 물었다.

—성당 말이오? 그럼요. 처치 스트리트 성당이 있죠.

—처치 스트리트라고요?

그녀는 통을 다른 손에 옮기고 그에게 방향을 가리켰다. 그리고 그녀가 숄의 가장자리 밑에서 악취 나는 말라빠진 오른손을 꺼냈을 때, 그녀의 목소리로 슬퍼지면서도 위안을 받으며 그는 더 낮게 허리를 굽혔다.

—고맙습니다.

—천만에요, 나리.

높은 제단 위의 촛불은 꺼져 있었지만 향의 향기는 아직도 희미한 본당 아래쪽으로 떠돌고 있었다. 경건한 얼굴의 수염 달린 인부들이 옆문을 통해 성당 밖으로 나가고 있었으며, 성당지기는 조용한 손짓과 말로 이들을 도와주고 있었다. 많은 신도들이 아직도 머뭇거리며, 옆쪽 제단 앞에서 기도를 드리거나 고해소 근처의 긴 의자에서 무릎 꿇고 있었다. 성당의 평화스러움과 정적 그리고 향내 나는 어둠을 다행으로 생각하며, 그는 소심하게 다가가서 본당의 제일 뒷좌석에 무릎을 꿇었다. 무릎을 꿇은 나무판자는 좁고 닳아빠졌으며, 그의 옆에 무릎을 꿇고 있는 사람들은 예수를 따르는 겸손한 사람들이었다. 예수도 가난하게 태어났었고 목수집에서 나무판자를 자르고 내패질을 하며 일을 했었다. 그리고 가난한 어부들에게 처음으로 하느님의 나라를 말해주면서, 모든 사람들에게 마음이 온화하며 겸손하라고 가르치셨다.

그는 머리를 숙여 양손에 묻고, 마음이 온유하며 겸손해서 그 옆에 무릎 꿇은 사람들처럼 될 수 있기를, 그리고 그의 기도가 그들의 기도처럼 받아들여질 수 있기를 간청했다. 그는 그들 곁에서 기도를 드렸지만 어려웠다. 그의 영혼은 죄로 더러워져서, 하느님의 신비스런 방식으로 예수께서 먼저 하느님 곁으로 불렀던 사람들, 천한 직업을 갖고 나무를 다듬으며 모양새를 만드는, 인내로써 어망을 수선하는, 목수들, 어부들, 가난하고 소박한 사람들, 이들의 소박한 믿음으로 감히 용서를 청하지 못했다.

키가 큰 한 사람이 복도를 따라 내려오자 고해자들 사이에 움직임이 일어났다. 마지막 순간에 그가 재빨리 위를 힐끔 바라보았을 때 그는 긴 회색의 수염과 갈색의 의복을 입은 수도사를 보았다. 신부는 고해실로 들어가 보이지 않았다. 두 명의 고해자가 일어나 고해실의 양옆으로 들어갔다. 나무로 만든 문이 닫히고 희미한 중얼거리는 소리가 정적을 어지럽혔다.

마치 죄 많은 도시가 최후의 심판을 듣기 위해 잠에서 깨어나 설렁거리듯이, 그의 피는 혈관에서 졸졸 소리를 내기 시작했다. 작은 불똥들이 흩어지고 잿가루가 가볍게 떨어져 인간의 집에 내려앉았다. 인간들은 잠에서 깨어 뜨거운 대기에 허둥대며 소용돌이가 일었다.

문이 삐끗 열렸다. 고해자가 고해실 옆에서 몸을 드러냈다. 문이 좀더 열렸다. 앞의 고해자가 무릎을 꿇었던 곳으로 한 여인이 조용히 솜씨 좋게 들어갔다. 희미하게 들리는 중얼거림이 다시 시작됐다.

그는 아직도 성당을 떠날 수 있었다. 일어서서 한 발을 내디디고 잠잠히 걸어나간 후 이제 재빠르게 어두운 거리를 달리고, 달려, 빠져나갈 수 있었다. 그는 여전히 치욕에서 도망갈 수 있었다. 그것이 하느님에 대한 죄가 아니고 그저 끔찍한 범죄였다면! 그것이 차라리 살해의 범죄였다면! 작은 불꽃들이, 치욕스런 사고와 치욕스런 말과 그리고 치욕스런 행동들이 떨어져 사방에서 그를 자극했다. 멋지게 빛나는 재가 끊임없이 떨어지듯이 치욕이 그를 완전히 덮어버렸다. 그것을 말로 해야 하다니! 그의 영혼은 질식되고 무기력해져 존재하기를 멈추리라.

문이 삐끗 열렸다. 고해실의 깊은 안쪽에서 고해자 한 명이 옆으로 나타났다. 문이 더욱 열렸다. 다른 고해자가 나왔던 곳으로 한 고해자가 들어갔다. 가냘픈 속삭임이 고해실에서 수증기가 모인 작은 구름 속에 떠다녔다. 그것은 여자였다. 가냘프게 속삭이는 작은 구름, 부드럽게 속삭이는 수증기, 속삭이며 사라지고 있었다.

그는 나무 팔걸이 넓개 밑으로 겸손하게, 은밀히 가슴을 주먹으로 쳤다. 그는 다른 사람들과 그리고 하느님과 하나가 될 거야. 그는 이웃을 사랑하게 될 거야. 그를 창조하고 사랑하는 하느님을 사랑하게 될 거야. 무릎을 꿇고 다른 사람들과 함께 기도하여 행복해질 거야. 하느님이 그와 그들을 내려다보며 그들 모두를 사랑하실 거야.

선해지는 것은 쉬운 일이야. 하느님의 멍에는 달고 가벼워. 결코 죄를 짓지 않는 것이, 항상 어린이로 남아 있는 것이 훨씬 나아. 왜냐하면 하느님은 어린아이들을 사랑하고 그들이 하느님께 오도록 애쓰시지. 죄를 짓는 것은 끔찍스럽고 슬픈 일이야. 그러나 하느님은 진실되게 후회하는 불쌍한 죄인들에겐 자비로우셔. 정말로 그러시지! 그거야말로 진정 선이야.

문이 갑자기 삐끗 열렸다. 고해자가 나왔다. 그의 차례였다. 그는 두려워하며 일어서 눈앞이 캄캄한 채 고해실로 걸어갔다.

마침내 때가 왔다. 그는 조용한 어둠 속에서 무릎을 꿇고 눈을 들어 머리 위 공중에 매달린 하얀 십자가를 쳐다보았다. 내가 후회하고 있는 걸 하느님은 보실 수 있으실 거야. 모든 죄를 말하겠어. 네 고해는 길고도 길 거야. 그러면 성당에 있는 모든 사람들에게 내가 어떤 죄인이었는지를 알게 하겠어. 그들이 알게 할 거야. 그것은 진실이니까. 그러나 내가 뉘우친다면 하느님은 용서하겠다고 약속했어. 후회하고 있어. 그는 손을 깍지끼고 하얀 형체를 향해 들어올리며, 그의 어두워진 눈으로 기도를 드리며, 그의 떨리는 온몸으로 기도를 드리며, 추락한 짐승처럼 머리를 이리저리 흔들며, 흐느끼는 입술로 기도를 드렸다.

—죄송합니다! 죄송합니다! 오 죄송합니다!

문이 뒤쪽에서 딸깍거리자 그의 심장이 가슴에서 두근거렸다. 나이 든 신부의 얼굴이 창상에 나타나, 그를 외면한 채

한 손에 기댔다. 그는 십자가를 긋고, 그가 죄를 지었으니 신부님께서 하느님께 은총을 빌어달라고 기도했다. 그런 다음 고개를 숙이고 그는 두려워하며 「고해 기도문」을 반복했다. '나의 가장 쓰라린 잘못' 이란 말에서 그는 헐떡이며 멈췄다.

——마지막 고해성사를 한 지 얼마나 되었습니까, 나의 어린 형제여?

——오래되었습니다, 신부님.

——한 달, 나의 어린 형제여?

——더 됐습니다, 신부님.

——세 달, 나의 어린 형제여?

——더 오래 전입니다, 신부님.

——여섯 달?

——여덟 달 전입니다, 신부님.

그는 시작했다. 신부는 물었다.

——그러면 그 이후로 무엇을 기억합니까?

그는 그의 죄를 고백하기 시작했다. 미사를 빼먹은 점, 기도를 드리지 않은 점, 거짓말.

——그 밖에 또 무엇이 있습니까, 나의 어린 형제여?

분노의 죄, 다른 사람을 시기한 죄, 딤식·허영·불복종의 죄들이 있습니다.

——그 밖에 무엇이 있습니까, 나의 어린 형제여?

——태만입니다.

─그 밖에 또 무엇이 있습니까, 나의 어린 형제여?

더 이상 어쩔 수 없었다. 그는 더듬거렸다,

─저는…… 불결의 죄를 범했습니다, 신부님.

신부는 고개를 돌리지 않았다.

─홀로 범했습니까, 나의 어린 형제여?

─저는…… 다른 사람과……

─여자와 같이 범했습니까, 나의 어린 형제여?

─예, 신부님.

─결혼한 여자입니까, 나의 어린 형제여?

그는 알지 못했다. 그의 죄가 입술에서 하나씩 새어나왔다. 악의 더러운 조류가 치욕스런 물방울로 그의 영혼에서 상처처럼 곪아 새면서 방울방울 떨어졌다. 마지막 죄가 서서히, 불결하게 새어나왔다. 더 이상 말할 것이 없었다. 압도되어 그는 머리를 숙였다.

신부는 잠잠했다. 그때 신부가 물었다.

─당신은 몇 살입니까, 나의 어린 형제여?

─열여섯입니다, 신부님.

신부는 그의 손으로 얼굴을 여러 번 쓰다듬었다. 그리고 앞이마를 손에 얹으며, 그는 창살을 향해 기댔고, 여전히 시선을 피하며 천천히 말했다. 그의 목소리는 지치고 나이 든 것 같았다.

─당신은 아주 어린 나이입니다, 나의 어린 형제여, 그가

250

말했다. 그러므로 그 죄를 그만두도록 당신께 간청합니다.
그것은 치명적인 죄입니다. 그것은 육체를 죽이며 그리고 그
것은 영혼을 죽입니다. 그것은 많은 범죄와 불행의 원인입니
다. 주님을 위해 그것을 끊으십시오, 나의 어린 형제여. 그것
은 불명예스럽고 남자답지 못한 것입니다. 그 비참한 습관이
당신을 어디로 이끌지 또는 어디에서 나타날지 당신은 알 수
없습니다. 당신이 그 죄를 저지르는 한, 나의 불쌍한 어린 형
제여, 당신은 하느님께 한치도 가까이 할 가치가 결코 없을
것입니다. 우리의 어머니 마리아께서 당신을 돕도록 기도합
시다. 마리아께서는 당신을 도울 겁니다, 나의 어린 형제여.
그 죄가 머리에 떠오를 때는 우리의 성모님께 기도합시다.
확신컨대 당신은 그렇게 하겠지요? 당신은 그 모든 죄를 회
개하고 있습니다. 당신이 회개한다고 나는 확신합니다. 하느
님의 성스러운 은총으로 더 이상 그러한 사악한 죄로 하느님
을 결코 화나게 하지 않기를 이제 당신은 하느님께 약속합니
다. 당신은 하느님께 엄숙한 약속을 하겠습니까?
　──예, 신부님.
　나이 든, 지친 목소리는 그의 떨며 바싹 타오르는 심장 위
에 단비처럼 내렸다. 얼마나 달고 슬픈가!
　──약속을 하십시오, 나의 불쌍한 어린 형제여. 악마가 당
신을 타락시켰던 것입니다. 악마를 다시 지옥으로 되돌려보
내어 악마가 당신을 유혹하여 그런 식으로 당신의 육체를 부

끄럽게 하지 않도록 하십시오. 그는 우리의 주님을 미워하는 사악한 악마입니다. 당신이 그 죄를, 그 비참하고 비참한 죄를 두 번 다시 않겠다고 이제 하느님께 약속하십시오.

그의 눈물과 하느님의 자비로운 빛에 앞이 깜깜한 채, 그는 머리를 숙였고 사면의 엄숙한 말이 떨어지는 것을 들었고, 또한 용서의 표시로 신부의 손이 그의 머리 위로 올려지는 것을 보았다.

─하느님께서 당신을 축복하십니다, 나의 어린 형제여. 기도하십시오.

그는 무릎을 꿇고, 어두운 본당의 구석에서 기도하며 참회를 하였다. 그리고 그의 기도는, 마치 흰 장미의 심장부에서 위로 올라오는 향기처럼, 그의 정화된 가슴에서 하늘로 올라갔다.

진흙탕의 거리도 흥겹게 느껴졌다. 그는 집을 향해 큰 걸음으로 걸으며, 보이지 않는 은총이 사방에 퍼져 있어 그의 사지를 가볍게 만드는 것을 의식하였다. 그가 그것을 저질렀음에도 불구하고. 그는 고백했고 하느님은 그를 용서하셨다. 그의 영혼은 다시 한번 아름답고 성스럽게, 성스럽고 행복하게 되었다.

하느님의 뜻이라면 죽어도 아름다우리라. 하느님의 뜻이라면 살아도 아름다우리라. 은총 속에서 다른 사람과 같이 평화와 미덕과 인내의 삶을 사는 것.

그는 부엌 난롯가에 앉았지만, 행복에 겨워 감히 입을 열수 없었다. 그 순간까지 삶이 얼마나 아름답고 평화로운지를 그는 알지 못했었다. 전등을 둘러 핀으로 꽂아 만든 초록빛의 네모난 종이가 부드러운 그림자를 드리웠다. 조리대에는 소시지와 흰 푸딩 접시가 놓여 있었고, 그리고 선반에는 달걀이 있었다. 이것들은 학교 성당에서 성찬식이 끝나는 아침 식사를 위해 준비한 것이리라. 흰 푸딩, 달걀, 소시지, 그리고 차 한 잔. 결국 얼마나 소박하고 아름다운 삶인가! 그리고 삶이 그 앞에 온전히 놓여 있었다.

꿈을 꾸며 그는 잠에 빠졌다. 꿈을 꾸다 그는 일어나 아침이 된 것을 알았다. 꿈에서 깨어나며 그는 조용한 아침을 헤치고 학교로 걸어갔다.

아이들이 모두 거기에 모여 각기 자리에서 무릎을 꿇고 있었다. 그는 행복하고 수줍은 듯 그들 사이에 무릎을 꿇었다. 제단에는 향기로운 흰 꽃 더미가 쌓여 있었다. 그리고 흰 꽃 사이로 촛불의 희미한 불꽃이 아침 햇살 속에 그 자신의 영혼처럼 청명하고 잠잠하였다.

그는 학우들과 서로 팔을 뻗쳐 엮은 가로대 위로 제단보를 붙잡으며, 그들과 함께 제단 앞에 무릎을 꿇었다. 그의 두 손은 떨렸고, 사제가 성합[24]을 들고 성찬을 받는 아이들 앞을

---

24) 성합: 성체를 담는 그릇.

지나는 소리를 들으면서 그의 영혼도 떨렸다.

　—이것은 우리 주님의 몸입니다.

　그럴 수 있을까? 그는 그곳에 순결하게 그리고 소심하게 무릎을 꿇었다. 그리고 성체를 혀에 얹어놓으리라. 그러면 하느님께서 정화된 몸체 안에 들어오시리라.

　—영원한 생명으로. 아멘.

　또 다른 삶! 은총과 미덕과 행복의 삶! 그것은 진실이었다. 그것은 그가 깨어날 꿈이 아니었다. 과거는 과거였다.

　—이것은 우리 주님의 몸입니다.

　성합이 그에게 다가왔다.

〔2권에 계속〕